먹을수록 강해지는 폭식투수 1

키르슈 현대 판타지 소설

초판 1쇄 찍은 날 § 2020년 7월 24일
초판 1쇄 펴낸 날 § 2020년 7월 31일

지은이 § 키르슈
펴낸이 § 서경석

편집책임 § 김예슬
디자인 § 공간42

펴낸곳 § 도서출판 청어람
등록번호 § 제387-1999-000006호
등록일자 § 1999. 5. 31
어람번호 § 제1-3072호

주소 § 경기도 부천시 부일로 483번길 40 서경B/D 3F (우) 14640
전화 § 032-656-4452 팩스 § 032-656-4453
http://www.chungeoram.com
E—mail § chungeorambook@daum.net

ISBN 979-11-04-92227-5 04810
ISBN 979-11-04-92226-8 (세트)

먹을수록 강해지는

폭식투수

1

키르슈 현대 판타지 소설

MODERN FANTASTIC STORY

목차

나는 패전처리조다

올해도 실패했다.

우리 팀은 올해도 가을 야구를 하는 데 실패했다.

팀 전력이 떨어지기에 가을 야구를 하지 못하니 분하기는 했어도 딱히 감흥은 없었다. 하지만 이런 상황에서 자신이 등판하게 되는 현실이 못내 아쉽기는 했다.

그래도 그는 몸을 풀고 준비했다.

"상진아, 서운하냐?"

"뭘요. 저야 늘 이랬는데요."

충청 호크스의 불펜이자 패전 처리조로 궂은일을 마다 않고 해 온 상진이었다.

마운드에 올라와 상진의 얼굴을 빤히 보며 한현덕 감독은 얼굴에 옅은 미소를 띠었다.

고등학교 졸업 후 호크스에 입단해서 10년에 달하는 시간 동안 묵묵히 팀에 이바지해 왔다.

그때 부상만 아니었다면 이렇게 패전 처리조가 아니라 필승조, 혹은 선발진에 포함되어 있을지도 몰랐다.

[충청 호크스 2 : 9 창원 티라노스]

지금 경기는 막 9회 초에 돌입하고 있었다.

그리고 점수는 역전하기에 너무 멀었다.

희망을 갖기에는 너무 멀리 와 있는 점수.

가령 9회 초를 잘 막아 낸다고 해도 9회 말에 과연 타선이 점수를 낼 수 있을까.

가을 야구하고는 아무런 상관도 없는 이런 경기에서?

"올해 시즌이 끝나면 너도 이제 자유계약 선수가 되는구나."

상진은 입을 꾹 다물고 아무 말도 하지 않은 채 발로 마운드의 흙을 정리했다.

물론 알고 있다. 그리고 다른 선수들이 대박을 치는 것과 달리 자신은 그렇게까지 썩 좋은 평가를 받지 못해서 상대적으로 안 좋은 계약이 되리라는 것도 잘 알고 있었다.

올해 출전 경기 수 66경기에 74.2이닝을 책임졌으며 자책점은 6.23이었다. 그리고 10년 동안 출전하며 자책점은 6점대였다.

올해 성적이 여태까지의 평균보다는 잘했다고는 해도 썩 좋은 대접을 받을 만한 성적은 아니다.

"감상이 어떠냐?"

"그냥 그래요. 포기할까도 생각하고 있어요."

"오늘 잘 던지면 혹시 계약 조건이 더 좋아질지 누가 알겠냐."

"뭘요. 제가 늘 그렇죠."

"아무튼 너한테는 정말 미안하구나."

이 말을 남기고 한현덕 감독은 다시 더그아웃으로 돌아갔다.

마운드 위에 남은 건 투수인 이상진과 포수인 최재환뿐.

하지만 상진은 아무런 말도 하지 않았다.

자유계약 공시라는 게 얼마나 무서운 일인지, 성적이 좋지 않은 투수라면 누구나 실감하게 된다.

자칫 잘못해서 FA 미아가 되어 버린다면 어떻게 될까.

어젯밤에도 자다가 벌떡 일어날 정도로 신경이 쓰였다.

"휴우."

"인마, 오늘은 오늘의 일에 집중하자. 그리고 혹시 아냐? 어디선가 널 원하는 팀이 뚝 떨어질지."

"괜한 위로는 필요 없어요, 재환이 형. 사인이나 확인하죠."

글러브로 입을 가리고 사인을 하나하나 확인했다.

슬라이더와 커브, 패스트볼, 그리고 체인지업의 사인까지 확인한 둘은 다시 헤어졌다.

마운드 위에 남은 상진은 배터 박스에 들어오는 상대 팀 타자를 노려봤다.

잡아먹느냐, 잡아먹히느냐의 순간이 또다시 그를 찾아왔다.

*   *   *

먹다 죽은 귀신이 때깔도 좋다고.

상진은 또다시 고기를 한 점 입 안에 넣었다.

앞에서 함께 술을 따라 주고 마시던 진환은 어처구니없다는 표정으로 핀잔을 주었다.

"작작 좀 처먹어라. 올해도 죽 써서 그러냐?"

"이번 시즌도 성적이 개망했으니 이 정도 먹어도 상관없잖아요?"

"말의 앞뒤가 이상하다? 그리고 네가 언제 성적을 신경 썼다고 그러냐. 인마, 고기만 처먹지 말고 술도 마셔."

상진은 따라 주는 술까지 원샷 해 버리고 아직 제대로 익지 않은 고기를 집어 들었다.

그걸 보고 깜짝 놀라며 얼른 고기를 빼앗아 불판 위에 돌려 놓은 진환은 약간 화난 목소리로 물었다.

"너 왜 그래? 미쳤냐? 좀 익히고 먹어."

"진환이 형, 나 올해 FA 됐어요."

"으잉? 출전 일수 채웠어?"

"그럭저럭 채웠죠."

야구에 대해서는 기본적인 룰과 어떻게 굴러가는지만 알지만, 언제나 응원해 주고 가끔 식사도 같이 하는 친한 형이었다.

하지만 이런 순간이었기에 응원을 받아도 왠지 짜증이 났다.

"이야, 축하한다. 대박 좀 터뜨리겠는걸?"

"패전 처리조로 10년 던진 놈한테요? 될까요? 10억이나 받으면 감지덕지일걸요?"

야구 선수들에게 있어서 FA가 된다는 건 행운이다.

하지만 상진에게는 조금 다르다.

데뷔하고서 패전 처리조로만 10년을 뛰었다.

잡으려고 돈을 많이 얹어 주기에는 아깝고 다른 팀 주자니 아쉬운 선수. 언제 터질지 모른다며 아껴 오다가 이제 기대를 서서히 접는 만년 유망주.

그게 바로 이상진이었다.

"그래도 여태까지 몸담아 온 팀이지 않냐? 네가 얼마나 마당 쇠처럼 굴러 댔냐. 좀 챙겨 주진 않을까?"

"충청 호크스가요? 하기야 우리 구단이 의리 하나는 끝내주기로 유명한 구단이긴 하죠."

술을 한 잔 콱 들이켠 뒤에 한숨이 절로 나왔다.

"그런데 그거 알아요? 확실하게 선을 그을 땐 긋는 구단이에요. 아마 지금쯤 구단에서는 제 가치가 얼마나 될지 열심히 계산 중일걸요?"

선수가 FA 선언을 하면 구단은 철저하게 계산적으로 변한다.

이건 의리고 나발이고를 떠나서 모든 구단이 똑같다.

성적으로 몸값을 계산해 보면 그냥 암울하기만 하다.

대박은커녕 중박이라도 칠까.

"요 몇 년간 팀이 가을 야구를 못 해서 암울한데, 그냥 먹고 죽읍시다. 아무 생각 없이 그냥 처먹자구요. 먹다가 뒈진 귀신이 때깔도 좋다는데 일단 먹고 뒈져 보는 겁니다."

그리고 정말 뒈질 뻔했다.

*   *   *

"뭐야, 여기 어디야?"

분명히 조금 전까지 열심히 고기를 먹고 있었다.

스트레스를 팍팍 받아서 그걸 풀려고 무진장 먹어 댔었다.

그런데 지금 자신이 서 있는 곳은, 아니, 지금 있는 곳은 허공이었다.

"왜 몸이 둥둥 떠 있는 거지?"

주위 경치는 분명 대전 시내 한가운데였다.

그것도 한 20미터 위쯤 떠서 하늘을 날아다니고 있었다.

어째서 이런 경치가 보이는 건지 전혀 알 수 없었던 상진은 눈앞에 묘한 차림새를 하고 있는 남자를 발견했다.

검은 도포를 입고 갓을 쓰고 있는 게 마치 옛날에 봤던 '전설의 고향'에서나 나올 법한 차림새였다.

저런 차림새를 뭐라고 하더라.

잠깐 고민하던 상진은 그를 불렀다.

"이봐요!"

하지만 돌아온 건 타박이었다.

"바빠 죽겠는데 일단 입 다물어라. 설마 그쪽이 1990년 7월 11일 축시생 이상진이냐?"

"예? 저를 아시나요? 혹시 야구 좋아하시는 건가요?"

일단 다른 건 몰라도 자신을 안다는 건 야구팬이라는 이야기였다.

상진은 약간의 기대감을 안고 물어봤지만 돌아오는 건 타박이었다.

"시끄러워. 젠장. 어쩌다가 이딴 놈이 돼지려고 저승길에 발을 들여놔?"

"예? 저승길요?"

영문을 모를 뜬금없는 말에 상진은 어리둥절한 표정을 지었다.

갑자기 저승길이라는 소리가 전혀 이해가 되지 않았다.

그러고 보니 눈앞에 있는 남자의 옷차림을 뭐라고 하는지 기억났다.

분명히 저승사자라고 했다.

"그런데 대체 누구신데 그러세요?"

"아, 모르겠고 이걸 어떻게 돌려보내야 하냐. 왜 이런 실수를 한 거야! 진짜 돌아 버리겠네."

"여보세요?"

눈앞의 남자는 뭐가 그렇게 복잡한지 성질을 벅벅 내면서 펄펄 뛰고 있었다.

뭔가 일이 잘못됐다고 생각하던 상진은 머릿속에서 뭔가 점점 퍼즐이 맞춰져 갔다.

저승사자 복장을 하고 있는 남자와 공중 부양을 하듯 하늘 위에 떠 있는 자신. 그리고 어딘가 복잡한 사정인 걸 생각해

보던 상진은 약간 떨리는 목소리로 물었다.

"혹시 저 죽었나요?"

"아니야! 아직 안 죽었어! 죽었어도 안 죽일 거야! 다시 살려 낼 테니까 좀 기다려 봐!"

저승사자는 뭔가 히스테릭한 목소리를 내면서 갓을 벗더니 내팽개쳤다.

너무 심각할 정도로 괴로워하는 그의 모습에 상진은 오히려 화가 났다.

"아니! 그게 무슨 말 같지도 않은 소립니까? 다시 살려 낸다는 건 아직 안 죽었다는 거예요? 좀 설명 좀 해 봐요! 이거 말고 중요한 게 뭐가 있다고 그러는 겁니까?"

"허허, 그거야 저놈이 실수를 했는데 어떻게 수습할지 고민이 돼서 저러는 걸세, 젊은이."

이번에는 등 뒤에서 들려온 목소리였다.

깜짝 놀라서 뒤를 돌아보니 이번에는 나이 좀 들어 보이는 저승사자가 있었다.

수염을 쓰다듬으면서 못마땅한 표정을 짓던 그는 젊은 저승사자 쪽으로 가서 뒤통수를 후려쳤다.

"영호 이놈아! 저 안색을 봐라. 저게 어디 죽을 사람의 안색이냐?"

"먹다 죽은 귀신은 때깔도 좋다면서요, 흑월 사자님! 먹다가 뒈지려고 하길래 좀 데리고 왔는데, 아닐 줄은 몰랐어요!"

"실수해 놓고 어디다 성질이야! 명부라도 제대로 읽고서 일을 하든가! 실수한 줄 알면 당장 다시 데려다 놔!"

"이름을 세 번이나 불러서 데려다 놓을 방법이 없어요!"

두 저승사자가 티격태격하는 모습을 보던 상진은 어처구니없는 광경에 다시 한숨을 내쉬었다.

이대로 죽어 버리는 건가 싶기도 했고, 같이 밥을 먹던 진환은 어떻게 됐는지도 궁금했다.

"그래서 저는 어떻게 되는 건가요? 이대로 뭐… 저승에 끌려가는 건가요?"

상진의 말에 두 저승사자는 입씨름을 멈추고 서로의 얼굴을 바라봤다.

"후우, 어쩔 수 없지. 비장의 수단을 쓰는 수밖에."

"비장의 수단요?"

늙어 보이는 저승사자는 한숨을 푹 내쉬고는 품 안에서 뭔가 꺼냈다.

어른 팔뚝만 한 크기의 황금 돼지였다.

어째서 저게 튀어나왔는지 이유를 모르는 상진은 고개를 갸웃거렸다.

"이게 뭡니까?"

갑자기 돼지가 튀어나온 이유를 물었지만 저승사자는 대답해 주지 않고 다른 말을 했다.

"젊은이. 죽기는 싫지?"

"네, 당연하죠. 누가 죽고 싶어 하겠어요."

이렇게 창창한 30대 초반에 죽고 싶어 할 사람이 누가 있겠는가.

당연한 소리를 하는 저승사자를 보면서 어깨를 으쓱거렸다.

"자네는 적응이 참 빠르군. 사실대로 얘기하자면 이쪽에 있는 놈이 얼마 전부터 일을 시작한 신입인데, 아무래도 자네가 죽을 거라고 생각해서 영혼을 꺼낸 모양이네."

"그런 걸 막 꺼내도 되는 겁니까? 나보고 어쩌라고요? 그전에 영혼을 꺼낼 때 나한테 허락이라도 받아야 하는 거 아닙니까?"

별 볼 일 없긴 해도 이제 FA 시즌도 되고 계약도 하고 오랜만에 뉴스 기사에 이름 한 줄 올릴 기회가 찾아오는데.

이대로 죽어 버리기에는 너무 억울했다.

"물론 이대로 간다면 젊은이는 죽어 버리게 된다네. 그걸 방지하기 위해서 이걸 꺼낸 거지."

"그게 뭡니까?"

"뭐긴, 황금 돼지지. 올해는 황금 돼지의 해라고 하지 않던가? 젊은이에게 평생이 걸려도 이루고 싶은 꿈이 있다면 뭐인가?"

"야구를 정말 잘하고 싶다는 것 정도랄까요?"

"그러니까 이거면 될 걸세."

"예?"

여전히 상진은 상황을 파악하지 못했다.

그건 저승사자 둘이 황금 돼지를 들고 다가와 입에 처박아 넣을 때까지 마찬가지였다.

*   *   *

"으아아악!"

"환자분? 환자분! 정신 차리세요!"

"너무 커요! 그렇게 큰 건 안 들어간다고요! 너무 커요! 으악! 넣지 마요! 찢어진다고요!"

"정신 차리세요! 선생님! 여기 환자가 이상해요!"

누군가가 뺨을 찰싹찰싹 때리는 감각에 눈을 번쩍 떴다.

정신을 차려 보니 낯선 천장이 보였다.

고개를 돌리자 바로 옆에 하얗고 깨끗한 커튼이 보였다.

조금 전까지 진환이 형과 함께 고깃집에 있던 것까진 기억이 나는데. 한참 먹다가 자리에서 일어나 나갔던가.

그런데 그 이후의 상황이 기억나지 않았다.

"여보세요, 이상진 씨. 제가 누구인지 알겠어요? 정신이 들어요?"

낯선 사람이 하얀 옷을 입고 와서 눈을 벌려 보기도 하고 말을 걸었다.

"아, 예에. 의사 아닌가요? 그런데 왜 제가 병원에?"

그때 의사를 따라온 진환이 형이 안절부절 못하고 서 있는 게 눈에 들어왔다.

"형, 왜 그러고 있어?"

"인마, 진짜 돼지는 줄 알았잖아. 너 대체 무슨 꿈을 꾼 거냐?"

조금 전까지 저승사자를 만나서 이야기를 나눴던 것.

그리고 그놈들이 황금 돼지를 입 안에 억지로 밀어 넣으려고 했던 것까지 생각났다.

그런데 왜 주위에 있는 사람들이 전부 이상한 눈으로 날 쳐다보는 거지.

무엇보다 진환이 형의 얼굴이 붉으락푸르락 했다.

"정신 차렸으니 됐다. 너 하마터면 내일 신문에 날 뻔했어."

뭔가 위험할 뻔했던 건 맞나 보네.

그런데 대체 뭐라고 신문에 날 뻔했는지 알 수가 없었던 상진은 바로 궁금한 걸 물었다.

"뭐라고 신문에 날 뻔했는데요?"

"충청 호크스의 투수 이상진, 고기 먹다가 과식으로 사망. 이렇게."

"이런 썩을! 말이 되는 소릴 해야지!"

진환은 상진을 바라보며 어처구니가 없어서 몇 번이나 입만 뻐끔거리다가 한숨을 내쉬었다.

고깃집에서 계속 먹을 때만 해도 이놈이 스트레스를 많이 받긴 했나 보다 싶었다.

그런데 하도 시켜 먹다가 상진 혼자 먹은 양이 10인분을 넘어섰다.

그제야 뭔가 이상하게 돌아가고 있단 사실을 깨달았다.

"너 진짜 돼지려고 작정한 놈 같았어. 사람이 어떻게 그렇게 처먹냐?"

"그래서 그다음에 뭘 어쨌는데?

상진을 어떻게든 말려서 고깃집에서 나온 진환은 편의점에 가서 소화제라도 사서 먹으려고 했다. 그런데 상진이 갑자기 사라져 버려 주위를 한참 동안 뒤졌다.

그리고 그가 상진을 발견한 곳은 맞은편에 있던 또 다른 편의점이었다.

"너 진짜 미친 거 같더라. 먹다 죽은 귀신이 때깔도 좋다는 말을 반복해서 중얼대면서 편의점에서 빵하고 라면을 또 사서 처먹고 있더라."

옆에서 진료 차트를 끄적이던 의사도 한숨을 쉬면서 형의 말을 거들었다.

"아무리 사람이 과식을 해도 이렇게 실려 올 정도로 드시면 안 돼죠. 제가 응급실에 있으면서 먹다가 죽을 뻔한 사람은 처음 봤어요."

"말도 안 되는 소리 하지 말아요. 내가 미쳤다고 그렇게 처먹어요?"

"그럼 니가 미친 거지. 미친 거 맞아. 정상적인 인간이라면 그렇게 먹어 댈 수 있을 리가 없어. 그리고 내가 설마하니 병원까지 와서 거짓말을 하겠냐? 어?"

진짜인가?

진환의 말뿐이라면 무시했겠지만, 옆에 있던 의사의 말까지는 그럴 수 없었다.

"진짜? 내가 진짜 그랬어요?"

"안 그래도 편의점에 가서 사과도 해야 해. 빵하고 라면을 먹다가 쓰러져서 바닥에 먹은 거 다 토해 놓더라. 내가 살다 살다 사람 배 속에 그렇게 많이 들어갈 줄은 미처 몰랐다. 그러고도 위세척을 하니까 더 나오딘데. 네가 사람이냐, 아니면 돼지냐?"

"아, 그만 좀 해요. 알았어요."

상황은 대충 알아들었지만 이쯤 되면 이제 상황 설명보다 잔소리의 영역이다.

상진은 짜증스럽게 몸을 돌리면서 귀를 틀어막았다.

죽을 뻔했던 건 맞는지, 아니면 술기운 때문인지는 몰라도 몸 여기저기가 쑤시고 있었다.

"인마, 아무리 시즌이 끝났다고 해도 야구 선수가 이러면 안 되지. 마무리 캠프도 있잖아?"

"아아, 안 들려요. 올해 끝나고 내년에 자유계약 선수인데 구단이 날 왜 데리고 가요. 안 그래도 올해는 쉬라고 그랬어요."

이렇게 말하면서도 왠지 가슴 한편이 쓰라렸다.

매년 성적을 올려야 한다면서 타박하고 마무리 캠프에 교육리그까지 꼭꼭 참석하라고 하던 구단이었다.

그런데 올해는 자유계약 선수로 공시될 예정이라며 푹 쉬라고 한다.

배려해 주는 건 알지만 왠지 버림받는 듯해서 기분이 꿀꿀했다.

응급실에서 어느 정도 조치가 끝나자 진환은 상진을 부축해서 일어났다.

상진은 그 손을 슥 밀어냈지만 진환은 고집스럽게 달라붙었다.

"부축 안 해도 괜찮아."

"닥치고 부축이나 받아. 곧 죽을 것처럼 골골대던 놈이 침대에서 일어났다고 유세 떨기는."

혼자서도 충분히 움직일 수 있었어도 형의 호의를 무시할 수는 없었다.

여기까지 자신을 데리고 와 준 형의 억지에 못 이기는 척하고 부축받았다.

병원 밖으로 나오던 상진은 머릿속을 스쳐 지나가는 생각에 피식 웃었다.

"왜 웃어?"

"아니, 미친 생각이 떠올라서. 들으면 분명히 욕할걸?"

"뭔데?"

욕 먹겠지? 이 말을 하면 분명히 욕을 먹을 거다.

그래도 하지 않을 수가 없었다.

상진은 피식피식 웃으면서 입을 열었다.

"나 배고파. 뭐 먹으러 가자."

"이 미친 새끼가 돌았나? 조금 전까지 과식해서 병원까지 실려온 새끼가 뭘 처먹겠다고?"

진환이 형은 길길이 날뛰었다.

하도 먹어서 실려 간 놈이 병원에서 나오자마자 뭔가를 또 먹는단다.

스스로 생각해도 어처구니가 없었지만 어쩌겠냐.

배가 고픈걸.

"토하기도 하고 위세척도 했다면서. 싹 비웠으니까 또 먹어야지."

"하아, 모르겠다. 일단은 아까 그 편의점에 가서 사과부터 좀 하자."

"그거야 당연히 해야 할 일이고."

상진과 진환은 아까 사고를 쳤던 편의점에 가서 토한 걸 치워 준 알바생한테 감사를 표했다.

갑자기 당한 봉변에도 웃으면서 이야기하던 알바생은 상진이 누구인지 듣자 얼굴이 환해졌다.

"잠깐요. 진짜 이상진 선수세요?"

"어? 예. 맞는데요? 충청 호크스 이상진입니다."

"와! 대박! 저 진짜 팬이에요! 진짜 호크스 경기 매주 한 번씩은 보러 가거든요. 사인! 아 씨! 이럴 때 꼭 종이가 안 보여!"

사인 받을 만한 게 뭐가 있나 가방을 뒤지는 알바생을 보면서 왠지 코끝이 찡해 왔다.

주로 패전조, 잘나가 봤자 추격조였던 상진에게는 팬이라면서 사인을 받는 사람이 많지 않았다.

기껏 해 봐야 하루에 10명, 20명 정도.

그나마도 내 사인을 원해서 받는 게 아니라 다른 선수들의 사인을 받다가 중간에 지나가니 어쩌다가 받아 갔다.

다른 선수들하고 함께 1+1 행사라고 할까.

그래서 이런 팬 한 명 한 명이 정말 고마웠다.

"여기에 해 주세요!"

알바생이 꺼낸 건 자신의 웃옷이었다.

그리고 일할 때 쓰는 유성 매직을 내밀었다.

상진은 그 알바생의 웃옷에다가 멋들어지게 사인을 해 주고는 간단하게 먹을 만한 빵이나 과자 같은 걸 샀다.

알바생이 뭔가 서비스로 더 주려는 걸 억지로 말리며 바깥에 있는 파라솔 아래에 앉았다.

지나가는 10월의 찬바람에 몸이 절로 움츠러들었다.

"날씨 겁나 춥네. 벌써 겨울인가."

"그냥 일교차가 심한 거야. 아직 10월인걸."

진환의 핀잔을 들으면서 상진은 조금 전에 산 빵을 뜯어 먹기 시작했다.

역시 속을 싹 비우고 나면 뭔가 먹어야지 좀 괜찮아진다.

그런데 빵을 먹는 상진의 신경에 거슬리는 무언가가 있었다.

"응? 뭐지?"

"뭐 말이냐, 돼지 새꺄."

"아니. 뭐가 눈앞에 반짝거려서."

붉은색으로 길고 가는 뭔가가 보였다.

누가 나한테 빛을 쏘는 거지?

주위에 상향등을 켜고 달리는 차도 없고 빛을 낼 만한 건 아무것도 없었다.

이 주위에 보이는 건 그저 불 꺼진 가게와 조금 전에 빵과 과자를 산 편의점뿐.

어떤 자식이 장난질을 치는 건가 짜증을 내면서 눈을 감아 봤다.

그런데 그 이상한 붉은 빛은 눈을 감아도 보였다.

오히려 눈을 감으니 선명하게 보였다.

"아, 씨. 뭐야?"

그 붉은 빛으로 된 가로선 아래에는 이렇게 쓰여 있었다.

[개처럼 먹어서 정승처럼 벌자]

왜 갑자기 이런 게 보이는 건지.

순간 자신이 미친 게 아닌가 싶을 정도였다.

눈살을 찌푸리면서 빤히 들여다봤지만 그런다고 글씨가 대답해 주거나 하진 않았다.

"왜 눈을 그렇게 치켜 뜨냐?"

"형, 개처럼 먹어서 정승처럼 벌자는 글씨가 눈앞에 떠 있는데 뭘까?"

"이 새끼가 진짜 돌아 버린 거냐? 그런 게 왜 눈앞에 보여?"

이런 이야기를 했더니 진환은 미친놈 보는 것처럼 상진을 바라봤다.

그렇게 대놓고 경멸하면 제대로 상담할 수도 없었다.

하지만 그런 소리를 들어도 할 말이 없었다.

이미 저녁부터 미친 듯이 먹어 대서 응급실에 가서 위세척까지 하고 나왔다.

죽빵을 날리지 않은 게 오히려 다행이겠지.

그동안 함께 지내 온 시간에 감사드려도 한참 모자랐다.

"헛소리 지껄일 거면 집에나 들어가라. 시즌이 끝났어도 할일은 많잖아?"

어차피 FA 협상을 해야 할 테니 구단에서 사정을 봐주거나 한다면 마무리 훈련 같은 건 가지 않아도 될 거다.

그래도 이것저것 정리하고 계약으로 밀당 할 걸 생각하면 이번 겨울도 심심하지는 않을 거다.

이렇게 생각하며 상진은 눈앞의 글자를 뚫어져라 바라봤다.

그걸 보던 진환은 상진의 눈앞에서 손을 흔들었다.

"이 자식이 진짜 헛것이 보이냐? 야! 이거 몇 개냐?"

"가운뎃손가락 들어 올리고 몇 개냐고 묻지 마!"

"제대로 보이네. 제정신일 때 들어가서 잠이나 마저 처자라. 그럼 난 간다."

진환은 빨리 집에 들어가서 잠이나 자라며 상진은 밀어붙였다.

"상담도 제대로 해 주지 않을 거면서 욕이나 바로 처박기는."

그렇게 투덜거리면서도 상진은 택시를 잡아타고 집으로 들어왔다.

물론 야간 할증이 끝나지 않아서 택시비는 팍팍 붙었다.

이제 FA를 맺고 쪽박을 찰 예정인 상진에게는 그것도 아까웠다.

집에 들어오자마자 대충 옷을 벗어 던지고 침대에 몸을 냅다 던졌다.

하지만 병원에서 한숨 자고 일어나서 그런지 바로 잠이 오지는 않았다.

이리저리 뒤척이다 보니 아까 발견했던 빨간색 줄과 어느새 새로 생긴 느낌표가 눈에 띄었다.

"대체 이게 뭘까."

고개를 돌려도 시야 위쪽에 따라왔다.

왼쪽으로 돌리면 왼쪽으로, 오른쪽으로 돌리면 오른쪽으로.

호기심에 빨간 줄에 손가락을 가져가자 갑자기 눈앞에 뭔가 확 하고 떠올랐다.

[시스템을 가동합니다.]

[사용자의 신체 및 정신을 스캔하여 최적의 기능으로 전환합니다.]

[사용자의 직업은 야구 선수입니다.]

뭐야, 이 참신한 개소리들은?

눈앞에 떠오르는 글자들이 재미있기도 하고 흥미롭기도 하고 어처구니도 없었다.

상진은 일어나서 물을 마시며 눈앞에 떠오른 글자를 한 줄씩 읽었다.

그때 띠링 하면서 이상한 메시지가 눈앞에 떠올랐다.

[수분 섭취가 확인되었습니다.]

[포인트가 1 증가합니다.]

"엥?"

그리고 게이지의 숫자가 바뀌어 있었다.

[1/100]

분명히 조금 전까지 0으로 표시되던 왼쪽의 숫자가 1로 바뀌었다.

조금 전에 물을 마셔서 바뀐 게 틀림없었다.

이건 좀 실험해 볼 필요가 있어 보이는데?

나는 냉장고를 열고 안을 들여다봤다.

안에는 어제 먹다가 남은 음식들이 잔뜩 있었다.

그중에 당근 하나를 집어 들어서 베어 먹었다.

몇 입 베어 물자 또 다른 메시지가 눈앞에 나타났다.

[채소류 음식물의 섭취를 확인했습니다.]

[포인트가 1 증가합니다.]

계속해서 당근을 베어 물고 물도 마셔 봤다.

일정량을 섭취할 때마다 포인트가 꾸준히 쌓여 갔다.

포인트를 쌓으면서 동시에 정말 어처구니가 없어졌다.

무슨 게임이나 영화, 인공지능도 아니고 뭔가를 먹으면 포인트가 쌓인다고?

투덜거리면서도 상진은 계속 뭔가를 먹으며 포인트를 쌓아나갔다.

왠지 상한선인 100을 한번 채워 보고 싶었다.

채우면 무슨 일이 벌어질지 궁금했다.

그리고 결국 달성해 냈다.

[100 포인트를 달성했습니다.]

[상한선이 1 증가합니다.]

[랜덤으로 보상이 지급됩니다.]

[보상으로 능력치 및 스킬 중 하나가 지급됩니다.]

눈앞이 환해지면서 색다른 글자가 눈앞에 떠올랐다.

[먹어서 남 주냐, 스킬을 획득하였습니다.]

"이게 무슨 소리야?

어처구니없는 메시지에 상진은 멍하니 그걸 들여다보고만 있었다.

그때 누군가가 어깨를 두드리는 느낌에 소스라치게 놀라며 펄쩍 뛰었다.

"으아악!"

"으악!"

상진이 놀라자 어깨를 두드린 사람도 함께 깜짝 놀라면서 펄쩍 뛰었다.

"인마! 애 떨어질 뻔했잖냐!"

"어? 그쪽은?"

복장은 좀 다르더라도 생긴 건 분명 꿈에서 봤던 저승사자였다.

그리고 순간 떠오른 기억에 상진은 머리를 부여잡았다.

"그건 꿈이 아니었어?"

"당연히 꿈이 아니지. 더불어 내가 이 모양, 이 꼴이 된 것도 꿈이 아니지. 젠장."

아까 꿈속에서 봤던 것처럼 갓을 쓰고 도포를 입고 있진 않았다.

저승사자는 여전히 짜증스럽다는 표정을 지으면서 상진의 앞에 앉았다.

"보아하니 벌써 시스템을 익히고 있나 본데?"

"어? 이게 뭔지 압니까? 그러면 설명 좀 해 주시죠. 이건 대체 뭐고 왜 저한테 주어진 겁니까?"

"별다른 건 아니야. 너 아까 황금 돼지를 먹었지?"

순간 아까의 기억이 되살아나서 상진은 얼굴이 살짝 일그러졌다.

생각보다 작은 돼지라고는 해도, 그걸 입 안에 꾸역꾸역 밀어 넣으려고 했던 두 저승사자의 만행도 기억났다.

"너무 커서 제가 감당 못 할 정도였죠. 그나마 영혼이었으니 망정이지, 실제로 벌어진 일이었으면 찢어졌을지도 몰라요."

"남이 들으면 오해할 소리 그만해라. 그리고 나는 설명을 해 주려고 온 거니까."

"무슨 설명입니까?"

"지금 [개처럼 먹어서 정승처럼 벌자]라고 이름 붙여진 무언가 때문에 고민하고 있지?"

그 말에 상진은 흠칫 놀라며 고개를 돌렸다.

의자를 빼서 걸터앉은 저승사자는 고개를 끄덕였다.

"그거 설명해 주려고 왔다."

"그걸 왜 이제야?"

"그럼 설명해 주지 말까?"

"아뇨. 그건 아닌데……."

지금 이 괴상망측한 시스템에 대해서 설명이 필요했다.

저승사자가 진짜 나타났다면 그 황금 돼지는 어떻게 된 거지?

"혹시 이게 그 돼지를 먹어서 나온 건가요?"

"그렇지. 너는 이제 돼지처럼 먹어 대야 하는 운명에 빠진 거야. 대신에 네가 원하는 소원을 들어주지."

"소원요?"

저승사자는 상진을 빤히 바라보다가 넌지시 말했다.

"야구 잘하고 싶다고 버둥대던 놈이 그거 기억 못 해?"

그리고 상진은 꿈에서 봤던 광경을 머릿속에서 되살렸다.

아까 했던 이야기가 하나둘씩 떠올랐다.

자신이 저승사자에게 했던 말을 떠올리면서 상진은 얼굴을 구겼다.

'젊은이에게 평생이 걸려도 이루고 싶은 꿈이 있다면 무엇인가?'

'야구를 정말 잘하고 싶다는 것 정도랄까요?'

분명 이런 대화를 주고받은 기억은 있었다.

"그게 돼지를 통째로 먹어야 한다는 소리인 줄은 몰랐는데요?"

"몰랐으면 지금이라도 알아 둬. 그리고 시스템을 사용하는 건 얼추 알아낸 것 아닌가?"

"얼추 알기는 했죠."

일단 음식물을 섭취하면 포인트가 올라가는 건 확인했다.

이게 얼마나 먹어야 올라가는 건지가 불분명하긴 했어도 그건 차차 알아 가면 될 일.

중요한 건 따로 있었다.

"여러 가지 포인트가 올라가네요?"

"맞아. 돼지는 먹는 게 일이니까 먹으면 포인트가 올라가는 방식이지."

"그런데 저승에서는 이런 것도 취급해요? 생각했던 것보다 너무 현대적인데요?"

그 말에 영호 사자는 품 안에서 스마트폰을 꺼내서 눈앞에서 흔들어 보였다.

"인마, 요새는 생사부도 전산으로 관리해."

"그런데 왜 확인 안 하고 애먼 내 영혼을 빼내요?"

"네놈이 먹다가 뒈질 뻔해서 때깔이 하도 좋아 그랬다. 왜? 불만 있냐? 불만 있으면 말해 봐. 한 번 더 빼 줄 테니까."

저승사자가 하도 으르렁대면서 성질을 부리자 상진은 잠시 입을 다물었다.

그러더니 피식 웃었다.

저렇게 으르렁대는 영호 사자가 왠지 우스웠다.

"빼 볼 테면 빼 봐요."

"뭐?"

"실수로 빼서 이런 일을 벌여 놓고 또 빼내면 아마 그쪽도 무사히 넘어가기 힘들지 않아요?"

어디서 배짱이야!

이렇게 외치고 싶었다.

그리고 영호 사자의 얼굴빛이 변하는 걸 발견한 상진은 영호 사자의 속을 슬슬 긁어 봤다.

"왜요? 빼 봐요. 빼 보라고요. 못 빼죠? 화났어요? 어쩌라고 요? 빼내고 싶다고요? 못 빼죠?"

계속 깐족거려 봤지만 저승사자는 얼굴이 붉으락푸르락할 뿐, 아무 짓도 하지 못했다.

짐작이 맞았음을 직감하며 상진은 어깨를 으쓱거렸다.

"이봐요. 괜한 도발은 하는 게 아니에요. 야구 선수 하면서 도발이나 블러프를 한두 번 당하는 줄 알아요?"

하다못해 사인을 교환할 때도 상대방이 상대를 훔친다고 생 각되면 일부러 뒤바꾸기도 하는 머리싸움을 한다.

어리숙한 저승사자 하나 도발해서 가지고 노는 건 일도 아니 었다.

단숨에 우열이 뒤바뀌었다.

"시스템에 대해서는 얼추 알고 있는데, 더 설명할 게 있어 요?"

"별로. 궁금한 게 생기면 나중에 물어보든가. 그럼 난 간다."

"삐졌어요?"

"안 삐졌어!"

"삐쳤구만."

괜스레 창문을 세차게 두들기고 사라지는 건 아마 심술이리 라.

그런데 창문을 흔들고 밖으로 사라졌던 영호가 다시 고개를 빼꼼 내밀었다.

"왜요?"

"그게… 음, 실수해서 미안하다."

잠시 망설이던 영호는 한마디만 남기고 부리나케 사라졌다.

그걸 듣고 잠시 멍하니 있던 상진은 창문을 닫으며 피식 웃었다.

"거, 빨리도 말하십니다."

물론 시스템을 얻은 시점에서 상진은 그런 일은 싹 잊어버린 지 오래였다.

좋은 게 좋은 거 아니겠는가.

*　　　　*　　　　*

싸늘하다.

주위에서 바라보는 시선이 느껴진다.

하지만 괜찮다. 돈을 내고 먹고 있으니까.

[106포인트를 달성했습니다.]

[랜덤으로 보상이 주어집니다.]

[구속이 1 증가합니다.]

고기 뷔페에 들어와서 계속 먹고 있자니 주위 테이블에서 바라보는 시선도 시선이었지만, 주인의 시선이 따가웠다.

언젠가는 예상하고 있는 결말이 다가오리라 생각하며 상진은 자리에서 일어났다.

그때 가게 주인이 다가왔다.

"죄송합니다만 손님, 그만 나가 주실 수 있을까요?"

그 이야기를 들은 상진은 더 따지지 않고 고개를 끄덕였다.

혹시라도 그가 진상을 부릴까 봐 조마조마한 마음이던 가게 주인은 가슴을 쓸어내리며 얼른 자리를 정리했다.

짐을 챙겨서 밖으로 나온 상진은 으슬으슬한 늦가을 날씨에 몸을 움츠렸다.

"이걸로 세 곳째인가."

고기 뷔페만 골라서 다니긴 했어도 여지없이 컷 당했다.

생각해 보면 당연한 일이었다.

덩치 큰 사람이 들어와서 혼자 10인분을 해치우는 게 보통 일은 아니다.

만 원 조금 넘는 돈으로 이 정도 포인트를 올렸음에도 상진은 아직도 아쉬운 표정을 짓고 있었다.

[먹어서 남 주냐]

—먹어서 포인트를 올릴 수 있는 당신이지만 배불러서 더 먹을 수 없어서 아쉽다! 그런 당신을 위해 준비된 스킬. 먹어도, 먹어도 바로 소화시켜서 포인트로 바꾸어 버리는 당신만을 위한 스킬! 지금 당장 애용하세요! 당신의 소화력은 철근마저도 단숨에 녹여 버립니다!

왠지 어디선가 볼 법한 이상한 약 광고 같은 설명이었다.

이걸 보고서 얼마나 어처구니가 없었던지.

상진은 어젯밤의 기억을 떠올려 보며 피식 웃었다.

"그나저나 뷔페가 아니라면 식비가 너무 나가잖아."

시야 왼쪽 위에 표시되는 빨간 게이지를 전부 채우면 포인트를 준다.

그 포인트를 모으는 데 집중한 나머지 집에 있던 음식을 전부 먹어 치우고 밖에 나와서 고깃집 한 곳을 털었다.

어디에 갈까 고민하면서 동시에 상진은 자신이 얻은 시스템을 확대시켜 봤다.

[개처럼 먹어서 정승처럼 벌자]

누가 만든 시스템인진 몰라도 네이밍 센스 하나는 기가 막히게 안 좋았다.

그래도 어젯밤에 몇 가지 만지작거려 본 결과 어느 정도 사용법은 익힐 수 있었다.

지금도 걸어가면서 핫도그를 세 개 사 먹자 능력치가 실시간으로 오르고 있었다.

[107 포인트를 달성했습니다.]

[랜덤으로 보상이 주어집니다.]

[회전수가 10 증가합니다.]

능력치가 올라가는 건 간단했다.

먹어서 포인트 상한선을 채운다.

상한선을 채우는 순간 랜덤으로 능력치를 얻는다.

그게 구속이 될 수도 있고 체력이 될 수도 있으며 제구력일 수도 있었다.

회전수의 경우는 적게는 8 정도, 많다면 13~14까지 올라갔다.

아주 낮은 확률로 스킬도 얻을 수 있는 듯싶었다.

무엇보다 중요한 건 능력치를 받을 때마다 포인트의 상한선은 1씩 올라간다는 사실이었다.

'돼지게 먹어 댔었지.'

집에 있던 식재료를 포함해서 뷔페를 전전하며 대략적으로 얼마를 먹어야 포인트가 올라가는지 감을 잡을 수 있었다.

돼지고기 같은 경우는 대략 50그램 정도 먹으면 1포인트가 올라갔다.

물은 보통 크기의 컵으로 한 잔을 좀 넘게 마시면, 그리고 밥은 한 공기 정도였고 빵은 주먹만 한 크기를 먹으면 1포인트씩 올라갔다.

가장 효율적인 건 물을 끝없이 마시는 방법이었지만, 편법을 방지하려는 건지 한 가지 음식만 계속 먹으면 포만감이 생겨서 그다지 먹을 수가 없었다.

고기 뷔페에서도 마찬가지여서 세 곳을 돌아다니며 먹으니 이제 배가 불러서 더 먹기 귀찮아졌다.

부른 배를 쓰다듬으면서 시스템을 켜 보았다.

[사용자: 이상진]
―체력: 38/100
―제구력: 72/100

―최고 구속: 시속 136킬로미터

―평균 회전수: 2,068RPM

―보유 구종: 포심 패스트볼(C), 커브(D), 슬라이더(C), 체인지업(E)

―보유 스킬: 먹어서 남 주냐

구종들의 평가도 좋지 않았고 구속도 높지 않고 회전수도 리그 평균이라는 2,200 정도에 한참 못 미쳤다.

게다가 체인지업의 수준도 상당히 낮았다.

등급이 어떻게 나뉘어 있는지 정확히 알 수 없었다.

하지만 만약 A부터 F까지로 나뉘어진다면 전부 보통 아니면 최악의 수준이다.

그래도 뭔가 야구 선수로서의 자신이 수치화되어 표시된다는 게 재미있기도 하고, 문제점이 무엇인지 확실하게 보여서 더욱 좋았다.

"왠지 처참하네. 이러니까 성적이 그 모양 그 꼴이지."

게다가 저승까지 다녀올 뻔하지 않았던가.

그나마 그 보상으로 이런 시스템을 얻었으니 다행이란 생각이 들었다.

"재미있기도 하고, 이상하기도 하고."

뭔가 기분이 싱숭생숭했다.

그래도 시스템이 한 가지 맞는 말은 해 주고 있다.

"그래. 먹어서 남 주겠냐. 먹어서 포인트가 되면 전부 내 거지, 호호호."

이대로 계속 먹기만 하면 능력치가 꾸준히 오른다.

물론 포인트가 기하급수적으로 필요하다는 건 문제가 있지만, 그건 알아서 해결할 문제가 아니던가.

그걸 해결할 아주 좋은 방법이 상진의 머릿속을 스쳐 지나갔다.

*　　　　*　　　　*

11월 초까지 이어진 한국 시리즈가 끝나고 스토브 리그가 시작됐다.

모든 구단들이 전부 돈이라는 이름의 총알을 장전하고 서로 노리는 선수들에게 접촉을 할 준비를 하고 있었다.

그런 와중에 상진은 당당하게 충청 호크스의 구단으로 찾아갔다.

상진을 발견한 구단 직원 하나가 그를 반겼다.

"안녕하세요, 하용찬 과장님."

"어어? 이상진 선수 아니에요? 웬일이에요? FA 때문에 온 거예요?"

"이야, 과장님. 눈치가 백 단이시네요."

반갑게 맞이해 주는 하용찬 과장에게 농담을 던지면서 인사를 한 상진은 얼굴에 웃음을 가득 띠었다.

"그런데 단장님 안에 계세요?"

"음? 단장님은 왜?"

"만나 뵙고 이야기를 좀 나누고 싶어서요."

그 말에 하용찬은 약간 곤혹스러운 얼굴이 됐다.

이제 곧 자유계약 공시가 있다.

그리고 눈앞에 있는 상진은 그 자유계약에 나설 수 있는 몸이기도 했다.

여러모로 마당쇠 역할을 하기는 했어도 구단에서는 꼭 잡을 이유가 없는 선수로 분류해 놓은 상태였다.

물론 적정가라면 잡을 생각이 충분했다.

"괜찮아요. 그냥 간단하게 인사만 드리고 앞으로의 일을 상담하고 싶어서 그래요."

"그래요? 그러면 뭐, 안에 계시긴 한데 잠깐만 기다려 보세요."

하용찬은 먼저 단장실로 들어갔다.

상진은 자신이 찾아왔음을 알리고 면담을 할 것인지 확인하는 시간을 기다리면서 히죽히죽 웃어 댔다.

이렇게까지 자신감이 충만해 본 적은 처음이었다.

그러니까 이런 곳까지 쳐들어온 거지만.

"이상진 선수, 들어와도 된다고 하시네요."

단장실 안에 들어가자 박종현 단장이 책상에 앉아서 서류를 들여다보고 있었다.

그리고 방문이 닫히자 그제야 고개를 들었다.

"아, 이상진 선수, 할 말이 있다면서요?"

단도직입적이고 화끈한 일처리로 유명한 성격답게 바로 본론으로 들어갔다.

상진은 가만히 고개를 끄덕이면서 앞에 있는 소파에 앉았다.

그리고 맞은편에 앉는 박종현을 바라보면서 입을 열었다.

"단장님이 이야기를 돌려서 하는 걸 싫어하신다는 걸 아니 본론으로 들어가도록 하죠."

"말씀하세요."

"자유계약 시장에 나갈까 합니다."

그 말에 종현의 눈꼬리가 살짝 올라갔다.

인성과 팀의 정신적인 측면에서 상진의 역할은 꽤 컸다.

무엇보다 팀에 헌신하는 면에서는 다섯 손가락 안에 꼽을 만큼 인정하고 있었다.

그런데 자유계약에 나선다는 건 여태까지의 공로를 보상해 달라는 말로 들렸다.

그걸 알고 있는 상진은 바로 손을 내저었다.

"지금 생각하는 그런 건 아닙니다."

"제가 지금 무슨 생각을 하고 있다고 생각하십니까?"

"제가 시장에 나가서 평가를 받거나, 아니면 몸값을 올리려고 한다고 생각하시겠죠. 그런 건 아닙니다."

솔직히 말해서 충청 호크스에 미련이 많았다.

청주 출신으로 고등학교를 졸업하고 처음 입단한 구단이기도 했고 어렸을 때부터 팬이었던 구단이기도 했다.

그런 팀에서 고작 한다는 게 패전 처리조였다는 사실에 자괴감이 들기도 했고 나름대로 도움이 됐다는 사실에 만족하기도 했다.

하지만 이 정도에서 끝내고 싶지는 않았다.

"FA 영입을 할 때 괜히 제 이름으로 인해 망설임을 드리고 싶지는 않습니다. 어차피 20인 보호 선수 명단에서 FA로 공시된 선수는 제외되지 않나요? 팀 입장에서도 나쁜 건 아닐 겁니다. 그리고 저는 많은 돈을 요구하지 않을 생각입니다."

"그러면 뭘 요구할 겁니까?"

"그건 차차 생각하고 있습니다. 하지만 구단 입장에서는 결코 놓치고 싶지 않은 제안을 들고 올 생각입니다."

진심을 가득 담아서 이야기했다.

이게 통할지, 통하지 않을지는 모르지만 우선 진심으로 부딪쳐 보고 싶었다.

박종현 단장은 잠시 고민하더니 이내 고개를 끄덕였다.

"좋습니다, 이상진 선수. 어떤 제안을 들고 올지는 몰라도 그게 구단의 이익과 상충되지 않는다면, 그리고 서로 윈윈할 수 있는 제안이라면 얼마든지 받아들이죠."

"그럼 제안은 FA 시장이 열리면 드리도록 하겠습니다."

그렇게 이야기는 끝났다.

나름 후련하기도 하고 시원하기도 했다.

하지만 새로운 출발과 더불어 약간의 도박이기도 했다.

어차피 시장에 나와 봤자 자신을 보상 선수까지 주면서 받아 가려는 구단은 아무도 없을 터.

그렇다면 차라리 호크스와 계약을 하는 게 훨씬 나았다.

이건 그 확인 작업일 뿐이다.

그리고 11월 27일.

자유계약 시장이 열리고 맞이한 첫 아침.

스포츠란에 짤막한 기사가 나왔다.

「충청 호크스 이상진, 1+1년 잔류… FA 1호 계약」

기사에 적힌 글은 팬들은 물론이고, 다른 선수와 구단 관계자들마저 경악시켰다.

「계약금 無, 보장 금액 연봉 6천 + 옵션 다수」

그래서 다들 계약서 마지막에 작게 적혀 있는 괴상한 조항에는 신경도 쓰지 않았다.

「시즌 중 이상진의 식대는 전부 구단에서 부담하기로 합의」

먹고 또 먹고 또 먹어라

한참이나 흐르던 땀은 이미 말라 버려 얼굴을 훑으면 바삭거리는 소금기가 느껴졌다.

침 역시 말라 버려 사막보다 메마른 입안에서는 단내가 났다.

'제발 좀 교체해 달라고.'

벌써 공을 70개 넘게 던졌는데 벤치에서는 아무런 신호도 주지 않았다.

조금 전에 공수 교대할 때 감독인 김정건에게 교체를 부탁해도 대답이 없었다.

지금 손을 가볍게 움직여 교체를 원한다는 사인을 보냈다.

하지만 그 역시 묵묵부답.

'나를 소모품으로 생각하는 거냐고!'

투수로서 마운드에 올랐으면 책임을 져야 한다.

야구를 시작한 중학교 때부터 귀에 못이 박히도록 들어왔던 말이었다.

하지만 지칠 대로 지쳐 버린 지금은 그런 책임이고 나발이고 전부 집어던지고 도망치고 싶었다.

그래도 상진은 다시 이를 악물고 공을 움켜쥐었다.

'죽을 거 같다. 하나 더 던지면 몸이 부서질 것 같다.'

허벅지와 골반 사이가 이상할 정도로 쿡쿡거리며 쑤셔 왔다.

그리고 팔꿈치와 어깨도 공을 던지기 힘들 정도로 아팠다.

통증 때문에 온몸이 비틀리는 듯한 감각은 공의 그립을 어떻게 쥐고 있는지도 까먹게 만들 정도였다.

'아프다, 너무 아파. 시파. 왜 교체를 안 해 주는 거야!'

지금 이 공을 던지고 나면 다시는 공을 던질 수 없을지도 모른다는 생각이 들었다.

등골이 오싹해졌지만 그 공포마저도 통증에 먹혀 버렸다.

온몸을 비틀며 괴로움을 호소하고 지금이라도 당장 마운드에 쓰러져 뒹굴고 싶었다.

하지만 그럴 수 없었다.

이를 악물고 공을 던지자 공포스러운 소리가 또다시 귀에 들려왔다.

따악!

조금이라도 빗맞으라며 마음속으로 빌고 또 빌었다.

고개를 돌려 바라본 공은 외야를 넘어가 펜스를 넘어갔다.

이번 이닝에만 두 번째 홈런이었다.

패스트볼의 구속은 아무리 높아 봐야 130킬로미터 초반대.

변화구는 패스트볼과 별 차이가 없는 코스를 그렸다.

그리고 홈런을 맞고 다시 한번 마음에 상처를 입은 상진은 결국 마운드에서 쓰러지고 말았다.

"으아아악!"

어디가 아프다고 할 수 없을 정도의 격통이었다.

온몸에서 식은땀을 흘리며 팔꿈치부터 어깨, 그리고 왼쪽 무릎에서 꼬리뼈까지 올라오는 무시무시한 통증에 그는 몸부림쳤다.

언제 병원으로 후송됐는지도 알 수 없었다.

정신을 차려 보니 의사가 CT와 MRI 촬영 사진을 꺼내서 뭐라 뭐라 설명을 했다.

고관절 및 어깨 근육, 인대 손상.

청천벽력과도 같은 소리였다.

"그러면 다시 야구를 할 수 있을 때까지 얼마나 있어야 합니까?"

의사는 절대적으로 수술을 해야 하며, 완치까지 최소 30주는 치료받아야 한다는 이야기를 했다.

원래대로라면 야구로 채워져야 하지만, 예상치 못한 절망과 고통으로 얼룩진 시간이 상진을 찾아왔다.

수술과 재활로 긴 시간을 허비해야 했다.

                    *   *   *

"허억!"

잠에서 깨니 베개와 이불이 식은땀에 흠뻑 젖어 있었다.

한동안 떠오르지 않던 지긋지긋한 옛날의 기억이었다.

오랜만에 느껴 보는 엿 같은 기분에 상진은 두 손으로 앞머리를 쓸어 넘기며 한숨을 쉬었다.

"젠장. 이런 X같은 꿈을 또 꾸냐."

그러다가 문득 손이 덜덜 떨리는 걸 깨달았다.

부상을 당하고 재활을 하던 기억들은 지금 떠올려 봐도 끔찍했다.

신경부터 근육까지. 몸에서 느껴지는 고통이 마음을 구석구석까지 갉아먹었다.

빨리 복귀하고 싶기도 했고 빨리 회복하지 못하는 몸뚱이가 원망스럽기도 했다.

상진은 양손을 서로 꽉 움켜잡으며 이를 악물었다.

'벌써 그게 5년이나 됐지. 한참이나 지났는데도 이걸 기억하고 있나. 그래도 이제는 괜찮아. 괜찮아. 이상진, 이제는 괜찮아. 할 수 있잖아?'

속으로 할 수 있다고 되뇌면서 상진은 일어났다.

씻고 나오자마자 운동복으로 갈아입고는 밖으로 나갔다.

간단하게 조깅을 하기 위해서였다.

"으으, 추워라."

겨울이라서 뼛속까지 에일 정도로 추웠고 근육도 추위 때문에 굳어 있었다.

그래서 상진은 격하게 뛰기보다는 일단 걷는 위주로 움직였다.

가볍게 몸을 덥히고 비시즌 기간에 몸을 관리하는 운동은 이 정도면 적당했다.

한 시간쯤 걷고 들어온 상진은 어젯밤 준비해 냉장고 안에 넣어 둔 닭가슴살 샐러드를 꺼내서 먹었다.

[단백질류의 섭취가 확인되었습니다.]

[1포인트를 획득하였습니다.]

시스템 메시지를 확인하면서 상진은 끝까지 꼭꼭 씹어 먹었다.

요즘 들어서 음식을 한도 끝도 없이 먹다 보니 체중이 생각보다 많이 늘었다.

포인트로 전환이 된다고는 해도 음식물의 칼로리 자체는 어쩔 도리가 없었다.

그것을 전부 해소하기 위해서는 끊임없이 몸을 움직여 주는 게 최고의 방법이었다.

띵동.

갑자기 자취방의 벨이 울렸다.

이 시간에 찾아올 사람은 없는데 누군가 싶었다.

"누구세요?"

"나다."

문을 열자 진환이 서 있었다.

열어 주자마자 안으로 비집고 들어온 진환의 행동에 살짝 눈살을 찌푸렸다.

하지만 그의 양손에 들려 있는 먹을 것들을 보자마자 얼굴이 화색을 띠었다.

"웬일로 왔어?"

"웬일이긴. 그냥 얼굴이나 보러 왔다. 그날 이후로 몸은 괜찮냐?"

진환은 그날 응급실까지 갔던 상진의 몸 상태가 걱정이 된 나머지 짬을 내어 찾아왔다.

하지만 뭔가 계속 우물거리면서 웃어 보이는 상진을 보니 왠지 짜증이 났다.

"좋은 거 많이 사 왔네?"

"좋은 건지 아닌 건진 모르겠다. 아무튼 많이 처먹어라. 내가 요새 널 보면서 애완동물 키우는 재미를 느끼고 있다."

애완동물 취급을 해도 상관없었다.

요즘 상진은 먹으면 모든 게 행복했다.

우걱우걱 씹으며 쉴 새 없이 먹을 것을 입에 집어넣었다.

스마트폰과 상진을 번갈아 바라보던 진환은 한숨을 푹 내쉬었다.

"걱정이 돼서 찾아왔는데 이렇게 계속 처먹는 꼴을 보니 걱정을 했던 내가 한심스럽다."

"형은 원래 한심스러웠어."

"시꺄. 먹고 있는데 때릴 수도 없고. 그건 그렇고 야, 너 제정신이냐?"

"응? 왜?"

진환은 입술을 잘근잘근 씹으면서 보고 있던 스마트폰을 눈앞에 들이밀었다.

"계약을 왜 이렇게 맺었어? 다들 계약금으로 10억쯤 땡겨도 뭐라고 안 한대잖냐!"

스마트폰에는 바로 오늘 아침에 끝난 상진의 FA 계약에 대한 기사가 떠올라 있었다.

그리고 이 놀라운 결정에 팬들이 댓글로 갑론을박을 벌이고 있었다.

—이거 미친 거 아닐까? 솔직히 충청 호크스가 넉넉하게 챙겨 줄 거라고 생각했는데.

ㄴ계약 첫날에 바로 도장 찍어 버리는 걸 보면 서로 이미 이야기가 된 거 같은데?

ㄴ이거 호크스가 너무한 거 아니야? 조건 보면 이상진이 커하 찍어도 한 2억 챙기냐? 게다가 1+1년 계약인데, 구단 맘에 안 드는 성적 나오면 그냥 나가라는 거잖아.

ㄴ난 이상진한테 2+1년에 보장 금액 40억 넘게 줘도 안 아깝다.

ㄴ이상진 씨, 여기서 댓글 쓰지 말고 연습이나 해라. 만년 유

망주 새끼가.

ㄴ왜 이상진을 욕하냐? 너 호크스 팬 맞냐?

예상했던 대로 야구 관련 사이트들은 죄다 불타고 있었다.

계약금도 안 받고 연봉만 보장받는 게 정말이냐.

그것도 억대 연봉이 아니라는 게 사실이냐.

이면 계약이라도 맺어 놓은 게 아니냐면서 온갖 추측이 난무하고 있었다.

"정말 계약금 안 받아도 되겠어?"

"그건 나중에 알아서 챙길 거야."

"정말 자신 있어? 대체 옵션을 몇 개나 건 거야? 내가 옵션을 봤는데, 이걸 정말 받아 낼 수 있을 거 같아?"

그 말에 상진은 하나씩 손가락을 꼽아 봤다.

자신도 계약서를 보지 않고는 기억 못 할 정도로 옵션의 양이 상당했다.

"음, 일단 자책점도 걸어 놨고, 이닝도 걸어 놨고, 세이브나 홀드도 걸어 놨고, 볼넷도 걸어 놨지? 그거 말고도 더 있을 거야."

"그러니까 말하는 거다. 여태까지 네 커리어 하이 시즌을 들고서 계약을 하면 백번 양보해서 이해는 하마. 그런데 이건 네 커리어 하이 이상이야. 네가 무슨 레전드 투수냐?"

"그래서 단계별로 걸어 놨잖아."

이번에 맺은 계약 조건은 상당히 길고 복잡했다.

그걸 요약하자면 상진이 돈을 버는 것은 얼마나 좋은 성적을 거두느냐에 따라 달렸다는 소리였다.

그만큼 세세하면서 엄청나게 많은 옵션을 걸어 놓았다.

문제는 그 수준이었다.

"시즌 평균 자책점이 4점대면 5천만 원. 3점대면 3억. 2점대면 8억, 1점대면 13억이라니. 제정신이냐? 너 여태까지 시즌 평균 자책점 가장 낮게 찍은 게 몇 점이야?"

"쩝쩝, 4점대 중반일걸?"

"그래, 인마. 너 자책점 가장 낮았을 때가 4.73이야. 4점대 후반을 찍은 놈이 그따구 설정을 해 둬?"

"시즌 자책점 0점대 찍으면 20억이라고도 해 뒀어."

"미친 소리 하지 마라. 그건 우리나라 야구에서 단 한 명만이 달성했던 일 아니냐. 그거 알아?"

당연히 알고 있다.

모르고서 그런 조건을 제시할 수 있을 리가 없지.

하지만 상진은 자신이 있었다.

지금도 먹으면서 늘어나는 능력을 생각하면 자신이 없을 리가 없다.

FA 계약을 끝낸 지금부터 2월에 열리는 스프링 캠프까지 시간은 넉넉하다.

그때까지 열심히 먹으면서 능력을 올린다면 과연 내년 성적은 얼마나 나올 수 있을까.

"그만 좀 처먹어라. 휴식 기간에 몸 관리 안 할 거냐?"

"난 이게 몸 관리 하는 거야. 아침에 운동도 하고 들어왔고. 내 몸은 내가 알아서 할 테니까 너무 걱정하지 마."

포인트를 쌓아서 능력을 얻는 걸 어떻게 설명할 길이 없었던 상진은 퉁명스럽게 대꾸했다.

그러다가 시계를 보니 벌써 점심때가 다가와 있었다.

"형, 점심 먹고 갈 거지?"

"사 주면 먹지."

"알았어."

"응?"

상진이 휴대폰을 들자 대체 뭘 하려나 궁금해하며 귀를 기울인 진환은 다음 말에 질겁했다.

"예. 거기 명화반점이죠? 여기 짜장면 둘하고 볶음짬뽕 하나, 그리고 탕수육하고 깐풍기 대짜로 하나씩 시킬게요. 빨리 가져다주세요."

"인마! 그만 처먹어!"

진환은 기겁을 하면서 휴대폰을 빼앗았다.

지금 먹은 양만 해도 성인 남자가 몇 명이 먹을 양이었다.

그나마 주소를 말하기 전에 막아서 다행이었다.

"왜? 먹는 게 남는 거잖아."

"지난번에 병원에 실려 갔던 거 생각 안 나? 미쳤냐?"

"안 미쳤으니까 걱정 마."

어깨를 으쓱거리는 사촌 동생을 보면서 진환은 한숨을 내쉬었다.

이번에 FA 계약을 하면서 걸린 옵션을 보면 진심으로 정신 감정을 의뢰해야 하는 게 아닌가 싶었다.

자책점과 소화 이닝 수, 출전 경기 수를 비롯해서 승리와 홀드, 세이브까지.

각양각색의 기록에 온갖 옵션이 걸려 있었다.

그것도 단계별로.

"계약을 그렇게 맺었을 때부터 제정신이 아닌 건 알았다만."

"난 언제나 제정신이야. 내가 설마하니 그걸 달성 못 할 거 같아서 그래?"

"널 믿느니 차라리 충청 호크스가 올해 우승한다는 데 1억 건다. 그리고 계약 조건에서 승수하고 홀드, 세이브 숫자는 전부 합산이야?"

"그래 봤자 얼마 안 돼. 다 합쳐서 30 미만이면 돈 없고, 30개 넘어가면 5억이었던가?"

작년 시즌에 거둔 홀드 수만 9개였고 세이브는 어쩌다가 거둔 2개가 전부였다.

그리고 승수는 더욱 심한 게, 부상당하기 전에 거둔 승수가 11승이었다.

부상에서 회복된 후에는 패전 처리조로 자주 등판하다 보니 5년 동안 거둔 승수가 고작 6승이었다.

전부 합쳐도 30이 간신히 넘는 상황인데 1년 동안에 승리와 홀드, 세이브를 다 합쳐서 30을 쌓으라니.

진환으로서는 도무지 이놈이 이해되지 않았다.

"야, 자신은 있는 거고? 다른 사람들은 한 푼이라도 더 못 받아 내서 안달인데, 그렇게 태평스럽냐? 답답하다, 답답해."

"훗. 나는 믿는 구석이 있으니까요."

"믿는 구석이고 나발이고 간에 나는 답답해 죽겠다."

진환과 계속 실랑이를 벌이면서도 상진은 태연했다.

지금은 이런 일에 감정 소모를 할 생각이 없었다.

먹는 게 남는 거라고, 지금은 최선을 다해서 먹어 둬야 한다.

띵동!

그때 갑자기 벨이 울렸다.

대체 누가 찾아오는 거지 싶었는데 상진이 진환을 지나쳐서 먼저 문을 열었다.

"배달 왔습니다!"

그리고 상진은 지갑을 꺼내며 멍한 얼굴로 자신을 바라보는 진환을 향해 씩 웃어 보였다.

"그 가게 단골이라 여기 주소는 이미 알고 있거든. 여기 계산 부탁해요."

"야, 이, 개자슥이!"

＊   ＊   ＊

「티라노즈, 이형진과 2+1년 10억 계약… FA 2호 계약」

「'프랜차이즈 대우' 노상후, 드래곤즈와 4년 30억으로 소속 팀

잔류」

「타이탄즈, FA 양결심과 4년 총액 72억 원 계약 완료」

FA 계약이 체결됐다는 기사들이 하나둘씩 나오기 시작했다.

하지만 이미 계약을 맺어 버린 상진은 아무런 상관도 없다는 태도로 일관했다.

그저 묵묵히 먹고 운동하기를 반복할 뿐.

연이어서 터지는 FA 계약은 적어도 10억 이상이 대부분이었다.

그래서 파격적이라고 할 수 있는 조건으로 계약한 상진에 대한 관심은 계속 이어졌다.

—다른 애들도 저렇게 받는데 이상진이라면 적어도 호크스에서 10억은 보장해 줘야 하는 거 아니냐?

ㄴ당연하지. 공헌도만 생각하면 10억이 아니라, 20억이라도 주고 싶다.

ㄴ팀에 해 준 게 얼만데.

ㄴ그래도 패전 처리조한테 20억은 쵸큼?

ㄴ그럼 얼마 줘야 하는데? 10억? 15억?

ㄴ선수가 선택했다고 하잖냐. 계약금 안 받고 옵션으로 돈 받겠다고. 성적으로 증명하겠단다.

가장 큰 반향은 바로 충청 호크스의 단장 박종현의 인터뷰에서 비롯됐다.

그는 이상진과의 계약이 기사화되고서 몰려오는 기자들에게 웃으면서 한마디로 마무리를 지었다.

"저는 거기에 계약금이나 연봉을 더 얹어 주고 싶었습니다만, 모든 계약 조건은 이상진 선수가 만들어 왔고 그것 외에 다른 협상은 없다고 했습니다. 저는 그 계약서를 확인하고 도장을 찍었을 뿐입니다. 전부 선수의 요구였고, 저는 그걸 받아들였을 뿐입니다."

이번 계약은 이상진 스스로가 원해서 맺은 계약이다.

이 말에 기자들은 연신 기사를 토해 냈다.

그중 몇몇은 악의적인 기사를 써 내기도 했다.

이상진이 구단에 약점을 잡혀서 말도 안 되는 조건으로 계약을 맺은 게 아니냐고 하거나, 혹은 호크스와 계약하지 않으면 미아가 될 수 있었다는 둥.

하지만 상진은 그런 말에도 휘둘리지 않고 준비에 준비를 거듭했다.

그래 봤자 먹는 게 일이었지만.

그렇게 시간은 흘러 일본 오키나와로 스프링캠프를 떠나는 1월의 마지막 날이 다가왔다.

정장을 입고 공항에 나온 상진은 동료들의 얼굴을 보면서 씩 웃었다.

투수조 한 살 위 선배인 장인재가 다가와서 인사를 하자 상진은 웃으며 반겼다.

"상진아, 몸은 좀 어때? 겨울 동안 잘 만들었냐?"

겨우내 상진은 해외로 나가지 않고 국내의 헬스클럽에서 시즌을 준비했다.

따뜻한 곳에서 준비하고 싶었지만, 그동안 억대 연봉을 한 번도 찍어 보지 못했던 상진에게는 그럴 만한 비용이 없었다.

"형은요?"

"나야 늘 잘 만들지. 이번에는 죽을 뻔했다."

"유형진 선배가 쥐 잡듯이 잡았다던데. 아직 살아 있네요?"

충청 호크스에서 뛰다가 메이저리그로 간 전설 유형진과 함께 훈련을 했다고 들었다.

그리고 생각했던 것보다 훈련이 꽤 혹독했다는 이야기 역시 들었다.

"몰라. 힘들어 뒈지는 줄 알았다. 그건 그렇고 넌 어떤데? 이놈이 질문을 질문으로 맞받아치고 있어."

"나야 언제나 가뿐하죠."

"그런데 인마, 계약은 그렇다 쳐도 묘한 이야기가 있던데?"

"뭔데요?"

초코바를 우적거리면서 되묻자 인재는 살짝 이맛살을 찌푸리더니 낮은 목소리로 물었다.

"너 계약서 마지막 조항에 이상한 거 집어넣었다면서?"

"그게 이상한가요?"

"당연히 이상하지. 원정 경기하고 훈련 때 네 식비를 구단에서 대 주는 거라니. 그것도 간식까지. 그런 건 좀 이상하잖아?"

이해받을 수 없는 조항이라는 건 충분히 이해하고 있었다.

그래도 어쩌랴. 전부 다 자신을 위해서 만들어 낸 조항이었다.

"구단 거덜 내려고 그런 계약을 한 거니까 걱정하지 마세요."

하지만 인재는 농담이라고 생각했는지 여전히 걱정스러운 얼굴이었다.

자신보다 좋은 실력을 갖췄고 유형진의 뒤를 이어 충청 호크스의 에이스가 될 거라고 예상되던 상진이었다.

매년 1군 출장일 수를 채우고 자유계약을 한다고 해서 한시름 놓았는데, 계약 조건이 이렇게 뒤숭숭할 줄 누가 알았겠는가.

걱정이 안 될 수가 없었다.

"저는 먹을 수만 있으면 얼마든지 좋으니까요."

"휴우, 네 고집은 옛날부터 황소고집이었지. 그러니까 하는 말인데 괜히 미움 사지 마라."

"알고 있어요. 안 그래도 사촌 형도 걱정하더라고요."

얼마 전에 진환에게서도 들었다.

그동안 FA 계약을 할 때 선수들은 주로 보장되는 계약금과 연봉을 올리는 데 열을 올렸다.

그런데 상진은 계약금이라든가 보장받는 연봉 대신에 어마어마한 옵션을 걸었다.

성적에 따라서 받겠다는 이야기지만 그동안 보장 금액을 올리는 데 열을 올린 선수들에게 있어서 달갑지 않은 이야기이기도 했다.

일부 선수들은 이미 상진을 적대시하고 있었다.

그때 공항에서 선수들과 이야기를 하던 사람 하나가 다가왔다.

"이상진 선수 되시죠? 월드 스포츠의 김명훈 기자입니다."

"아, 예. 오랜만이시네요."

"기억하시는군요? 몇 년이나 지났는데."

"데뷔했을 때 좋은 기사 써 주셨던 건 아직도 감사하죠."

벌써 10년 전이었지만 아주 냉정하면서 긍정적이고 정확한 평가였다.

당시 스포츠 언론들은 신인 선수들이 프로가 되면 냉혹한 현실과 대면해야 한다면서 가르치려고 들었다.

하지만 김명훈 기자는 조금 달랐다.

선수들의 고등학교 때 성적을 가져와서 하나씩 분석을 하며 짚을 걸 짚는 기사를 썼다.

변화구 구사율이 떨어지는 투수들은 변화구를 연마해야 한다거나.

너무 많은 이닝을 소화한 투수들은 구단에서 휴식을 취하게 해 줘야 한다거나.

여러모로 도움이 되는 이야기를 해 줬다.

"부상만 아니었다면 기사대로 됐을 텐데 말이죠."

"저도 참 안타깝게 생각하고 있습니다. 저는 개인적으로 이상진 선수의 팬이거든요."

그대로 됐으면 좋았겠지만 상진은 수술로 반년 이상을 잡아먹어야 했었다.

명훈도 그걸 못내 아쉬워해 여러 기사를 썼었다.

"그거 정말 감사합니다. 제가 팬이 워낙 적어서요."

"그래도 생각보다는 많으실걸요? 수술한 데는 좀 어때요?"

"뭘요. 복귀한 지 벌써 5년이 넘었어요. 그런데 웬일로 여기에 오셨어요? 저보다는 다른 선수들을 인터뷰해야 하지 않아요? 감독님이라든가. 아니면 이번에 36억짜리 계약을 한 상민이 형이라든가."

"그쪽에는 다른 사람이 갔죠. 저는 이상진 선수를 인터뷰하려고 온 겁니다."

그 말에 상진은 씩 웃었다.

무엇을 물어볼지, 어떤 질문을 하려는 건지 바로 눈치챘다.

"기자님도 FA 계약 조건에 대해서 물어보시려고요?"

이번 겨울에 안면을 트고 번호를 알고 있던 기자들에게서도 이런 질문이 수도 없이 쏟아졌다.

물론 다른 기자들의 질문에는 두루뭉술하게 대답했었다.

하지만 김명훈 기자는 허투루 대할 수 없었다.

"뭐, 그렇죠. 이번에 엄청난 옵션을 건 계약을 했는데 어째서인가요?"

"다른 게 있을까요? 자신 있으니까 그런 계약을 했죠."

"자신이 있다고 하셨나요? 일단 계약금이 없고 연봉도 억대가 아닌 게 매우 파격적입니다. 성적으로 거둘 수 있는 옵션

금액도 매우 세부적인데 이걸 달성할 자신이 있으신 겁니까?"

"물론입니다."

상진은 씩 웃으면서 엄지손가락을 치켜세웠다.

"저는 구단을 탕진시켜 볼 생각입니다."

＊　　　　＊　　　　＊

한창 겨울인 한국은 몸이 저절로 움츠러들 정도로 추웠다.

그런데 오키나와는 따뜻하고 약간은 푹푹 찌는 듯한 날씨였다.

20도 안팎으로 따스한 오키나와는 한국과 비교하면 몸이 노곤할 정도로 뜨끈뜨끈했다.

공항에서 짐을 챙겨서 내려 준비된 버스에 올라타면서 상진은 늘어져라 기지개를 켰다.

"흐아아암, 잘 잤다."

"잘 주무셨어요? 그런데 상진이 형."

"왜 그래?"

올해 주전 2루수 경쟁을 할 학경이가 갑자기 다가오자 상진은 어깨를 으쓱하며 반겼다.

물론 뭘 질문하려는 건지는 잘 알고 있었다.

"대체 얼마나 드시던 거예요? 다들 깜짝 놀라던데."

그 말에 상진은 피식 웃었다.

비행기 안에서도 무지막지하게 먹어 댔다.

다른 동료들도 혹시나 체하지는 않느냐며 걱정할 정도로 먹었다.

"남자라면 이쯤 먹어 줘야지. 오히려 나보다는 네가 철근이라도 씹어 먹어야 할 나이 아니냐?"

"어우, 저는 그냥 살던 대로 살고, 먹던 대로 먹을래요. 그렇게는 못 먹어요."

상진이 먹는 양은 두 살이나 어린 학경처럼 먹성 좋은 운동선수들조차 고개를 내저을 정도였다.

그러나 상진의 기행은 그것으로 끝이 아니었다.

숙소에 도착해서 각자의 방을 청소하고 정리한 선수단은 가볍게 운동을 시작했다.

물론 정식 훈련 일정은 아니었기에 몸만 푸는 수준이었다.

그 와중에 상진은 숙소 식당에서 오로지 먹었다.

마치 먹기 위해 태어난 사람처럼 먹어 댔다.

하지만 그것으로 끝은 아니었다.

"형, 어디 가요?"

"웅? 이 근처에 맛있는 음식점이 몇 군데 있거든. 내일부터는 훈련을 해야 하니 오늘 가서 좀 둘러볼까 하고."

예전에도 몇 번 와 봤던 오키나와 스프링캠프였기에 주위에서 하는 음식점들은 대부분 알고 있었다.

그 말에 후배인 박상훈은 질겁하면서 상진을 뜯어말렸다.

"그렇게 드시고도 또 드시게요? 체할 거 같은데요?"

"글쎄? 그쯤 먹어야 운동도 하지. 오늘 먹은 거로는 기별도 안 가."

"단장님이나 감독님이 마음에 안 들어 하실 텐데요? 코치님
도 그렇고."

"아아, 다들 살 빼라고 하시지. 근육량도 늘려야 하니까."

"그런데 그렇게 먹어서 되겠어요?"

그가 먹어 대는 양은 거의 사람이라고 부르기 어려울 정도였
다.

그래도 상진은 스프링캠프 전에 했던 체력 테스트에도 통과
했다.

다들 걱정하는 것과 다르게 상진은 식도락을 즐기며 별 생
각 없이 오키나와의 첫날을 보냈다.

*   *   *

코치진에게 있어서 늘 먹기만 하는 상진은 마음에 들지 않
는 존재였다.

작년에는 뭔가 꾸준하고 성실했으며 최선을 다해 자기 관리
를 하는 모습을 보였다.

그런데 이번에 FA 계약을 하면서 오로지 먹고 또 먹는 모습
만 보여 주고 있다.

"체력 테스트는 통과했습니까?"

"네. 다른 선수들만큼은 되더군요."

"흐음."

체력 테스트는 물론이고, 벌써 캐치볼을 할 정도의 몸을 만들어 왔다.

다른 선수들보다 월등하게 빠른 건 아니었지만 철저하다고 말할 수 있는 수준이었다.

조금이라도 부족하면 본보기로 가차 없이 한국에 되돌려 보낼 생각이었던 한현덕 감독은 고개를 주억거리면서 낮게 신음했다.

"어찌 됐든 몸은 잘 만들어 온 것 같군요. 경력이 쌓인 만큼 저렇게 먹어 대도 준비할 건 다 해 온 모양입니다."

"그러면 오늘 불펜 피칭 명단에 올릴까요?"

"일단은 그래 보세요. 부상 경력이 있는 녀석인 만큼 섬세하게 관리해 주시고요."

부상 때문에 1년 가까이 경기를 뛰지 못했던 녀석이었다.

그나마 10년 넘게 뛰면서 FA 계약을 할 수 있을 정도의 1군 등록일을 채워서 다행이랄까.

박달재 코치는 그라운드를 뛰면서 하체를 단련하고 있는 상진을 향해 소리쳤다.

"상진아! 준비해라! 조금 있다가 공 던져 보자!"

한참을 뛰고 있던 상진은 이마의 땀을 닦아 내면서 고개를 끄덕였다.

드디어 공을 던질 차례가 된 모양이었다.

그렇잖아도 몸이 근질근질하던 참이었다.

"그러면 어디 한번 던져 볼까."

훈련장의 불펜에 들어간 상진은 스트레칭을 하며 몸을 풀었다.

박달재 코치는 불펜으로 들어오면서 우물거리고 있는 상진을 보면서 인상을 찌푸렸다.

이대로 가면 한국으로 돌아갈 1호 선수는 이놈이 될 것 같았다.

갓 FA 계약을 했어도 저렇게 배짱 계약을 하면 노력하는 기색이라도 보여야 했다.

그런데 상진은 전혀 그래 보이지 않는 게 못내 꼴 보기 싫었다.

"오늘은 가볍게 10개만 던져 보자."

"알겠습니다. 그럼 시작합니다."

상진은 자세를 잡고 공을 힘껏 뿌렸다.

허공을 가르며 날아간 공은 경쾌한 소리를 내며 미트 안으로 빨려들어 갔다.

그리고 스피드건을 들고 있던 박달재 불펜 코치의 눈이 부릅떠 졌다.

"흡!"

"왜 그러세요?"

영문을 모르고 다가온 다른 구단 직원의 눈도 휘둥그레 떠졌다.

믿을 수 없는 숫자였다.

[142km/h]

이상진의 손을 통해서는 절대 나올 리 없었던 숫자가 스피드건에 찍혀 있었다.

팡!

미트에 꽂힌 공을 빼서 다시 상진에게 던져 주며 재환이 기세 좋게 외쳤다.

"좋아! 공이 살아 있네!"

옆에 있던 구단 직원과 박달재 코치의 눈은 휘둥그레져 있었다.

또다시 스피드건에 142킬로미터가 찍혔다.

이 정도는 그다지 놀라운 구속이 아니다.

현재 한국프로야구의 누구나 찍는 구속이었다.

문제는 이상진이 부상 이후 단 한 번도 찍어 본 적이 없는 구속이란 점이었다.

"10개째! 수고했어!"

충청 호크스의 이상진.

2009년에 데뷔해서 2019년까지 11년 동안 쌓은 성적에서 방어율 6.54였다.

만년 유망주라는 이름답게 단 한 번도 포텐셜이 제대로 터졌다는 평가를 받아 본 적은 없었다.

물론 어깨를 수술했던 전력 때문에 그렇기도 했다.

중간에 고관절 부상을 입고 수술과 재활을 거친 후에는 구속이나 구위가 저하됐다.

그래서 절대로 좋은 성적은 아니었다.

그런 그가 수술 후에 1군에 다시 발을 들여놓을 수 있는 건 그만큼의 노력이 있어서였다.

하지만 FA를 위해 1군 등록 일수를 간신히 채우는 것이 고작이었다.

약속했던 10개를 전부 던진 상진은 뭔가 아쉬운 얼굴이 됐다.

공이 생각보다 잘 뻗어 나가서 조금 더 던져 보고 싶었다.

"재환이 형. 하나만 더 던져 봐도 될까요?"

"응? 그러든가."

그 말에 박달재 코치는 잔뜩 긴장한 얼굴로 다시 스피드건을 들어 올렸다.

아까부터 상진의 구속이 아주 조금씩 조금씩 올라갔다.

그런데 하나만 더 던져 보겠다고 하자 구속이 얼마나 찍힐지 궁금해졌다.

"그럼 갑니다."

힘껏 팔을 뒤로 당기며 발을 앞으로 디딘 상진은 그대로 공을 앞으로 뿌렸다.

유려한 곡선을 그리며 채찍처럼 휘어진 상진의 팔이 공을 뿌렸고, 아까보다 더 깊은 소리를 내며 글러브 안에 공이 박혔다.

"흡?"

"코치님, 구속 얼마나 나왔어요?"

아까도 그랬지만 점점 공이 묵직해진다는 걸 느꼈던 재환이 오히려 더 궁금해하며 다가왔다.

그리고 스피드건에 찍힌 구속을 보자 재환도 깜짝 놀랐다.

[144km/h]

부상을 입은 후 최고 구속은 130킬로미터 초반이었다.

스피드건의 숫자는 그런 상진이 새롭게 시작되는 전성기를 알리는 첫 번째 신호탄이었다.

＊　　　　＊　　　　＊

오키나와의 밤이 깊어 갔지만 개인 연습을 하는 선수들이나 코치들 역시 쉬지 못했다.

휴식 시간이 주어졌다고 해도 어딘가 비어 있는 곳이 있다면 여지없이 선수들이 와 있었다.

타자들은 배트를 휘두르고 투수들은 수건을 들고 섀도 피칭을 하며 이미지 잡기에 여념이 없었다.

그 와중에 그 모습을 구경하면서 뭔가를 먹는 상진이 있었다.

"너는 또 먹냐?"

"적당히 좀 먹어라."

구슬땀을 흘리며 배트를 휘두르던 팀의 주장 이정열과 최고 참인 대균이 상진을 보면서 핀잔을 주었다.

"저한테는 이게 단련법이에요."

"퍽이나."

그래도 별다른 말은 하지 않았다.

낮에 불펜에서 던졌던 상진의 구속에 대해서는 다들 알고 있었다.

수술한 이후 패스트볼 구속은 130킬로미터 중후반 정도였다.

그나마 가장 높이 찍은 게 141킬로미터였고 그것도 전력을 다해야 가능했었다.

그랬던 상진이 아직 시즌도 시작하지 않았는데 최고 구속을 144킬로미터까지 찍었다는 건 모두의 입에서 오르락내리락했다.

"넌 참 신기한 놈이야."

"왜요?"

"누구든지 FA 계약 할 때 계약금하고 연봉을 죽어라 챙기려는데, 옵션만 걸어 두고서 먹을 거만 챙기니 말이야."

그리고 FA 계약을 할 때 마지막 조항이야말로 계약서의 백미였다.

구단에서도 어처구니가 없어서 기자들에게는 알려 주지 않았지만, 선수들은 대부분 알고 있었다.

"그런데 그 조항은 왜 걸어 놓은 거냐? 아니, 그전에 진짜 넣은 거야?"

"먹는 거에 대한 조항요?"

"그래, 인마. 먹을 때는 개도 안 건드리니까 먹는 양과 먹는 시간에 대해서 절대 보장해 달라. 그리고 그게 뭐냐?"

대균은 피식피식 웃으면서 덧붙였다.

"스프링캠프부터 시즌 끝날 때까지 식비는 철저하게 구단 부담이라니."

"왜요? 그게 말도 안 되는 거던가요?"

"당연하지. 웬만해서 구단이 죄다 부담하잖아. 그런데 그걸 굳이 명문화해서 구단 부담이라고 적어 놓을 이유는 뭐냐?"

아마 다른 사람한테는 설명해도 이해조차 하지 못할 거다.

시스템을 처음 발견했을 때 진환에게 말을 꺼냈다가 경멸하는 듯한 시선을 받았었다.

아마 다른 사람에게 이걸 이야기하면 미친놈 취급을 받겠지.

상진은 어깨를 으쓱거리면서도 먹는 건 멈추지 않았다.

"쩝쩝, 그럴 필요가 있으니까요."

"그렇게 먹는 걸 보니까 그런 조항을 넣을 필요는 있어 보인다."

야구 선수들은 많이 먹는다.

일반인과 비교해서 거의 두세 배를 먹어 댄다고 해도 과언이 아니다.

그런데 상진은 그런 야구 선수들보다 두 배는 더 먹고 있었다.

그리고 지금도 먹는다.

어째서 그렇게 먹어 대는지에 대해서는 옛날부터 봐 온 대균만이 아니라 코치진들마저도 궁금하게 여겼다.

선수들이 남아서 가벼운 훈련을 마저 하고 있는 사이에 코치들은 모여서 회의를 하고 있었다.

"다들 천천히 몸 상태를 끌어올리고 있습니다. 출발 전에 한 체력 테스트에서 다들 합격했으니 그럴 만도 하겠지만요."

"그런데 상진이가 오늘 사고 하나 쳤다면서요?"

모두 피식 웃었다.

그리고 헛기침을 하며 박달재가 입을 열었다.

"네. 아직 몸이 올라오지 않은 투수들은 롱 토스나 러닝을 했고 몸이 어느 정도 올라왔다고 판단된 투수들은 시범적으로 10구씩 던진 다음 캐치볼과 롱 토스를 했습니다. 그런데 상진이의 구속이 좀 심상치 않더군요."

"144을 찍었다고 했습니까? 혹시 스피드건이 고장 난 건 아닙니까?"

다른 코치들도 믿을 수 없다는 표정을 짓고 있었다.

그만큼 상진은 부상의 후유증을 크게 앓았던 선수였다.

어깨 부상 전에는 최고 150킬로미터까지 찍었던 구속은 고관절 부상을 당하며 급격히 떨어졌다.

회복한 이후에는 구속이 전혀 나오지 않아 패전 처리조로 등판하는 것조차도 아슬아슬했었다.

"여태까지 성적만 보면 FA로 대우해 주기 어렵다고 생각했었습니다."

"그런데 구속 나오는 걸 보니 상진이가 우리보다 더 마음을 굳게 먹은 거 같군요."

이상진이라고 한다면 충청 호크스의 역사를 대변해 주는 투수였다.

동시에 아픈 손가락이었다.

그동안 고생해 온 걸 생각한다면 FA 계약 때 두둑이 안겨 주지 못한 게 오히려 미안할 정도였다.

그런데 넉넉하게 챙겨 주길 원하는 것도 아니고, 오히려 엄청난 옵션을 걸어 버린 후 몸까지 제대로 만들어 왔다.

기특함을 넘어서서 대견할 정도였다.

"상진이 FA 계약에 걸린 성적 대비 옵션이 장난이 아니었죠?"

"그걸 달성하려고 엄청 노력하는 모양입니다."

"보통 FA하기 전 시즌에 성적이 미친 듯이 오르는데 상진이는 오히려 반대군요."

FA로이드라고 해서 FA가 되기 전 시즌에 선수들의 성적이 급격히 상승하는 일이 종종 있었다.

그런데 상진은 오히려 FA 계약을 하고 난 후에 구속이 올라가고 있었다.

아직 2월 초라 몸도 제대로 만들어지지 않았다는 걸 고려한다면, 더 올라갈 수도 있었다.

"아무튼 이상진은 좀 두고 봅시다. 구속이 올라왔다면 올해는 좀 쓸 만할지도 모르니까요."

"알겠습니다, 감독님."

"너무 페이스를 급격히 끌어올리면 부상 위험도 높아집니다. 그 점도 좀 신경 씁시다."

＊　　　　＊　　　　＊

하루하루 훈련하면서 선수들은 천천히 몸을 만들어 갔다.

훈련장을 뛰고 수비 연습도 하고 투구 연습도 하면서 모두 각자의 페이스대로 야구 선수로서 활동할 수 있는 몸을 만들었다.

그리고 상진은 또 먹었다.

"저렇게 아무거나 먹다니. 부럽네."

선수들은 주로 코치들에 의해 맞춰진 식단에 따라 식사를 했다.

주로 단백질을 섭취하고 거기에 열량 높은 식품을 추가한다거나 혹은 맞춤형으로 만들어진 건강식을 먹었다.

그래서 다들 아무거나 다 먹는 상진을 보며 부러워했다.

하지만 그것도 조금 지나자 오히려 질린다는 표정이 됐다.

"몇 그릇째지?"

이제 상진이 식사만 하면 이런 말은 자연스럽게 나왔다.

저건 과식도 아니고 폭식 수준이었다.

기본적으로 밥을 몇 그릇씩 먹는 건 기본이었고, 고기는 물론 채소까지 싹쓸이해서 먹고 있었다.

심지어 호텔에서도 야구 선수들을 대접하기 위해 평소보다 넉넉히 구매해 둔 재료가 바닥날 정도였다.

"그런데 대체 저렇게 먹고도 운동이 되나?"

다른 사람이라면 배가 불러서 움직이지도 못할 수준이었다.

그런데도 식사 시간이 끝나고 연습할 시간이 되면 귀신같이 움직였다.

다들 그게 너무 신기했다.

그렇게 먹는 것과 연습을 병행하면서 상진은 차근차근 포인트를 쌓아 나갔다.

그리고 예정했던 연습 경기가 다가왔다.

"모두 알다시피 오늘부터 10일 동안 일본 팀과 국내 다른 야구 팀과 연습 경기 일정이 시작된다."

가볍게 몸 상태를 점검하고 신인급 선수들의 기량을 테스트해 보는 자리였다.

매년 스프링캠프를 올 때마다 겪었던 일이라 상진은 그냥 무덤덤했다.

일단 입 안에 뭔가를 집어넣고 우물거리는 데 집중하고 있었다.

"어제 말했듯이 오늘 선발은 임범수로 시작한다. 각자 컨디션과 경기 감각을 잘 조율하고 부상을 입지 않도록 주의해라."

"알겠습니다!"

상진은 경기를 준비하면서도 꾸준히 먹었다.

이번에 스프링캠프를 와서 이것저것 많이 먹었고 실험도 해 봤다.

그 결과 먹는 것에 따라 얻는 포인트도 달라지는 걸 알아냈다.

처음에 물이나 채소류를 먹으면 한번 목에 넘길 때마다 1포인트씩 올랐었다.

그건 과일류도 비슷했다.

그런데 운동선수의 근육을 만드는 단백질류 음식을 섭취할 때는 종종 2포인트씩 오를 때가 있었다.

고급 음식으로 갈수록 그런 경향이 더 심했다.

일본산 와규로 만든 고급 소고기 요리를 먹었을 때 무려 4포인트가 오르는 기염을 토해 내기도 했었다.

[사용자: 이상진]

[현재 상태]

―체력: 49/100

―제구력: 79/100

―최고 구속: 시속 145킬로미터

―평균 회전수: 2,178RPM

―보유 구종: 포심 패스트볼(C), 커브(C), 슬라이더(C), 체인지업(D)

―보유 스킬: 먹어서 남 주냐

지난번과 비교해서 확실히 좋아진 게 눈에 들어왔다.

다만 문제는 포인트였다.

상진은 고개를 들어서 포인트 게이지를 바라봤다.

[101/128]

획득한 포인트가 10을 넘기는 순간부터 최대치가 1씩 올라가기 시작했다.

그래서 총 38포인트를 채운 지금은 128까지 올라갔다.

최대치가 올라가게 되니 더 많은 음식을 먹어야 해서 식비가 조금 걱정됐다.

구단에서 전적으로 지원해 주긴 해도 약간 걱정되는 건 있었다.

이런저런 생각을 하다 보니 일본 프로야구 팀 주니치 드래곤즈 2군과의 경기 시간이 다가왔다.

일본 팀은 풀이 넓은 만큼 2군도 무시할 법한 실력이 아니었다.

그리고 그건 경기가 시작되자 금세 드러났다.

"와아아아!"

"1루! 1루!"

3회가 끝났을 때 이미 점수 차는 5점까지 벌어져 있었다.

한현덕 감독에게서 신호를 받고 불펜에서 준비하던 상진은 천천히 마운드 위로 걸어 올라갔다.

오랜만이었다.

연습을 하면서 여러 번 투구를 해 보기도 했고, 조금 전에도 불펜 투구를 했다.

하지만 마운드 위에 올라오는 건 색다른 기분이었다.

포수인 최재환과 사인을 확인하고 헤어진 상진은 공을 움켜쥐고 그립을 잡으며 타자를 노려봤다.

[식사 시간이 되었습니다.]

[상대방의 포식 포인트가 표시됩니다.]

"웅?"

그동안 수없이 봐 왔던 시스템 메시지가 아닌, 다른 메시지가 그의 눈앞에 떠올랐다.

잠깐 타임을 외친 상진은 타석 위에 서 있는 타자의 머리 위에 숫자가 떠올라 있는 걸 발견하고 그만 피식 웃고 말았다.

"아아, 그렇단 말이지?"

음식을 먹는 것만이 아니다.

경기가 시작되고 투수는 마운드에, 타자는 배터 박스에 들어선다.

그렇게 되면 투수와 타자는 서로 잡아먹거나 잡아먹히는 관계일 뿐.

지금 시스템은 자신에게 이렇게 말하고 있었다.

잡아먹을 것인가.

아니면 잡아먹힐 것인가.

"그런 건 당연하잖아?"

상진은 실밥의 오톨도톨한 감촉을 느끼며 힘껏 팔을 잡아당겨 휘둘렀다.

작년과 180도 다르게 공은 날카로운 곡선을 그리며 포수의 글러브로 날아갔다.

"스트라이크!"

"어어?"

충청 호크스의 최재환은 어리둥절한 표정을 지었다.

지난번에 불펜에서 투구할 때만 해도 이렇지 않았다.

조금 투박하기도 했고 어딘가 거친 느낌이 남아 있었다.

그런데 지금은 좀 달랐다.

"스트라이크 투!"

뭔가 공이 정확하게 글러브 안에 빨려들어 오는 기분이었다.

공이 살아 움직인다고 해야 할까.

재환은 순간 예전에 겪었던 정상급 투수의 공이 생각났다.

그때도 이것과 비슷한 기분이었다.

"스트라이크 스리! 아웃!"

그리고 세 번째 공이 자연스럽게 글러브 안으로 빨려들어 왔다.

그것으로 끝이었다.

상진이 두 번째로 상대한 타자도 공 세 개를 넘기지 않았다.

작년에 비해서 전혀 달라진 제구력과 변화구 구사력이었다.

'이건 사람이 갑자기 변해도 너무 변해 버렸잖아!'

상진은 오랜만에 상쾌한 기분을 느끼고 있었다.

손가락 끝에 실밥이 걸리며 그립을 쥐는 감촉.

팔을 휘두르며 꺾이는 근육의 뒤틀림.

공을 던질 때의 모든 움직임이 상쾌했다.

마치 5년 전에 부상을 당하기 전의 몸 상태로 돌아간 기분이었다.

'진짜 이게 먹어서 남는 건가.'

작년에는 공을 던지면 부상을 당했던 고관절과 팔꿈치 부분이 욱신거렸다.

그래서 뼛조각을 제거하는 수술도 한 번 받았었다.

하지만 제대로 된 효과를 보지 못한 게 한두 번이 아니었다.

그만큼 해가 갈수록 몸 상태가 안 좋았는데, 지금은 어디 아픈 곳도 없었다.

단지 이상한 시스템을 받아들이고 먹기만 했는데, 이렇게까지 좋아질 줄이야.

'구속만이 아니라 다른 수치도 올라서 그런가. 그게 환상이 아니란 말이지?'

[타자를 아웃시켰습니다. 20포인트가 지급됩니다.]

[삼진으로 아웃되어 2포인트가 추가 가산됩니다.]

하나씩 하나씩 아웃 카운트를 잡는 게 더할 나위 없이 즐거웠다.

그리고 상진이 아웃을 늘려 갈 때마다 더그아웃에서는 환호성이 터져 나왔다.

"잘한다! 이상진!"

"상진이가 삼진 잡네!"

"야! 삼진 두 개 잡으면 이삼진이냐?"

"아! 웃어서 자존심 상한다."

무엇보다 더그아웃에서 상진의 투구를 지켜보던 한현덕 감독은 더욱 놀라고 있었다.

스프링캠프에 처음 와서 받았던 보고로도 구속과 구위가 좋아졌다는 이야기는 분명히 들었다.

직접 지켜보기도 했었다.

하지만 뚜껑을 열어 보니 웬걸.

이건 사람이 바뀐 듯한 기분이었다.

"두 타자 연속 삼진이라니."

"상당한걸요? 작년과 비교해서 구속과 구위가 확실히 올라왔습니다. 한 이닝 더 던지게 해 볼까요?"

"음, 그러죠. 다음 이닝까지 맡겨 봅시다."

부상에서 복귀하고 4년 동안 상진의 실력은 1군과 2군을 오갈 정도로 아슬아슬했다.

한국 프로야구는 1군과 2군의 차이가 상당히 컸다.

2군을 씹어 먹는다고 평가받던 선수들이 죽 쑤는 일도 심심찮게 벌어지는 곳이 1군이었다.

상진도 그런 선수 중 하나였다.

그럭저럭 쌓아 둔 실력이 있기에 2군에서도 단연코 돋보이는 선수였다.

하지만 1군에 올라오면 패전 처리조 그 이상도 이하도 아니었다.

1군에서 버틸 수 있던 것도 발군까지는 아니더라도 폭투를 던지지 않는 제구력이 뒷받침되어서였다.

"상전벽해라는 말이 따로 없군요. 어떻게 안 본 지 석 달밖에 안 됐는데."

"아무튼 명확해진 건 하나 있습니다."

한현덕 감독은 교체 사인을 내면서 말했다.

"우리한테 쓸 만한 불펜 투수가 하나 생겼습니다."

그리고 마지막 아웃 카운트가 울려 퍼졌다.

"아웃!"

"나이스!"

마지막에 내야에 뜬공을 2루수인 강학경이 잡아 내자 상진은 주먹을 쥐고 승리의 포즈를 취해 보였다.

경배와 하이파이브를 하며 이닝을 끝낸 것을 자축하며 더그아웃에 들어온 상진은 모두를 실소케 하는 한마디를 꺼냈다.

"아, 배고프다."

*   *   *

일본 프로야구 팀은 2군 멤버라고 해도 상당한 수준이었다.

수천 개에 달하는 고교 팀에서 올라온 선수들다웠고, 상대하기에 부족함이 없었다.

"으음, 자세가 조금 흐트러졌나."

아까 훈련이 끝나고 전력 분석 팀에 가서 일본 프로야구 팀과 경기한 걸 녹화한 동영상을 받아 왔다.

그걸 돌려 보면서도 상진은 여전히 뭔가 먹고 있었다.

초코바부터 과일이나 빵, 달걀 등 가리지 않고 먹는 그의 모습은 이제 호크스의 명물이 되어 있었다.

심지어 어디까지 먹을 수 있는지 궁금해서 자신에게는 금지된 간식을 상진에게 가져다주는 선수들도 있었다.

"어때?"

"음, 네?"

오늘 연습을 끝내고 한창 섀도 피칭을 하던 인재가 땀을 닦으며 다가왔다.

마침 영상에서도 그의 투구가 나오고 있었다.

옆에 와서 앉은 그는 상진에게 넌지시 의견을 물었다.

"내 투구 폼 보고 있네? 어때? 예전하고 좀 달라졌어?"

"조금 바뀌긴 했네요."

"많이?"

"일단 구종별로 자세 차이나 팔 각도가 큰 차이가 없어져서 그게 괜찮은 것 같네요. 버릇이 많이 없어졌다고 할까요? 그래도 포크볼이 약간 차이가 있어요."

여러모로 상진은 코치들보다 선수들에게 더욱 고마운 존재였다.

부상을 당하고 복귀할 당시 여러 가지로 새로운 투구 폼을 연구하다 보니, 눈썰미도 그렇고 코칭에 대해서도 많이 공부했었다.

그래서 코치들에게 묻거나 혹은 도움을 받기에 시간이 촉박할 때 선수들은 상진에게 와서 묻는 일이 많았다.

"달재 코치님도 비슷한 말씀을 하시긴 했는데, 흠. 더 고쳐 봐야 하나."

"너무 무리하게 고치는 건 안 좋아요. 가뜩이나 포크볼은 팔에 무리가 가는 구종이니까 형도 조금은 다른 걸 연습하는 게 좋아요."

"그러기엔 내가 좀 머리가 나빠서."

"언제 구종을 머리로 배웠다고 그래요? 가르쳐 줬으니까 약속한 거나 줘요."

인재는 웃으면서 한국에서 가지고 온 과자를 상진에게 던져 줬다.

조언을 잘해 주는 편이었던 상진은 이번에 약간 룰을 바꿨다.

바로 조언을 원하면 뭔가 먹을 것을 가지고 올 것.

스프링캠프를 위해 오키나와로 전지훈련을 온 선수들은 이것저것 먹을 것을 많이 챙겨 왔다.

하지만 몸을 만들기 위해서는 식단을 조절해야 하기에 마음대로 먹지 못하는 게 많았다.

상진은 그걸 요구했다.

"그런데 그렇게 먹고도 괜찮냐? 솔직히 좀 불안하다."

"걱정하지 마세요. 그리고 전 계약서에도 써 놨잖아요? 식비는 걱정 없다구요."

"잘났다, 잘났어."

과자를 뜯어서 먹기 시작하는 상진을 보면서 인재는 씩 웃어줬다.

언제 봐도 든든한 후배였다.

예전에는 정신적으로 든든했다면, 이제는 실력적으로도 든든해지고 있었다.

"그런데 네가 갑자기 뒤바뀌게 된 게 그렇게 먹는 거랑 무슨 연관이 있어?"

"있긴 하죠."

물론 시스템에 대해서 말해 주긴 껄끄러우니 대충 얼버무렸다.

그리고 인재도 크게 신경 쓰지 않았다.

"하기야 너는 하도 재활을 많이 해서 좀 말랐었으니 그쯤 먹어 두는 것도 나쁘진 않은 거 같다. 요새 운동할 때 보면 예전보다 근육도 잡히고 밸런스도 좋아 보이거든. 요새 벌크업이 유행이기도 하고."

"그런 말은 트레이너 분들이 해야 할 말 아니에요?"

"인마, 서당 개 삼 년이면 풍월을 읊는데, 우리가 하루 이틀 운동하냐?"

인재가 보기에 작년까지 삐쩍 말랐던 상진과 올해의 상진은 전혀 달라 보였다.

사실 상진도 알지 못했지만 이건 심리적인 요인이 컸다.

눈으로서 수치가 보이니 그걸 올리는 재미에 푹 빠졌다.

그러다 보니 공을 던지면 올라간 수치 그대로의 공이 포수의 미트에 꽂혔다.

팡팡거리면서 원하는 곳에 예전과 다른 공이 들어박히는 소리를 듣다 보면 상진은 마치 야구를 처음 시작했던 초등학교 시절이 떠올랐다.

그때는 공을 던지고 치는 게 너무 즐거웠다.

그 기분을 거의 20년 만에 느끼며 즐기고 있으니 실력이 오르는 속도가 눈에 띌 정도였다.

*   *   *

"남아(男兒) 사별삼일(士別三日)이면 괄목상대(刮目相待)라더니. 상진이가 딱 그 모양이군요."

일본 팀, 그리고 국내 팀과 연전을 치르면서 상진의 실력에 코치진은 다들 감탄했다.

이제 슬슬 3월이 되어 가는 시점에서 평균 구속을 시속 140킬로미터로 유지하고 있었다.

이 정도라면 실전에서 얼마든지 투입될 수 있는 수준은 이미 넘어섰다.

"필승조로 올려야 하지 않을까요?"

"으음."

한현덕 감독은 즐거운 고민에 빠져 있었다.

상진은 확실히 좋은 투수가 되어 가고 있었다.

하지만 여태까지 쌓은 실적이 너무 좋지 않다는 점이 그를 고민하게 만들고 있었다.

"일단 필승조와 추격조, 패전조의 구성은 그대로 갑니다."

"하지만……."

예전에는 제구력이 그럭저럭 좋았어도 구속과 구위가 별로라 자주 얻어맞았다.

하지만 지금은 구속도 올라가고 구위도 좋아져서 예전과는 전혀 달랐다.

국내외 팀들과 연습 경기를 가지면서 상진은 7경기에서 단 1점만 내주는 기염을 토해 냈다.

그것도 뜬금없이 홈런을 한 방 맞아서 그렇지 피안타는 5개에 불과했다.

"알고 있습니다, 박달재 코치님. 상진이가 지금 하루가 다르게 발전하고 있으니까요. 그래도 시즌에 들어가면 무슨 일이 벌어질지 모릅니다."

갑작스럽게 구속과 구위가 올라왔다.

FA 계약을 할 때 옵션을 너무 걸어 놔서 그거에 압박을 받는 걸지도 모른다.

만약 무리하고 있다면 부상 위험도가 너무 높았다.

게다가 부상 때문에 수술을 받은 전력도 있지 않은가.

"일단은 좀 더 지켜보고 사정에 맞춰서 등판을 시켜 봅시다."

"그러면 선발진하고 불펜은 얼추 맞춰졌는데 문제는 타선이네요."

그 말에 이번에 새로 온 일본인 타격 코치 타나베 마사키부터 수석 코치인 왕종훈까지 면목 없다는 얼굴이 됐다.

작년부터 타격이 썩 좋지 않기는 했다.

하지만 이번에 스프링캠프에서 타격을 점검하면서 팀 타율이 2할 초반까지 내려가는 부진을 겪고 있었다.

이게 일시적인 것이라면 몰라도, 작년부터 이어지던 부진이기에 더욱 신경 쓰였다.

"어쨌든 타선은 조금만 더 정비해 봅시다. 그리고 투수진은 기존의 필승조를 중심으로 개편하도록 하되."

한현덕 감독은 조금 기대를 담아 말했다.

"이상진도 주력으로 올리는 걸 충분히 고려해 봅시다."

*　　　*　　　*

오키나와에서의 스프링캠프가 끝나고 충청 호크스의 선수들은 전부 귀국길에 올랐다.

여전히 입에 먹을 것을 매달고 있는 상진이었지만 얼굴에는 불만이 가득했다.

'어째서 등판이 이렇게 띄엄띄엄이지.'

불만은 있긴 하지만 등판 주기가 이렇게 띄엄띄엄인 건 이해하고 있었다.

스프링캠프는 말 그대로 선수단 전부를 점검하는 시간이다.

선수단 한 명, 한 명의 몸을 만들고 경기 감각을 조금씩 끌어 올리는 시간.

'타자를 잡아먹어야 포인트가 팍팍 오를 텐데.'

지금도 이렇게 계속 먹으면서 포인트를 쌓고 있다.

그래도 타자를 아웃시킬 때마다 포인트가 들어오는 걸 떠올리면 뭔가 짜릿했다.

공 하나하나에 신경 써서 던진 게 얼마 만인가 싶었다.

[전분류 음식의 섭취를 확인했습니다.]

[포인트가 1 증가합니다.]

[149포인트를 달성했습니다.]

[랜덤으로 능력치 및 스킬 중 하나가 지급됩니다.]

이제 50번째로 포인트를 채우게 됐다.

뭔가 스킬이라도 하나 더 툭 던져 주지 않을까 하고 결과 창을 기다렸다.

물론 결과 창은 상진을 실망시켰다.

[체력이 1 증가하였습니다.]

'우라질.'

속으로 투덜거리면서 상진은 시스템을 열어 자신의 상태를 다시 확인해 봤다.

처음과 비교해 본다면 놀라울 정도의 성장이었다.

[사용자: 이상진]

[현재 상태]

―체력: 53/100

―제구력: 82/100

―최고 구속: 시속 146(+10)킬로미터

―평균 회전수: 2,208(+140)RPM

―보유 구종: 포심 패스트볼(B), 커브(C), 슬라이더(C), 체인지업(D)

—보유 스킬: 먹어서 남 주냐

능력치를 올리고 실전을 거치면서 하나 깨달은 게 있다면 바로 능력치와 구종 간의 상관관계였다.

가장 기본적으로 제구력이 좋아지면 구종들의 등급도 조금씩 뒷받침된다.

여기에서 중요한 건 구속과 회전수였다.

회전수는 구위와 직결되는데, 이 두 가지가 전부 올라가도 등급들이 더 올라갔다.

'문제는 체력인데.'

불펜 투수인 자신에게 체력보다 구속이나 회전수, 제구력이 더 중요했다.

물론 나중에 가면 어딘가 쓸데가 있을지 모르지만, 지금은 불필요한 능력치였다.

그런데 방금 전은 체력이 올라 버렸다.

상진은 짜증스럽게 앞머리를 쓸어 올리며 조금 전에 비행기 안에서 산 음료수를 들이켰다.

그리고 추가로 떠오른 메시지에 눈을 가늘게 떴다.

[50번째 능력치를 획득하였습니다.]

[이제부터는 포인트 상한 달성 시 코인이 지급됩니다.]

[획득한 코인은 보관할 수 있습니다.]

[보관해 두신 코인을 사용하시면 랜덤으로 능력치가 지급됩니다.]

'이건 좀 쓸 만하겠는걸?'

능력치를 골라서 올릴 수는 없지만 100포인트를 채워서 얻은 코인을 보관해 둘 수 있게 됐다.

어차피 조삼모사 같은 이야기이지만, 기분은 조금 달랐다.

지금까지는 포인트를 채우면 시도 때도 없이 던져 주는 기분이었다.

하지만 이제 코인을 쓰지 않고 모아 둘 수 있다면 원하는 때 지를 수 있는 게 아닌가.

'뭐든 간에 촉이 올 때 지르는 거지.'

지금 지르나 나중에 지르나 어차피 똑같다는 건 알고 있다.

하지만 기분이라는 게 있지 않나.

"흐흐흐흐."

"왜 그래? 기분 나쁘게시리."

지나가던 인재가 상진의 웃음소리에 소름끼친다는 표정을 지으며 질겁했다.

그래도 상진은 웃음을 멈출 수 없었다.

"으흐흐흐."

밥상 앞의 시범 경기

　스프링캠프가 끝나고 3월이 되면 한국 프로야구는 시범 경기를 시작한다.

　그리고 언제 타자를 잡아먹나 기다리고 기다리던 상진이 환영하는 시간이었다.

　"어때? 애들한테 자료 좀 던져 줄 시간 혹시 되냐?"

　"벌써 자료를 던져 주라고요?"

　팀은 작년부터 리빌딩 체제로 들어섰다.

　이미 주전으로 뛰기 시작한 20대 초반의 신인들이 수두룩했다.

　하지만 문제는 다른 곳에 있었다.

　"시범 경기 때는 그냥 휘두르는 거예요."

"그래도 애들도 데이터는 가지고 휘둘러야지."

"그냥 수 싸움이나 신경 쓰라고 해요. 데이터는 시즌 시작하고부터 읽어도 괜찮으니까요."

인재는 계속 기웃거리면서 상진의 주위를 맴돌았다.

그리고 다른 투수들도 마찬가지였다.

그들은 전부 상진 주위를 맴돌고 있었다.

"진짜 매년 이러기예요? 가끔은 스스로 할 수도 있잖아요."

"그렇긴 하지. 그래도 너랑 같이 이야기하면 실마리가 훨씬 잘 풀리거든."

부상을 당한 이후로 상진은 재활을 하면서 동시에 새로운 투구 폼을 연구했었다.

물론 실패로 돌아가긴 했지만 국내외 투수들의 영상을 엄청나게 본 덕분에 지식적인 면에 있어서는 웬만한 코치를 능가할 수준이었다.

상진은 끊임없이 노력하고 있었다.

"타자들은 대충 후려쳐도 우리는 아니잖아?"

그 말에 상진은 피식 웃으면서 손짓을 했다.

그러자 인재를 비롯한 투수들 대여섯 명이 우르르 다가와 주위에 둘러앉았다.

"궁금한 게 뭔데요?"

"모레 시범 경기에서 처음으로 맞붙을 타이탄즈의 이대룡 선수. 작년에도 그랬지만 늘 걸림돌이야. 아직도 그 양반 상대하는 법은 모르겠단 말이야."

"음, 상대하기 힘들죠. 사실 우리 대균이 형만큼이나 상대하기 껄끄러워요. 몸도 유연하지, 선구안도 좋지. 아마 작년하고 크게 다를 바 없을 거라고 생각해요."

이렇게 서로 둘러앉은 투수들은 각자 가지고 있는 데이터와 경험을 토대로 이야기꽃을 피웠다.

이것이 바로 3년 전부터 자리 잡은 투수조 미팅이었다.

자리를 주도한 건 인재였지만, 그 자리에서 가장 중요한 건 바로 상진이었다.

상진은 부상 중에 재활 외에도 엄청난 양의 데이터를 끌어모아 상대 팀을 분석하는 데 앞장섰다.

그래서 그의 분석력은 나름대로 경지에 올라 있었다.

"이진수 선수는 바깥쪽 공에 방망이가 헛나오는 건 쉽게 교정하기 어려울 거예요. 벌써 몇 년이나 된 문제니까요."

"그건 타격 메커니즘의 문제 아닐까?"

"그럴 수도 있겠죠. 어쨌든 배드볼 히터는 아니니까 너무 노골적인 공에는 방망이가 나오진 않을 거예요."

"그럼 떨어지는 공으로 승부를 봐야 할까요?"

"인마, 너는 제구나 똑바로 잡고 와라."

처음에는 인재와 상진만 참가하던 모임이었는데, 다른 투수들도 하나둘씩 참가하기 시작했다.

그리고 지금 와서는 입단한 지 3~4년 차인 젊은 투수들도 함께했고 간간이 전력 분석 팀의 직원들도 와서 동석하기도 했다.

서로 격식 없이 의견을 나누는 자리가 되고 팀 내의 문화로
자리 잡은 투수조 모임은 선수단 전체에도 좋은 반응을 불러
일으켰다.

　"후아. 그런데 정말 떨리네요."

　"네가 떨리긴 뭘 떨려. 너는 공만 똑바로 던지면 돼. 감독님
이 늘 하시는 말이 뭔지 알지?"

　한현덕 감독은 공격적인 피칭을 강조했다.

　안타를 맞더라도 볼넷을 주지 말라는 피칭은 지금 미국 LA
에 가 있는 팀 선배의 피칭과도 맞물리는 말이었다.

　"그러고 보니 올해 유형진 선배도 이를 벅벅 갈고 있다고 하
지 않았어요?"

　"맞아. 스캠 가기 전에 같이 훈련했는데, 탄산 같은 건 입에
대지도 않더라고."

　"그런데 똑같이 탄산이나 몸에 안 좋은 건 입에 안 대는 인
재 형은 왜 그럴까요?"

　"엿업."

　서로 악의 없는 농담을 집어 던지면서 다시 의견을 주고받기
시작했다.

　그러면서 상진은 도움이 될 수 있는 내용은 모두 기억했다.

＊　　　　＊　　　　＊

　오랜만에 집에 돌아온 상진은 불을 켜자마자 깜짝 놀랐다.

"엄마야!"

"사내자식이 놀랄 때 그런 소리를 내냐?"

"거 저승사자라고 남의 집에 막 드나드는 거 아닙니다."

침대에 앉아서 발을 까딱거리고 있는 영호라는 저승사자를 보며 상진은 한숨을 쉬며 조금 전에 사 온 반찬거리들을 냉장고에 넣었다.

물론 그러면서 초코바를 하나 물어뜯는 건 잊지 않았다.

"이제는 익숙해졌나 보네? 일본에는 잘 다녀왔나?"

"매년 하는 건데 그렇죠. 그런데 오늘은 무슨 일로 온 겁니까?"

"그냥 잘하고 있나 궁금해서 그렇지."

"그렇게 얘기는 해도 또 위에서 쪼아가지고 온 거죠?"

대답이 없었다.

정곡을 찔린 영호 사자의 이마에 땀이 송골송골 맺히고 있었다.

더 놀리고 싶었지만 피곤해서 그럴 기분이 아니었던 상진은 영호가 침대에 걸터앉아 있든 말든 신경 쓰지 않고 몸을 던졌다.

"능력치 많이 올렸네? 오질나게 먹었나 보구나."

"오질나게 먹었다는 건 뭡니까? 아무튼 포인트는 적당히 올리고 있어요. 하나 올릴 때마다 상한선이 올라가서 좀 힘들긴 하지만요."

능력을 하나 증가시킬 점수를 얻는 데 들어가는 포인트의 상한선은 점점 높아지고 있었다.

계속 먹어 대는 것만으로는 부족할 정도였다.

그래도 [먹어서 남 주냐] 스킬 덕분에 끊임없이 먹을 수 있는 게 다행이긴 했다.

그거라도 없었다면 지금까지의 성장도 없었다.

"이거나 좀 드세요."

상진은 오렌지 주스를 한 컵 따라서 건네주었다.

저거로 포인트가 하나 올라갈 텐데, 하는 생각이 드는 건 어쩔 수 없었다.

그만큼 먹을 걸 나눠 주는 건 큰 결심이었다.

"뭐, 다른 건 아니고 나보고 너를 자주 관찰하라고 하시더라고."

"관찰요? 원래 감시하던 거 아니었습니까?"

"시스템을 악용하는 건 아닌지, 그리고 야구로 성공하고 싶다던데 제대로 성공하는지도 확인해 보라고 보낸 거지."

곰곰이 생각하던 상진은 고개를 끄덕이며 납득했다.

사실 이런 시스템이 그냥 주어질 리는 없다고 생각했다.

음식을 아무리 먹고 먹어도 포만감을 느끼지 못하는 것과는 별개의 문제였다.

감시자가 하나쯤 붙는다고 해도 이해할 수 있었다.

"그런데 대체 뭡니까, 시스템이라는 게? 요새는 저승도 이런 걸 써요?"

"예전에 얘기했듯이 저승도 IT 시대가 된 지 오래야. 요새는 영혼 수거기라는 것도 만들어서 저승사자들의 실업율도 올라가고 있는 판국에."

"무슨 이야기인진 몰라도 저승사자들도 힘든가 보군요."

"그렇지. 그나저나 써 보니까 어떠냐? 마음에 들어?"

상진은 씩 웃었다.

마음에 들지 않을 리가 없었다.

"당연히 마음에 들죠."

일본에 스프링캠프를 다녀오면서 확실하게 깨달았다.

예전에 어깨와 고관절 부상을 당하기 전으로 되돌아간 듯했다.

물론 구속이나 구위만 그랬고 체력적으로는 아직 문제가 많았다.

하지만 그것도 계속 연습을 하고 먹으면서 얻는 코인으로 능력을 보강한다면 성공이 눈앞에 보였다.

처음 FA 계약을 하면서 걸었던 옵션의 달성이 눈앞에 보였다.

"그런데 저승사자들 중에서 야구 좋아하는 놈들이 몇몇 있어서 말이다. 너한테 좀 물어보라는 게 있어."

"뭔데요?"

"자유계약인가 뭐시기 하면서 왜 옵션을 그렇게 해 놨냐고."

상진이 FA 계약을 하면서 걸어 놓은 옵션은 상당히 복잡하고 구구절절했다.

단장인 박종현마저도 꼼꼼하게 몇 번이나 훑어보고서야 도장을 찍을 정도였다.

물론 구단의 입장에서는 딱히 불만인 옵션은 아니었다.

—자책점: 4점대 5천만, 3점대 3억, 2점대 5억, 1점대 10억, 그 이하 20억.

—소화 이닝: 50이닝 5천만, 70이닝 1억, 80이닝 1억 3천, 90이 닝 1억 5천, 100이닝 돌파 시 2억.

—승 + 홀드 + 세이브: 10개 이상 1억, 20개 이상 1억 7천, 30개 이상 3억, 40개 이상 5억.

—와일드 카드전 이상 진출 시 보너스 3억, 한국 시리즈에 진 출 시 5억 추가, 한국 시리즈에서 승 + 홀드 + 세이브 기준으로 하나당 2천만씩.

—삼진 개수: 100개 1억, 130개 3억, 150개 5억, 200개 이상 10억.

그 외에도 이닝당 출루율이라든가, WAR 수치 등 온갖 세이 버 매트릭스 수치를 가져다가 옵션을 짜 놨다.

그런데 그 수치들이 하나같이 극악의 수준이었다.

"난 모르겠는데 다들 너 미친 거 아니냐고 그러더라."

"아니, 그전에 저승사자들이 나를 어떻게 알아요?"

"어떻게 알긴! 내 상사가 실수한 걸 아주 동네방네 소문을 다 내놨더라. 어차피 시말서도 써야 해서 알려질 일이었는데 거 기에 조미료까지 착착 뿌려서 던져 놨어. 아악! 내가 왜 팔자에 도 없는 인간 뒤치다꺼리를 해야 하냐고!"

머리를 감싸 쥐고 탭댄스를 추기 시작하는 영호 사자를 구

경하면서 상진은 오렌지 주스를 단숨에 들이켜고 다시 한 잔
을 채웠다.

"일단 대답해 드리자면 미친 건 아니에요. 이 시스템을 얻고
자신감이 생겨서 그랬어요."

"자신감? 근거는 있다지만, 전설들과 어깨를 나란히 하려는
건 미친 자신감 아니야? 다들 하는 말이 그 영역은 선택받은
사람들만이 들어갔던 영역이라던데?"

상진은 씩 웃으면서 엄지손가락을 척 치켜세웠다.

그 손가락은 공중에 떠 있는 시스템 메시지를 가리키고 있
었다.

[151포인트를 달성했습니다.]

[포인트 상한 달성으로 1코인을 획득합니다.]

"이걸 얻은 시점에서 저도 선택받은 거 아닙니까?

                    *   *   *

드디어 시범 경기 날이 밝아왔다.

아침에 일어난 상진은 가볍게 스트레칭을 하며 밤새 살짝 굳
은 근육을 풀어 주었다.

스프링캠프를 거치며 좋은 모습을 보여 줬다고 해도 상진은
아직 불펜 투수였다.

늘 그렇듯 어떤 상황에서 등판하게 될지 아무도 몰랐다.

더그아웃에 모여 있는 선수들은 고양되는 분위기에 약간 흥

분해 있었다.

매년 이맘때쯤 되면 늘 있는 일이었다.

새로운 시즌을 시작하기 전에 마지막으로 점검하는 시간이다.

어떤 사람도 긴장하거나 흥분하지 않는 게 오히려 이상한 자리다.

"자자. 애기들은 오늘 얼굴이 그렇게 굳었냐?"

올해 갓 입단한 고졸 신인 삼인방의 얼굴이 전부 굳어 있었다.

시범 경기였기에 솜털이 뽀송뽀송한 애송이들도 전부 기량을 시험해 볼 겸 1군에 올라와 있었다.

고작 시범 경기에 긴장해서 전부 얼어 있는 이 녀석들이 구단의 미래라니 왠지 재미있었다.

"상진이 너도 입단했을 때 이런 얼굴이었지? 고교 최대어니 뭐니 하면서 기대 엄청 받아서 잔뜩 긴장했었지, 아마?"

배트를 휘두르던 김대균이 다가와서 한마디 던지자 상진의 얼굴이 일그러졌다.

10년 전에도 잔뜩 긴장했다가 시범 경기에서 볼질만 죽어라 했었다.

그때의 기억이 떠오르자 얼굴까지 화끈거렸다.

"와, 그걸 기억해요? 벌써 10년도 지났어요."

"10년 전이나 지금이나 니 얼굴은 여전히 노안인데 뭘 그러냐."

"이 정도면 동안도 초동안이에요. 내가 야구 선수 안 했으면 모델 했어요."

"귤이나 까 잡수세요."

옆에서 지켜보던 코치들은 미소를 짓고는 슬그머니 자료를 챙겼다.

일부러 팀 선배들이 저렇게 농담을 주고받으면서 후배들이 긴장하는 걸 풀어 주는 모습은 언제 봐도 흐뭇했다.

"이상진 선수! 이거 어쩔 겁니까?"

그때 씩씩거리면서 구단 직원 하나가 올라왔다.

바로 하용찬 과장이었다.

오랫동안 봐 왔던 그가 얼굴까지 붉히면서 씩씩거리자 상진은 물론 다른 선수들도 어리둥절한 표정을 지었다.

하용찬은 뭔가 쉽게 화내거나 성질을 부리는 사람이 아니었다.

"화장실 막아 놓은 거 이상진 선수 맞죠?"

"…뭘요?"

"대답하기 전에 그 침묵! 그게 정답이네요! 이상진 선수 때문에 구단 화장실이 몇 번이나 막히는 줄 알아요? 먹는 걸 줄이든가! 아니면 똥 좀 적당히 싸든가!"

무슨 일인지 깨달은 선수들은 실실 웃기 시작했고 상진은 모르는 척 고개를 슬쩍 돌렸다.

그리고 조금 전까지 막혀 있던 구단 화장실을 어떻게든 뚫어 보려고 했던 용찬은 마지막으로 사자후를 토해 냈다.

"개천에서 용 난다는 말은 수도 없이 들어 봤지만, 대변기에서 용 나올 거 같은 광경은 살다 살다 처음 봅니다!"

*　　　　*　　　　*

시범 경기도 스프링캠프 때와 별로 다를 건 없었다.

선수들은 국내 경기장에 적응하고 또 타자들에게 공을 던지며 감각을 조율했다.

코치들은 그런 선수들을 하나하나 체크했다.

그리고 상진은 먹었다.

이젠 너무 흔한 광경이라 선수들도 그러려니 하고 있었다.

"넌 정말 쉴 새 없이 늘 먹는구나?"

경기 도중에도 더그아웃 옆에 쌓아 놓은 계란을 하나씩 까먹는 상진의 손은 빌 틈이 없었다.

그러면서도 펜스 부근까지 나와서 응원할 건 전부 하고 있었다.

"왜요?"

"아니다. 정말 징하다 싶어서. 그놈의 위장은 무슨 블랙홀이냐?"

정열은 잠깐 쉬는 시간에 상진이 또 계란을 하나 까서 먹는 걸 보며 질린다는 얼굴이 됐다.

1회부터 3회까지 진행되는 동안 한 번도 입이 쉬는 걸 본 적이 없었다.

상진은 우물거리던 계란을 목 뒤로 넘기고는 손을 뻗었다.

"그러게요. 막 들어가네요. 그러니까 이런 건 감사히 받을게요."

"야, 이건 내 거거든?"

정열은 질겁하며 들고 있던 스포츠 드링크를 얼른 뒤로 빼냈다.

헛손질을 한 상진은 씩 웃으면서 어깨를 으쓱거리고는 다시 다른 손에 들려 있던 계란을 입에 넣었다.

"하마터면 뺏길 뻔했네."

"거, 한 입 주면 뭐 덧납니까? 파이팅! 은일아! 한 방 날려!"

상진은 투덜거리면서 자신의 몫으로 있는 스포츠 드링크를 들이켰다.

그가 먹는 동안에도 경기는 착착 진행되고 있었다.

양 팀의 점수는 4 대 3.

생각보다 타이트하게 흘러가고 있어서 시범 경기임에도 긴장감이 흘렀다.

다들 가볍게 컨디션을 조정하고 있어도 내심 주전 경쟁 때문에 마음들이 무거워 보였다.

"포볼!"

"많이 긴장했나."

이번에 선발로 낙점받은 4년차 후배인 김범우가 또 볼넷을 줘서 주자가 1루와 2루로 바뀌었다.

한번 흔들리기 시작하면 마운드 위에서 쉽게 마음을 다잡지 못하는 후배를 안타까운 시선으로 바라봤다.

그때 한현덕 감독의 지시에 송신우 투수 코치가 불펜 쪽에 연락을 했다.

그걸 본 순간 드디어 내 차례가 왔구나, 하고 직감했다.

아니나 다를까.

수화기를 내려놓은 신우가 자신에게 다가오자 상진은 씩 웃었다.

"상진아, 준비해라."

"드디어 접니까? 오늘은 몇 구쯤 할까요?"

"20~30개 정도 던지면서 체크나 하자. 불펜에 내려가서 박달재 코치님하고 얘기해 봐."

"예에."

투덜거리면서 불펜으로 내려가 몸을 풀기 시작했다.

가볍게 공을 뿌리면서 체크해 본 컨디션은 꽤 괜찮았다.

그때 불펜에서 투수들의 공을 잡아 주던 불펜 포수 이승원이 얼굴을 찌푸렸다.

"아야야, 상진이 형, 불펜 투구인데 웰케 세게 던져요? 너무 힘주지 말아요."

"세? 그냥 대충 던진 건데."

그렇게까지 능력치가 오르지는 않았는데. 자신감이 붙어서 그런가.

가볍게 주먹을 쥐었다 펴 보면서 씩 웃었다.

　　　　＊　　　　　＊　　　　　＊

　부상은 사람을 좀먹는다.

　사람에 따라서 다르긴 하지만 최소한으로 잡아도 몇 주는
날려 버린다.

　뼈가 부러지거나 찢어지는 일이 생기면 수술과 재활로 몇 달
은 잡아먹는다.

　특히 심각한 부상을 입는다면 회복하더라도 전성기의 능력
을 회복하는 사람은 많지 않았다.

　과거 악마의 재능이라고 불릴 정도로 뛰어난 스포츠 스타들
은 부상이나 인성으로 인해 무너지는 일이 많았다.

　상진 역시 마찬가지였다.

　슥슥.

　마운드 위에 올라와서 오른손에 공을 쥐어 봤다.

　5년 전 그 전에 교체 신호를 보내도 당시 감독은 묵묵부답
으로 일관했다.

　원래부터 밋밋하던 공이 더욱 느려지고 단순해지니 대량 실
점을 하고 말았다.

　어떻게든 주어진 이닝은 어떻게든 끝마치고 마운드에서 내
려왔다.

　그리고 자신은 극심한 통증을 느끼며 쓰러졌다.

　정신을 차리기 힘들 정도의 고통이었다.

　팔부터 허리까지 이어지는 엄청난 고통에 식은땀까지 줄줄

흘러내렸다.

찾아온 건 고관절과 어깨 부상이었다.

두 부위는 전혀 달랐음에도 그동안 계속된 혹사로 인해 동시에 찾아온 재앙이었다.

'이런 기분은 정말 오랜만인걸.'

마운드에 올라오는 게 이렇게까지 가슴 뛰는 건 정말 오랜만이었다.

그동안 마운드에 올라오면 무서웠다.

한숨을 쉬거나 야유를 퍼붓는 건 좋았다.

하지만 가족 욕까지 튀어나오는 걸 듣고 있자면 마운드에 올라오는 게 너무 무서웠다.

'그래도 이번엔 다르다.'

이렇게 자신감을 가지고 마운드에 올라 보는 것도 정말 오랜만이었다.

다른 사람들은 시범 경기고 가볍게 임하거나, 혹은 1군으로서의 능력을 보여 주는 것에 집중하고 있다면 상진은 달랐다.

마치 고향이 돌아온 기분이었다.

"상진아, 오늘은 어떻게 할 거냐?"

"뭘 어떻게 해요?"

"변화구로 할래? 아니면 힘으로 밀어붙일래?"

"힘요?"

질문을 받은 상진은 씩 웃었다.

스프링캠프를 거치고 연습 경기를 하는 동안 공을 받아 온 재환이었다.

이런 질문을 하는 의도는 단 하나.

상진이 변했다는 걸 이미 눈치챘다는 뜻이었다.

"그동안은 변화구였죠?"

"그거야 네가 구속이 안 나왔으니까."

"그러면 오늘은 힘으로 해 볼까요?"

"자신 있어?"

상진은 엄지손가락을 척 치켜세워 보이면서 자신 있게 말했
다.

"모르겠어요."

"야이, 썩을 자식아. 모르긴 뭘 몰라. 스프링캠프 때 공 던져
봤잖냐."

재환이 버럭버럭 소리를 지르려다가 주위를 살펴보며 목소
리를 낮췄다.

상진은 어깨를 으쓱거리면서 그냥 웃었다.

"솔직히 140킬로 초반대 패스트볼은 리그에서 평범한 수준
이잖아요. 그 정도 구속은 오른 것도 아니에요."

"그러면 어쩌게?"

"오늘은 그냥 변화구 위주로 던지는 게 좋겠어요. 괜히 구속
이 올랐다는 걸 알려 줄 필요도 없구요. 여태까지 던졌던 슬
라이더나 커브도 점검하고 작년에 배운 체인지업도 가다듬을
겸."

"하아, 알았다. 일단 간다. 사인이나 잘 봐라."

"예이, 예이."

경기를 빨리 재개해야 했기에 잔소리는 적당한 수준에서 끝났다.

하지만 상진도 나름대로 불만이었다.

정말 모르겠는 걸 어쩌란 말인가.

우선은 여태까지 해 왔던 대로 변화구 위주로 던지기로 했으니 그대로 하는 편이 나았다.

무엇보다 구속이 오른 걸 굳이 보여 주고 싶진 않았다.

'괜히 내가 가진 카드를 먼저 오픈할 필요는 없지.'

스프링캠프 때 국내 팀과 치른 경기에서도 패스트볼을 전력으로 던지지 않았다.

기묘한 능력을 얻었다고 해도 자신은 옛날에 부상을 입었던 적이 있다.

괜히 봄도 되기 전에 무리하고 싶지는 않았다.

심판의 경기 재개 신호가 울려 퍼졌다.

그리고 눈앞에 시스템의 알림이 빠르게 떠올랐다.

[식사 시간이 되었습니다.]

[상대방의 포식 포인트가 표시됩니다.]

[타자의 포인트는 84입니다.]

[주자가 득점권에 있는 상황이므로 아웃카운트를 잡으면 가산 포인트가 부여됩니다.]

상대는 강북 브라더스의 중심 타자 중 하나인 김인성이었다.

중심 타자라고는 해도 포인트가 어마어마했다.

'포인트 한번 죽이네.'

2군 타자들과 다르게 1군, 그것도 주전 타자들의 포인트는 상당했다.

하나 잡으면 코인을 하나씩 얻을 만큼의 포인트였다.

그리고 지금 상황도 재미있었다.

5회 초 1아웃에 주자가 2, 3루에 있는 터프한 상황.

자신을 노려보는 타자에게서 시선을 뗀 상진은 사인을 확인하고 기겁했다.

'처음부터 체인지업?'

첫 사인은 가장 자신 없어 했던 체인지업 사인이었다.

재환의 사인에 나름 황당하기도 했지만 어차피 시범 경기였다.

씩 웃으면서 고개를 끄덕였다.

물론 표정과 마음은 전혀 딴판이었다.

'에라, 모르겠다. 이판사판이다.'

가볍게 그립을 쥐고 자세를 취한 다음 공을 뿌렸다.

유연하게 휘어지는 팔을 끝에 쥐어진 공에 회전력을 더하며 힘차게 앞으로 휘둘렀다.

"음?"

부우웅!

아래로 떨어지는 변화구에 경쾌한 소리와 함께 배트가 앞으로 나왔다.

그리고 공을 받은 재환이나 헛스윙을 한 인성보다 상진이 더 놀랐다.

"이게 먹혀?"

재작년에 갓 배우고 어설프게 써먹다가 털렸던 구종이었다.

이상진의 체인지업은 배팅센터의 변화구보다 밋밋하다는 이야기가 있을 정도였다.

그런데 타자를 속이며 아주 깔끔하게 들어갔다.

방금 전에 상진의 체인지업에 속은 인성도 황당했다.

작년까지만 해도 밋밋하기 그지없던 체인지업이었다.

'뭐지? 우연히 잘 들어온 공인가?'

가끔씩 어설픈 투수들이 이런 공을 던질 때가 있었다.

어쩌다가 걸리는 좋은 공들.

작년까지 상진이 어떤 모습을 보여 줬는지 기억하는 인성은 우연이겠거니 하며 그냥 넘어갔다.

하지만 두 번째 날아온 공에 배트가 앞으로 나가는 걸 간신히 막아 내며 기겁해야 했다.

'이게 이상진의 슬라이더라고? 작년하고 영 딴판이잖아!'

비디오 분석이나 작년까지의 데이터가 무의미했다.

전혀 다른 사람이 던지는 듯한 슬라이더의 궤적에 인성은 하마터면 배트를 휘두를 뻔했다.

'작년에는 이정도로 휘어지지 않았어. 그런데 스트라이크존으로 들어오다가 홈플레이트에 도달하기 직전에 바깥쪽으로 이렇게까지 휘어져 나가나?'

사람을 유혹하는 듯한 상진의 슬라이더에 잠깐 놀랐던 인성은 얼굴을 굳혔다.

원 스트라이크 원 볼.

아직은 카운트 싸움을 할 때였다.

여기에서 놀란 가슴을 진정시키지 못한다면 투수와의 싸움에서 잡아먹힐 뿐.

올해로 13년 차가 되는 경력만큼 인성의 멘탈도 단단했다.

금세 마음을 가라앉힌 인성은 조용히 투수를 응시하며 말했다.

"너무하는데요? 사람이 바뀌어도 이렇게 바뀔 수 있어요?"

시선을 마주치지는 않았어도 그 말이 자신을 향한 것임을 알고 있는 재환은 포수 마스크 아래에서 입꼬리를 슬쩍 올렸다.

"왜? 놀랐어?"

포수와 타자 사이에 입씨름은 늘 있는 일이었다.

재환은 씩 웃으면서 인성에게 보이지 않게 투수와 사인을 주고받았다.

그러면서 인성의 목소리가 살짝 떨리는 걸 놓치지 않았다.

"놀랐고말고요. 그래서 다음은 뭡니까?"

"체인지업이야."

그럴지도 모른다고 생각하면서 인성은 배트를 짧게 쥐었다.

변화구의 예리함은 분명히 늘었다.

하지만 배트를 짧게 쥐고 스윙을 간결하게 한다면 대응하지 못할 것도 없었다.

정말 체인지업이 날아올지 아닐지는 몰라도 변화구에 대처하는 건 배트를 짧게 쥐는 게 나았다.

'이상진은 부상 이후로 변화구 위주의 투구를 해 왔지. 구속이 제대로 나오지 않아서 그런 걸 거야. 그렇다면 이번에도 변화구로 올 게 틀림없어.'

데이터로 봐도 부상 이후로 패스트볼의 구사 비율보다 변화구 구사 비율이 훨씬 높았다.

그중 가장 높은 게 슬라이더, 그리고 작년부터 비율을 높여 왔던 게 바로 체인지업이었다.

잔뜩 긴장한 채로 인성은 다음 투구를 대비했다.

'주자는 2루와 3루. 여기에서 외야 플라이 하나만 때려도 타점은 올라간다.'

이렇게 생각하며 인성은 상진이 와인드업 자세를 취하는 걸 똑바로 바라봤다.

슬라이더를 던진다면 그날이 상진의 제삿날이라고 속으로 중얼거렸다.

날아오는 공을 바라보며 배트를 휘두르던 인성은 순간 흠칫 놀랐다.

생각보다 훨씬 휘어져 떨어지는 체인지업을 어떻게든 맞췄지만 파울라인을 벗어났다.

'이런 젠장! 알면서도 못 치다니!'

그리고 다음에 들어오는 공 역시 제대로 치지 못했다.

"스트라이크아웃!"

고개를 돌려 바라보니 이미 공은 재환의 포수 미트 안으로 빨려들어 간 후였다.

전혀 이해하지 못하겠다는 표정을 지은 인성은 고개를 갸웃거렸다.

"왜 그래?"

"아니, 아무것도."

재환의 말에 대꾸할 정신이 없었다.

조금 전에 들어온 건 분명 패스트볼의 궤적이었다.

그건 잘못 봤을 리가 없었다.

하지만 자신의 배트를 헛돌아가게 만든 공의 속도는 자신이 알고 있는 상진의 구속이 아니었다.

'분명히 뭔가 있어. FA 계약을 하고 나니까 사람이 역변했나?'

인성으로서는 아무리 생각해도 이해할 수 없었다.

*   *   *

"후아! 개운하다. 민수야, 내 가방 좀 가져와 줘."

두 타자를 모조리 삼진으로 잡고 내려온 상진은 개운하다는 듯 기지개를 켜면서 동시에 먹을 것부터 찾았다.

그리고 포수 장비를 내려놓은 재환이 쿵쿵거리며 상진에게 다가왔다.

"너 인마. 거기서 왜 패스트볼을 던져?"

"왜요? 안 돼요?"

"그거 너무 전력을 다한 거 아니야? 구속이 오른 건 숨기자면서? 그렇게 얘기하면서 전력 노출은 가급적이면 피하자고 했잖아."

"쩝쩝, 그러려고 했는데 그럴 필요가 없어 보여요."

"뭐?"

전력을 숨기자고 할 때는 언제고 이제 와서는 그럴 필요가 없다고 한다.

재환은 흥분했던 마음을 가라앉히고 상진을 똑바로 바라봤다.

"네가 그렇게 얘기하는 데는 이유가 있겠지?"

"물론이죠. 괜히 몸 사릴 필요는 없잖아요?"

구속이 올랐고 구위도 좋아졌으며 변화구의 위력도 좋아졌다.

남은 건 포수와 자신의 사인 교환과 타자와 벌이는 수 싸움뿐.

예전처럼 감추거나 도망칠 필요는 이제 없었다.

"다 덤비라고 해요. 덤비는 대로 전부 씹어 먹어 줄 테니까."

이제 정면 대결을 할 차례다.

팡! 하고 투수에게는 언제 들어도 경쾌한 소리가 울려 퍼졌다.

헛돌아간 배트를 뒤로 하고 자신이 원래 목적했던 미트에 꽂힌 공은 포수의 손에 짜릿한 손맛을 안겨 주었다.

"스트라이크!"

그리고 타자에게는 지옥 같은 카운트 알림이었다.

상진은 다시 한번 몸 쪽 깊숙이 스트라이크를 꽂아 넣고는 주먹을 불끈 쥐었다.

작년보다 훨씬 불타오르고 있다.

"좋아!"

환호하는 상진에 비해 타자 박스 안에 들어가 있던 타자는 고개를 갸웃거렸다.

작년에 봤던 변화구와 패스트볼하고 비교하면 하늘과 땅 차이였다.

'작년에 봤던 공하고는 역시 딴판이야. 인성이 형이 이야기했던 것처럼 공이 너무 다른데.'

전광판에 찍힌 구속도 140을 조금 넘어서고 있었다.

작년에 패스트볼의 평균 구속이 130대 후반이었다.

그런데 시범 경기에서부터 저런 구속을 찍을 정도라면 아예 다른 투수라고 생각하는 편이 상대하기 훨씬 편했다.

"스트라이크!"

두 번째 스트라이크가 미트에 와서 꽂혔다.

그러자 힘차게 배트를 휘둘렀던 타자의 눈빛이 흔들렸다.

조금 전에 분명히 노리고 휘둘렀다고 생각했다.

그런데 공은 자신의 배트를 피해서 아래로 뚝 떨어졌다.

절로 감탄이 나올 정도의 체인지업이었다.

"미치겠네. 저걸 어떻게 쳐야 하지."

작년에 느릿느릿한 패스트볼과 밋밋한 변화구를 자꾸 떠올리면 오히려 상대하기 까다로웠다.

구속 자체는 리그의 다른 투수들과 비교해서 큰 차이는 없었다.

그리고 구위도 그렇게까지 뛰어나진 않았다.

아까 파울을 치면서 느꼈던 감각은 자신에게 그렇게 말해 주고 있었다.

작년까지의 이상진은 절대 이런 공을 던지던 투수가 아니었다.

패스트볼의 구속은 결코 빠르지 않았고 구위도 좋은 편이 아니었다.

변화구도 어깨 부상 이후로 슬라이더나 조금 봐 줄 만했지, 그 외의 구종은 밋밋하기 그지없었다.

문제는 머릿속에서는 잊어버리려고 해도 자꾸 작년의 기억이 되살아났다.

특히 투구하기 전에 오른쪽 팔을 살짝 떠는 모습을 보면 더 그랬다.

저건 무슨 공을 던지든 나오는 버릇이라 구종을 파악하는 데 도움이 되진 않았다.

하지만 지금 마운드에서 공을 던지는 투수가 이상진이라는 건 잊어버릴 수가 없었다.

'저 버릇이 저렇게까지 골치 아프게 다가올 줄은 몰랐네.'

저걸 계속 보고 있으면 작년의 데이터가 덩달아 떠올랐다.

아무리 잊어버리려고 해도 저 버릇을 보는 순간 눈앞의 투수가 이상진임을 자각했다.

그와 동시에 머릿속에 넣어 둔 작년의 데이터가 튀어나왔다.

딱!

이번에도 똑같았다.

똑같은 투구 폼과 똑같은 몸동작을 통해 머릿속에서 이미 실행해 둔 이미지 트레이닝과 괴리감이 심한 공이 날아왔다.

'패스트볼인가?'

머리로는 전혀 다른 투수라고 생각하면서도 몸은 제멋대로 반응했다.

패스트볼이라고 생각한 정우는 그대로 휘둘렀지만, 실제로 날아온 건 바깥으로 휘어지는 슬라이더였다.

배트의 끝을 아슬아슬하게 피하는 공을 보며 정우는 이를 악물었다.

투 스트라이크 노 볼.

타자에게 있어서 최악의 카운트를 맞이했을 때 원하는 공이 날아오지 않는다면 결국 할 일은 커트뿐이었다.

아까 타석에서 상진을 겪어 본 인성은 배트를 짧게 잡고 유연하게 대처하라고 했다.

"젠장."

하지만 공은 무심하게 앞으로 굴러갔다.

배트 끝에 맞은 공은 투수 앞으로 데굴데굴 굴러갔다.

전력 질주를 해 봤지만, 저 앞에 있는 1루 베이스에 도달하기도 전에 공은 1루수의 글러브 안으로 날아왔다.

"아웃!"

1루심의 판정에 정우는 아쉽다는 표정을 지으면서도 고개를 갸웃거렸다.

몰라볼 정도로 달라진 상진의 공에 고개를 갸웃거린 건 인성과 정우뿐만이 아니었다.

"아웃!"

오늘 두 번째 타석에 들어온 타자 역시 높이 들어오는 하이 패스트볼에 당황하며 배트를 냈다.

빗맞은 공은 내야를 벗어나지 못하고 허공 높이 치솟았다.

그 이후로 이닝이 끝날 때까지 한 명의 타자가 더 상진의 공에 희생됐다.

작년의 데이터와 현재의 모습이 만들어 낸 괴리감 속에서 상진은 포인트가 오르는 걸 보며 다시 환호했다.

[타자 포인트 65를 포식하였습니다.]

[이닝을 무실점으로 종료하였으므로 추가 포인트 20을 획득합니다.]

[주자를 진루시키지 않았으므로 추가 포인트 20을 획득합니다.]

[포인트 상한 달성으로 1코인을 획득합니다.]

*　　　　*　　　　*

오늘 1과 2/3이닝 동안 무실점에 주자를 내주지 않았다.

이닝을 마무리 짓고 공수 교대를 위해 마운드에서 내려온 상진은 한현덕 감독의 부름을 받았다.

"수고했다. 이제 남은 이닝은 쉬어라."

"더 던지면 안 되나요?"

"시범 경기잖냐. 앞으로도 기회가 많을 거다."

투덜거리기는 했어도 상진은 고개를 끄덕이며 납득했다.

스프링캠프와 마찬가지로 시범 경기에서도 역시 다른 투수들의 컨디션을 체크해 봐야 했다.

남은 이닝 동안 다른 선수들에게 마운드를 내준 상진은 다시 계란을 까먹기 시작했다.

"이야, 진짜 찍어 누르더라? 말만 그런 게 아니었네?"

"별거 아니에요. 아직 저쪽 머릿속에는 예전의 제가 남아 있으니까요."

"그래도 걱정은 걱정이다. 시범 경기에 이렇게까지 보여 주면 어쩔 건데? 쟤네들도 프로야. 머릿속으로 전부 수정해서 올걸?"

재환은 내심 걱정이었다.

상진이 구속도 오르고 변화구 구사도 좋아졌다는 건 인정하고 있었다.

하지만 이렇게까지 시범 경기에서 보여 준다면 나중에 정규 시즌에 들어가서 공략당할 가능성이 컸다.

"괜찮아요, 괜찮아요. 공략당하면 그때 다시 방법을 찾으면 되는 거죠."

"너무 태평한 것 아니냐?"

씹고 있던 계란을 목 뒤로 넘긴 다음 스포츠 드링크로 목을 축인 상진은 다른 계란 껍질을 까면서 씩 웃었다.

"오늘 보셔서 아셨을 거 아니에요? 늘어난 건 구속하고 구위만은 아니잖아요."

재환은 음 하고 짧게 신음했을 뿐, 별말을 하지 않았다.

생각했던 것보다 훨씬 제구력도 좋아졌다.

"근데 진짜 비결이 뭐냐? 어떻게 그렇게 전반적으로 다 좋아질 수가 있는 건지 궁금하다."

"먹는 거죠. 뭐든지 먹어 치우면 돼요."

이렇게 먹을 것만이 아니라 바로 마운드에서 맞이하는 타자들을 전부 먹어 치우면 되는 일이다.

오늘만 해도 타자를 다섯이나 상대하면서 3점이나 쌓았다.

나중에 사용할 수 있는 점수만 10점이나 있는 만큼 나중에 위기 상황이 닥쳐올 때를 대비한 보험도 마련해 놨다.

"아주 콧노래를 부르는구나."

"그런데 언제 회식한대요? 화끈하게 먹어 줘야 하는데."

"넌 어떻게 먹는 생각뿐이냐."

하지만 실력 면에서 타박할 사람은 아무도 없었다.

작년과 비교한다면 사람이 아예 달라졌다.

그리고 시즌이 시작하기 전인 걸 생각한다면 시즌이 시작됐을 때 어떤 모습을 보여 줄지 상상도 되지 않았다.

선수들이 뭔가 계속 먹으면서 응원을 하는 상진의 앞에서 도망쳤다.

"야! 먹으면서 말하지 마! 다 튀잖냐!"

＊　　　　＊　　　　＊

과거와 달리 현대의 야구 선수들은 식단 조절이나 혹은 영양소 섭취에 과도할 정도로 신경을 쓴다.

특히 젊은 선수들이 더해서 밥이나 빵 같은 탄수화물은 적게 먹고 계란이나 고기와 같이 단백질 위주로 식단을 많이 구성하곤 했다.

심지어 수분도 오이 같은 수분이 많은 채소를 통해 섭취하는 선수들도 있을 정도였다.

"이렇게 검사하면 좀 떨리지 않아요?"

"체지방률이 제일 걱정이지."

제일 기대하지 않았던 사람이 측정을 마치고 내려왔다.

상진이 측정을 마치고 내려오자 선수들이 우르르 몰려왔다.

"야야, 어떻게 나왔냐?"

"형, 어떻게 나왔어요?"

"인마, 내 거에 관심 끄고 너네 거에나 신경 써."

그리고 상진의 검진표를 빼앗아 본 충청 호크스 선수단은 경악의 소용돌이에 휩싸였다.

"BMI 수치는 22인데 체지방률이?"

"가장 낮아? 그렇게 처먹어 놓고?"

상진의 신체 테스트 결과 체지방률이 9퍼센트가 나오는 걸 본 선수들은 믿을 수 없단 표정을 지었다.

분명히 상진은 훈련을 매우 열심히 했다.

트레이닝 센터에 누구보다 먼저 나와서 누구보다 늦게 가긴 했다.

그런데 늘 먹을 것을 입에 달고 있었기에 그 누구도 이렇게 낮게 나올 줄은 상상도 못 했었다.

"생각했던 거 이상인데?"

"너도 그래?"

"저도 그렇게 먹는데 찌면 쪘지 BMI가 정상 수치로 나오면서 체지방률도 낮을 줄은 몰랐거든요."

일반적인 성인 남자의 체지방률은 15~20퍼센트 정도였다.

야구 선수들 중에는 지방이 훨씬 많은 사람도 있었고 아닌 사람도 있었다.

그런데 키와 체중이 절묘한 밸런스를 맞추면서 이렇게 체지방률이 낮은 경우는 극히 드물었다.

트레이너는 검진표와 상진의 몸을 번갈아 보면서 신기하단 표정을 지었다.

"하기사 상진이가 좀 말라 보이긴 하지."

"근육은 지방보다 무게가 더 나간다잖아요. 그거 생각하면 흠……."

"뭔 말을 하고 싶은 건데요?"

팀 동료들은 히죽거리면서 상진의 몸을 이리저리 구경했다.

테스트 때문에 벗어 놓은 상의를 챙겨 입는 상진의 상체는 적당히 근육이 자리를 잡아 탄탄해 보였다.

"유연성 훈련도 자주 해 줘야 한다. 근육을 만들기만 하면 나중에 문제가 생길 수 있으니까."

"안 그래도 까먹지 않고 잘하고 있어요. 그런데 오늘 회식한다고 하지 않았어요?"

"또 먹는 거에만 관심 있냐?"

트레이너의 말에 상진은 히죽 웃으면서 옷을 챙겨 입었다.

그러면서 옆에 있는 과자에 손을 뻗는 걸 트레이너가 툭 쳐냈다.

"또 먹어?"

"난 먹어야 해요. 그리고 맛있게 먹으면 0칼로리라고 했어요."

"그건 또 누구 말이냐?"

"그런 게 있어요."

이렇게 말하면서 상진 스스로도 놀라고 있었다.

그동안 계속 뭔가를 주워 먹으면서도 그게 신경 쓰여서 운동을 멈추지 않았다.

예전에 부상을 입고 재활을 할 때부터 그랬지만 누구보다도 먼저 트레이닝 센터에 나와서 운동을 시작했고 누구보다도 늦게 나섰다.

그러면서도 부상 부위인 고관절과 어깨를 계속 관리해 줬다.

'그래도 나름 괜찮아졌는데?'

오히려 예전에 식단 관리를 할 때보다 지금이 훨씬 몸이 괜찮아진 듯했다.

그리고 올해도 작년하고 비교하면 아무거나 집어 먹는다고 할 수 있었지만, 상진 나름대로 관리했다.

더그아웃에서는 육포나 계란 같은 단백질 위주의 식품을 위주로 먹었다.

다른 선수들에게 갈 영향도 생각해서였다.

이렇게 몸이 좋아진 건 많이 먹고 많이 운동하고 많이 움직인 덕분이리라.

"쯧. 그래도 고생했다. 몸 상태가 이제 얼추 좋아졌나 보네?"

"수술 전하고 엇비슷하게 되려면 아직 멀었죠."

"욕심도 크다. 수술 전력이 있는 녀석이 수술 전처럼 돌아가는 게 얼마나 힘든진 너도 잘 알잖냐."

대균의 말에 상진은 피식 웃으며 어깨를 으쓱거렸다.

부상을 당해서 수술하고 재활을 거친 선수가 예전과 같은 활약을 펼치는 건 어려운 일이다.

특히 재활 과정에서 조바심을 내며 조기 복귀를 추진했다가 선수 생명조차 끊어진 사람이 몇이나 되나 생각해 보면 지금 상진의 상태는 기적에 가까웠다.

"이상진 선수! 밖에서 손님이 기다리는데요?"

"손님요? 누구요?"

"친척 형이라고 하시던데요?"

진환이 형인가 생각하며 상진은 옷을 대충 갈아입었다.

어차피 오늘은 월요일이라 이런 검사 말고는 딱히 할 일이라 곤 개인 훈련뿐이었다.

'그런데 별 약속은 안 했는데?'

진환은 언제나 만날 일이 있으면 먼저 연락을 해서 따로 시간을 잡았다.

그것이 프로야구 선수로서 활동하는 자신에 대한 배려였고 그걸 언제나 고맙게 여기고 있었다.

이렇게 불쑥 찾아와서 기다리고 그럴 만한 사람은 아니었다.

'뭔가 급한 일이라도 있나.'

라커룸에서 옷을 갈아입고 부리나케 뛰어나간 상진은 기다리고 있는 사람을 발견하자마자 저도 모르게 다시 뒤돌아섰다.

"한참 기다렸잖냐?"

불만 가득한 목소리로 말하며 그 사람이 상진의 어깨를 붙잡았다.

한숨을 쉬면서 고개를 돌린 상진은 그 사람보다 훨씬 불만을 담은 목소리로 내뱉었다.

"저승사자가 이렇게 대낮부터 다녀도 됩니까?"

"안 될 건 또 뭔데?"

"그건 그렇고 사람 눈에 보이긴 하는 겁니까?"

"보이게 할 수도 있고 안 보이게 할 수도 있지. 왜 뗣냐?"

"뗣어서 그렇습니다. 저승사자면 좀 저승사자답게 안 보이게 돌아다니든가요."

"내 맘이다, 인마."

기다리던 건 진환이 아니라 투덜이 스X프보다 더 투덜거리는 저승사자, 영호였다.

작년의 그림자와
과거의 영광

반가운 얼굴은 아니었다.

세상에 저승사자를 눈앞에 두고 반가워서 펄쩍펄쩍 뛸 사람이 어디에 있겠는가.

"무슨 일로 찾아오셨어요?"

"야, 무슨 벌레 보듯이 그러냐? 일단 친한 척이라도 좀 하자. 다른 사람들이 이상하게 보잖냐."

영호는 상진의 어깨에 팔을 걸치고 어깨동무를 하면서 웃었다.

왠지 어딘가의 동네 양아치가 삥 뜯기 전에 친한 척 좀 해 보라는 듯해서 그만 웃음이 튀어나왔다.

"요새 양아치도 이렇게는 안 합니다. 그건 그렇고 진짜 왜 왔어요?"

"왜 오긴. 하도 위에서 널 살펴보라고 난리니까 그렇지."

"시스템도 악용 안 했고, 잘만 지내고 있는데 뭘 보라고 해요?"

"내 말이 그 말이다."

영호는 투덜거리면서 상진과 함께 옆에 있는 카페로 들어갔다.

간단하게 음료를 주문해 받아 들고 자리에 앉은 그는 이벤트 서비스로 나온 케이크 조각으로 손을 뻗었다.

하지만 아주 간단하게 그걸 통째로 빼앗은 상진은 가볍게 입 안에 집어넣었다.

"인마, 이거 내가 산 거야."

"이 정도는 아무것도 아니잖아요. 저승사자는 월급 별로 없어요?"

"박봉이다, 박봉. 아주 그냥 벼룩의 간을 빼먹어라."

"실수한 것에 비하면 이런 건 아무것도 아니죠. 그리고 저도 부작용에 대해서 항의할 게 있다고요."

처음부터 저승의 물건이었다.

영호도 부작용에 대해서는 자세히는 몰랐다.

하지만 상진의 감시역이 된 만큼 다른 저승사자들에게 대략적으로나마 들을 수 있었다.

"먹어도 먹어도 포만감이 별로 안 느껴지지?"

"네. 먹는 재미가 반쯤은 떨어진 기분이에요."

사촌 형인 진환에게 시스템에 대해서는 쏙 빼고 포만감에 대해서 이야기한 적이 있었다.

 하지만 사촌 형은 마치 로마인이 된 듯하지 않냐며 오히려 재미있어 했다.

 음식을 입 안에 넣고 씹다가 목 뒤로 넘기지 않고 뱉어 내는 로마인들의 이야기.

 하지만 상진의 생각으로는 먹는 즐거움은 역시 배부름을 즐기는 포만감이었다.

 "결함이 있는 시스템을 쥐여 준 건 문제 있는 거 아니에요?"

 "결함 하나와 네 인생을 맞바꾸는 건데도? 괜히 입 털면서 뭐 하나라도 더 얻어 내 보려고 수작 부리지 마라."

 "와, 저승사자 짬밥은 폼으로 먹은 건 아닌가 보네요."

 싱글벙글 웃으면서 영호를 은근슬쩍 놀리던 상진은 서비스로 같이 나온 작은 쿠키도 전부 집어 먹었다.

 앗 하는 사이에 눈 뜬 채로 먹을 걸 다 털린 영호는 쓴웃음을 지으며 자신의 몫으로 나온 커피를 홀짝였다.

 "하여튼 황금 돼지를 삼킨 놈답게 먹는 것도 무지막지하네. 그건 그렇고 앞으로 어쩔 생각이냐?"

 "앞으로 어쩌다니요?"

 "뭔가 이루고 싶은 꿈이 있는 거 아니냐고 묻는 거다."

 "꿈요?"

 잠깐 말을 끊은 영호는 상진을 빤히 바라봤다.

 그 눈을 정면으로 바라본 상진은 너무 깊고 깊은 눈빛을 마주하고 순간 할 말을 잊어버렸다.

니체가 그렇게 말했다.

네가 심연을 오랫동안 들여다본다면, 그 심연 또한 너를 들여다본다.

지금 영호의 눈빛이 니체가 말한 심연보다 깊고 어둡게 느껴졌다.

"사람이라면 큰물에 나가서 마음껏 활개쳐 보고 싶다는 생각을 갖게 되지. 힘이 생기면 야망이 생기고 꿈이 생기게 마련이다. 네게 힘이 주어진 지 벌써 넉 달이나 됐지. 그러면 꿈도 생겼을 때가 아니냐?"

장난스럽고 불만 많던 영호는 온데간데없었다.

지금 눈앞에 있는 존재는 두말할 것 없이 저승사자였다.

"이것도 뭔가 필요한 건가요?"

"그래. 너한테는 별로 필요하지 않더라도 나에게는 무척이나 필요해서 질문하는 거다."

이유를 따져 묻고 싶지는 않았다.

평소에 싱글벙글 웃다가 갑자기 화를 내며 급발진하기도 하는 저승사자가 너무 무서울 정도로 진지한 얼굴을 하고 있었다.

농담 한마디 건넬 만한 기분조차 들지 않았다.

"큰물에 나가서 놀고 싶다는 건 당연한 거죠. 하지만 저는 더 크게 보고 싶어요."

"더 크게? 구체적으로 어떻게?"

"야구 선수들한테는 역시 메이저리그가 꿈이죠. 거긴 세계 각지에서 난다 긴다 하는 선수들이 모이니까요. 그런데 저는 조금 더 크게 생각해요."

"다른 선수들에게 꿈인 곳에 가는 것보다 더 큰 꿈?"

"그런 선수들하고 경쟁하는 게 꿈이라고들 하죠. 그런데 그건 포부가 작은 거 아닌가요?"

상진의 자신 있는 말에 영호는 살짝 놀라며 눈을 동그랗게 떴다.

보통 이런 시스템, 혹은 힘을 얻게 되는 사람은 보다 높은 곳을 희망하게 마련이다.

그런데 최고의 선수들이 모인다는 리그를 희망하는 것도 모자라서 그보다 더 큰 걸 노린다니.

"그럼 네가 원하는 건 뭔데?"

"당연하잖아요."

오래된 꿈이었다.

처음 야구공을 잡고 텔레비전에서 중계해 주는 메이저리그 경기를 보며 상상해 왔던 미래였다.

부상을 입고 그저 그런 선수로 전락했을 때, 실력이 떨어지고 고된 재활을 견디는 것 이상으로 꿈이 멀어진 것에 몸서리쳤었다.

그런데 무협지에서나 나올 법한 기연을 만나 다시 꿈을 손에 넣을 수 있게 됐다.

정상급이 되는 게 아니라, 최정상까지 올라가고 싶다는 건 그저 꿈같은 이야기가 아니게 됐다.

"우선은 한국에서 우승을 해야죠."

"그리고?"

"그런 다음에는 메이저리그에 가서 뛰고 싶어요. 기왕이면 월드 시리즈 우승도 해 보고 싶고요. 그리고 사이 영 상도 받아보고 나중에 은퇴하면 명예의 전당에도 오르는, 말 그대로 야구 선수들이 그리는 최고의 영예를 얻고 싶어요."

"그거 대단한데?"

"그거로 끝은 아니죠."

처음 시스템을 얻었을 때는 몰랐다.

이것이 자신을 객관적으로 바라볼 기능이라고만 생각했다.

"세계 야구사에 족적을 남기는 걸로는 부족하죠."

하지만 코인을 얻고 점점 몸을 회복하고 오히려 성장해 나가면서 생각을 고쳤다.

"저는 세계 야구사에 전설로 남을 생각입니다."

"이야, 꿈만 들어도 너무 대단한걸?"

그리고 상진의 열의에 찬물을 끼얹었다.

"그런데 메이저리그가 뭐냐?"

영호는 야구에 대해서는 쥐뿔도 몰랐다.

*   *   *

저승사자 때문에 혈압이 올랐던 것도 잠시.

다음 날이 되자 상진은 다시 일상을 시작했다.

아침에 일어나서 당근이나 오이를 씹었다.

단 1분이라도 낭비할 수는 없었다.

간단한 세면을 마치고 아침을 먹으면서 오늘 먹을 계란들을 삶기 시작했다.

물론 하루 종일 먹을 양이 아니라, 구장에 갈 때까지 먹을 양이었다.

구장에 가면 구단에 미리 주문한 대로 먹을 걸 마련해 두고 있을 것이다.

"또 먹냐?"

"그 질문, 이제 지겹지 않으세요?"

"나도 지겨운데 매일같이 먹는 것도 안 지겨운가 궁금했지."

아침에 구장으로 나오자마자 마주친 대균에게 쓴웃음을 지어주고는 상진은 가볍게 어깨를 풀었다.

"컨디션은 어때?"

"저야 늘 좋죠. 형은 어때요?"

"나? 나도 늘 좋지. 오늘 한 4안타만 때려 볼까?"

대균은 자신 있게 웃으면서 손가락 4개를 펴 보았다.

전성기 때의 능력을 생각한다면 4안타는 기대할 만했지만 올해로 만 36세가 되는 대균은 이제 슬슬 하향세를 탈 나이였다.

이번 스프링캠프와 시범 경기에서도 그다지 좋은 모습을 보여 주지 못했다.

그래도 이런 자신감만큼은 잃지 않고 언제나 후배들을 앞에서 끌어주고 있었다.

"마음대로 하세요. 대신에 병살 치면 벌금 내야 합니다?"

"아, 그건 좀 너무한 거 아니냐? 나 요새 무릎 안 좋아."

"조금 전에는 컨디션이 좋으시다면서요?"

"몸이 안 좋은 거랑 타격 컨디션이 좋은 거랑은 전혀 다르지."

시시덕거리면서 안으로 들어간 상진과 대균은 각자의 파트로 나뉘어졌다.

안으로 들어간 상진은 아직 한산한 연습 공간에서 몸을 풀고 있는 인재를 발견하고 손을 흔들었다.

"벌써 왔어요?"

평소에 가장 먼저 나오는 투수는 상진 자신이었다.

그런데 오늘은 웬일로 인재가 먼저 나와서 스트레칭을 하고 있었다.

"응. 왠지 긴장돼서."

"형도 긴장할 때가 다 있나 보네요."

"나만 그렇겠냐? 니 뒤에 오는 놈도 그렇겠지."

뒤를 돌아보니 올해 2년 차가 된 2루수 은일이가 쭈뼛거리며 이쪽을 보고 있었다.

상진은 쓴웃음을 지으면서 다가가 어깨를 두드려 주었다.

"왜 여기서 이러고 있어?"

"아니, 딴생각 하다 보니까 여기에 와 있네요, 하핫."

스프링 캠프에서도 언제나 붙임성 좋고 시원시원하던 녀석의 얼굴이 살짝 굳어 있었다.

상진은 어깨에 팔을 걸치면서 엊그제 영호가 했던 것처럼 건들거려 봤다.

"인마, 표정 풀어. 뭘 그렇게 긴장하고 있어? 얼마나 긴장했으면 타자조 훈련장으로 가는 길도 잊어버리냐?"

상진이 건들거리면서 말하자 보고 있던 인재가 웃음을 터뜨렸다.

"푸하하, 무슨 동네 양아치냐?"

"삥이나 뜯을까요? 은일아, 천 원 줄 테니까 빵집 가서 빵이나 열 개 사 와라."

두 선배의 농담에 은일의 표정이 살짝 풀렸다.

하지만 오늘이 개막식인 만큼 선발 출장 예정인 은일의 얼굴은 얼마 지나지 않아 다시 굳어졌다.

개막전 선발 출전의 부담감.

어깨를 무겁게 짓누르는 무게감을 알아챈 상진은 은일의 머리카락을 마구 헝클었다.

"이 자식 보게? 올해로 고작 2년 차 되는 녀석이 뭐가 그렇게 세상 근심 다 짊어진 얼굴이냐?"

"그래도 개막전이라니까 좀 긴장되네요."

"너 작년에 1군에 올라와서 뛸 때는 안 이랬잖아. 그때는 즐긴다면서. 이 자식 벌써 초심 잃었네?"

작년에 프로 1년 차로 갓 데뷔한 정은일은 말 그대로 센세이

선이었다.

눈에 띌 정도로 좋은 수비 실력으로 고참급들을 전부 밀어내고 주전 자리를 꿰찼다.

그래 봤자 멘탈은 아직 스무 살 애송이였다.

"나도 옛날에 그랬지. 선배들 밀어내고 주전 자리를 비집고 들어가면 계속 성적을 내야 한다는 부담감도 느껴 봤고."

"나 때는 말이냐? Latte is horse?"

"형은 얘기하는데 초치지 말아요. 네 나이 때 그 정도 성적을 내는 게 비정상인 거야, 이 천재 자식아. 벌써부터 시건방진 소리 하지 말고 공 하나라도 어떻게 더 쳐 낼지 생각이나 해 둬라."

걷어차듯이 은일을 내보낸 상진은 뒤돌아서다가 자신을 향해 미묘한 미소를 짓는 인재를 발견하고 얼굴을 구겼다.

"아, 왜 또 그런 얼굴이에요?"

"하여튼 솔직하지 못한 놈이라니까. 요새 애들한테 윽박지른다고 들어 먹겠냐?"

"아까는 나한테 '나 때는 말이야?' 이러더니 지금은 형이 요새 애들이라고 그래요?"

인재는 킥킥거리면서 상진의 머리에 헤드락을 걸었다.

상진 역시 지지 않고 헤드락에서 벗어나면서 인재의 허리를 뒤에서 붙잡고 장난을 쳤다.

그러는 사이에 선수들이 하나둘씩 들어왔고 코치진도 들어왔다.

"인마, 안 그래도 좁아 터진 사직 구장에서 뭐 하냐? 얼른 준비 못 해? 장비 챙겨!"

"거, 달재 코치님은 너무 급한 거 아닙니까? 더그아웃에 적당히 가져다 놨어요."

"그래도 준비할 건 해야지!"

늘 이렇게 시시덕거려도 인재와 상진은 경력이 10년이 넘은 투수였다.

둘은 순식간에 장비 정리를 마치고 그라운드로 나갔다.

*　　　　*　　　　*

늘 그렇지만 개막전은 화려하다.

프로야구 시즌의 개막을 알리는 경기인 데다가 오늘은 부산에서 열리는 경기였다.

부산 사직 구장은 열정 가득한 홈팬들이 가득해 시끌벅적했다.

—꽃샘 추위 속에서도 봄과 함께 야구가 우리의 곁으로 돌아왔습니다.

—2019년 KBO 개막전, 충청 호크스와 부산 타이탄즈의 경기가 오늘 시작됩니다.

—역대 가장 이른 날에 야구가 개막되는데, 오늘도 매우 추운 날씨입니다.

─어제는 함박눈까지 내릴 정도로 추운데 선수들은 부상을 조심해야 합니다.

─올해부터 규칙도 여러 가지 바뀌는데, 우선 주자가 주루 플레이 중 야수를 정당하지 않은 방식으로 방해할 경우 주자와 타자 모두 아웃이 되고 혹은 비디오 판독의 대상도 된다고 하죠.

그라운드에 나와서 떠드는 해설 위원과 아나운서의 목소리가 더그아웃까지 들려왔다.

상진은 주위를 둘러보며 히죽 웃었다.

"다들 왜 그렇게 얼굴이 굳었어요? 오줌 마려워요?"

"너는 이런 와중에도 먹는구나."

"먹는 게 남는 거니까요. 먹을래요?"

"됐다. 이거 먹으면 이따가 올라올 거 같다."

그라운드 위에 올라간 야수들은 전부 공을 주고받으며 몸을 풀고 있었다.

이번에 영입한 외국인 투수 안토니도 살짝 긴장한 기색이 역력했다.

"거, 긴장하면 될 일도 안 된다니까요. 긴장하면 먹다가도 체해요."

그때 장내에 선수 소개가 들려오기 시작했다.

충청 호크스와 부산 타이탄즈의 선수를 하나하나 소개하자 그때마다 관중석에 있는 관중의 환호성이 울려 퍼졌다.

"가자. 144경기의 첫걸음이다."

─작년에 이어서 이번에도 개막전에서 맞붙는 부산 타이탄즈와 충청 호크스의 대결, 과연 어떻게 될까요?

　이렇게 2019 한국 프로야구의 개막전이 시작됐다.

　외국인 투수가 던지는 첫 이틀은 박빙의 승부가 연출이 됐다.

　덕분에 아직 패전 처리조로 구분되어 있는 상진은 출전할 일이 없었다.

　경기에 투입되면 바로 능력을 보여 줄 생각이었던 상진은 먹는 일에 열중했다.

　물론 운동하는 것도 거르지 않았다.

　'먹는 것만큼 운동과 연습을 하는 것도 능력치에 변화를 준다.'

　그동안 상진은 시스템에 근거해서 계속 먹고 포인트를 쌓아 랜덤으로 능력치를 받았다.

　포인트 상한이 150을 넘어가면서부터 코인을 받게 됐고 그걸 사용하지 않고 그대로 놔뒀다.

　그런데 얼마 전 시스템으로 자신의 능력을 보던 상진은 깜짝 놀랐다.

　분명히 포인트를 모아 얻은 코인은 사용하지 않고 쌓아 둔 그대로였다.

　그런데 어떻게 된 영문인진 몰라도 미미하게나마 능력치가 조금씩 올라가 있었다.

이유를 알 수 없었던 상진은 먹으면서 꾸준히 운동을 했다.

그러다가 문득 가설을 하나 세우고 하루 날을 잡아서 검증을 해 봤다.

결과는 바로 연습을 해도 능력치가 조금씩 올라간단 사실이었다.

'먹어도 능력치가 오르고 운동해도 오르는 거면 이거 쌍으로 좋은 거잖아?'

어차피 운동선수인 만큼 상진은 운동을 계속해야 했다.

거기에 먹으면서 운동을 하면 능력치가 배로 오를 게 아닌가.

언제나 일찍 나와서 운동하던 만큼 상진은 그만큼 식사와 운동의 밸런스에 신경을 쓰기 시작했다.

그런데 일은 늘 엉뚱한 데서 터졌다.

"상진아, 그만 좀 먹으면 안 되겠니?"

상진은 운동하면서도 늘 먹었다.

물론 운동할 때 음식물을 섭취하거나 위 안에 들어 있는 게 좋은 건 아니었다.

하지만 상진은 처음 생긴 스킬 덕분에 압도적인 소화력을 자랑했다.

얼마든지 먹어도 언제든지 운동을 할 수 있는 여건이었다.

"왜 그러시는 건데요?"

그게 코치진들에게는 못내 못마땅해 보였다.

8~90년대에는 밤새 술을 마시고 다음 날 아침에 공을 던졌다는 일화가 있을 정도로 엉망이었다.

하지만 현대에 와서는 운동선수는 자고로 식단을 조절하고 꾸준한 연습을 해서 최적의 몸 상태와 컨디션을 유지해야 했다.

트레이너와 코치들에게 있어서 겉으로나마 시대를 역행하는 상진의 모습은 불만스러웠다.

"아니. 그렇게 먹는 걸 애들한테 보이면 아무래도 좋지 않은 영향을 받을까 봐 그렇지."

상진은 어깨를 으쓱거리면서 슬쩍 입꼬리를 끌어 올렸다.

상황 자체는 이해하지만, 이런 소릴 듣는 게 마음에 들지 않았다.

그냥 먹기만 하면 포인트가 오르고, 코인을 얻어서 능력치를 올린다.

시스템에 대해서 설명하고 싶은 생각은 굴뚝같았지만 이런 걸 이야기한다 한들 쉽게 이해받을 수 있으리라곤 생각하진 않는다.

최대한 이성적으로. 최대한 상식적으로.

비상식적인 영역에 발을 디딘 자신이 할 수 있는 한도 내에서 설명을 해 둬야겠다.

"요새 제가 먹는 건 주로 단백질 식품인데요? 계란이라든가. 육포라든가."

"뭐, 그렇지?"

"시즌 전에 아무거나 주워 먹었다면 모를까, 시즌이 시작되고서 저는 꾸준히 음식을 가려서 먹었어요. 그렇다고 제가 연습도 안 한 건 아니잖아요?"

안 하기는커녕 누구보다 먼저 나와서 운동을 시작하고 거의 마지막으로 떠났다.

지난번에 신체 측정 결과에서도 누구보다 체지방률이 낮은 기염을 토해 내기도 했다.

상진도 혹시나 후배들에게 악영향을 줄까 봐 콜라나 사이다 같은 탄산은 먹지 않았고, 주로 고기와 단백질 위주로 섭취했다.

그리고 매일같이 운동을 하며 솔선수범하는 자세도 보였다.

그런데 이런 이야기를 들으니 기분이 썩 좋지만은 않았다.

상진이 하나씩 사례를 꺼내 반박하자 트레이너도 머쓱한 표정을 지었다.

"아아, 미안하다. 그래도 너무 많이 먹는 게 아닌가 싶어서 좀 걱정돼서 그랬어."

"그 마음은 이해해요. 후배들이 제 영향을 많이 받아서 혹시라도 과하게 먹을까 봐 그러시는 건. 그런데 이건 제 개인적인 관리 아닌가요? 그리고 아직 경험이 없는 애들은 트레이너분들이 잘 알아서 제어해 주셔야 하는 거 아닌가요?"

선수단 관리를 위한 트레이너와 코치들이 따로 있는 게 아니다.

선수들 전체를 일일이 다 챙겨 줄 수는 없어도 개인적인 트레이닝과 자기 관리 방식이 따로 있음은 알려 줄 수 있다.

상진이 24시간 내내 먹는 것에 대해 불쾌하게 생각하고 한마디 했다가 반박을 당한 트레이너는 얼굴이 붉어졌다.

그래도 논리적인 상진의 말에 반박할 수 없었다.

"구단하고 계약할 때 먹는 거 가지고 왈가왈부하지 않기로 했어요. 저한테 불만이 있으시면 제가 먹는 거로 인해 문제가 생겼음을 구체적으로 알려 주시거나, 아니면 구단 윗선에 직접 따져 주세요."

매일 얼굴을 맞대고 친근하게 농담을 주고받는 사이이긴 했어도 이럴 때는 확실하게 선을 그어 둬야 한다.

상진은 마지막 말로 못을 박고 홱 몸을 돌려 다시 운동을 시작했다.

벤치프레싱을 하는 상진을 보며 트레이너들은 아무 말도 하지 못했다.

*   *   *

시즌이 시작되고 3번째 경기가 됐다.

외국인 선발투수들의 기용이 끝나고 국내 선발진이 투입되기 시작했다.

지난 부산 타이탄즈와의 2연전에서 1승 1패를 거둔 만큼 오늘 시작되는 강남 그리즐리와의 3연전이 관건이었다.

더군다나 올해 선발진의 구성은 새롭게 리빌딩을 하겠다고 공언한 바 있었다.

하지만 하루아침에 선수단이 바뀌는 건 아니었다.

"후우."

깊은 한숨이 흘러나왔다.

선수들 모두 더그아웃의 펜스에 서서 목소리를 높여 응원을 하고 있었다.

그래도 서서히 찾아오는 어두운 그림자는 어쩔 도리가 없었다.

더그아웃에서만 그런 분위기가 있는 건 아니었다.

2회부터 점수를 내주기 시작하더니 3회부터는 둑이 무너져 버렸다.

추운 날씨임에도 마운드 위에 서 있는 김지영의 얼굴에는 땀이 흘러내리고 있었다.

"5실점째라니."

"어떻게 할까요?"

한현덕 감독의 얼굴에도 근심이 가득했다.

1승 1패를 거두고 맞이한 세 번째 경기는 매우 중요했다.

여기에서 1승을 거두면 기세를 탈 것이고 1패를 한다면 위험한 분위기가 만들어진다.

선발을 내리는 건 맞지만, 불펜이 제대로 준비된 건 아니다.

"불펜 준비는?"

"시켰지만 아무래도 좀 걸릴 거 같습니다."

코치진이 마운드를 두 번 가게 되면 투수는 반드시 교체해야 한다.

이미 투수 코치가 한 번 마운드를 방문한 시점.

감독이든 투수 코치든 다시 올라간다면 지금 선발로 던지고 있는 김지영은 교체한다는 말이었다.

물론 선발을 교체하는 건 결정 사항이지만 불펜 준비가 덜 된 것이 고민이었다.

"제가 나가죠."

"상진아?"

송신우 투수 코치가 당혹스러운 얼굴로 상진을 바라봤다.

붉은빛이 감도는 대춧빛의 얼굴을 보면서 상진은 씩 웃었다.

"저만한 적격자도 없잖아요? 롱 릴리프도 되고 만약에 지면 변명거리도 되고. 무엇보다 지난 2연전 동안 저는 던지지도 않았어요."

이틀 동안 출전하질 않아서 몸이 있는 대로 달아오른 상태였다.

그리고 점수를 내주기 시작했을 때부터 캐치볼을 하며 어깨도 달구어 놓았다.

타자를 하나라도 더 잡아먹어야 메이저리그가 가까워진다.

여기에서 계란하고 육포를 먹는 것만으로는 성장 속도의 문제가 하늘과 땅 차이였다.

머릿속에 세워 놓은 인생 계획대로 흘러가려면 한 경기라도 더 출전해야 했다.

"몸도 제대로 풀은 거 같은데 잘할 자신 있냐?"

"물론입니다. 얼마가 되든지 막아 드리죠."

자신만만한 상진의 얼굴을 빤히 바라보던 한현덕 감독은 말없이 고개를 끄덕였다.

지금은 불펜이 제대로 가동될 때까지 버텨 줄 선수가 필요했다.

"너한테는 언제나 이런 일만 시키는구나."

"그럼 밥이나 한 끼 사 주세요."

"요새 보면 너한테 밥 한 끼 사 줬다가 월급 거덜 나겠더라."

"월급만 거덜 날까요? 연봉도 거덜 낼지 모릅니다."

이런 때까지 농담을 하다니.

그래도 한현덕 감독은 상진의 여유 만만한 성격이 이런 때만큼 의지할 수 있어서 다행이라 생각했다.

*   *   *

—아! 마운드에 이상진 선수가 올라오네요. 정말 의외인데요?

—3회에 원아웃, 주자는 만루인 상황에서 이상진 선수가 마운드에 올라왔습니다.

—사실 생각해 보면 의외일 건 없습니다. 이상진 선수는 원래 선발로 뛰다가 부상 후로 불펜으로 옮겨 갔었으니까요.

—좋은 선택이긴 합니다만 부상 이후로 원포인트나 패전조로 뛰었던 선수라 롱 릴리프로 생각한다면 잘 막아 낼 수 있을지 모르겠네요.

마운드 위에 올라와 사방을 둘러본다.

경기장을 둘러싸고 있는 펜스의 위쪽에서 수많은 관중이 사방팔방 에워싸고 자신을 바라보고 있다.

"후우, 역시 시범 경기하고는 다른 기분이야."

온몸의 근육이 근질거려 미칠 것 같았다.

조용히 마운드에 서서 그라운드 전체를 훑어보면 마치 정중앙에서 스포트라이트를 받는 기분이 들었다.

온 세상이 자신을 바라보고 자신을 향해 환호를 질러 주는 바로 이곳이 마운드였다.

'그리고 여기는 전쟁터이자 사냥터지.'

예전에 구장에 놀러 왔던 진환이 그라운드에, 그리고 마운드에 서 보고는 이렇게 말했었다.

고대 로마인들이 검투사들을 세워 놓고 싸우게 만들었던 콜로세움을 보는 듯하다고.

나중에 유래를 찾아본 상진은 그 말이 크게 다르지 않다고 생각했다.

고대에 검투사들의 대결을 봤다면 현대인들은 이곳에서 투수와 타자의 대결을 보는 셈이니까.

"어때?"

"일단 연습 투구나 좀 하고서 얘기해요."

불펜에서 채 몸을 풀 시간이 없었다.

그래서 포수 미트에 연습으로 몇 차례 공을 던지며 어깨를 제대로 달구었다.

대충 영점을 잡고 감각을 재점검한 후 재환이 마운드에 다시 올라왔다.

"감독님은 뭐라고 하셨어?"

"오래 버텨 달래요. 그러니까 오래 버텨야죠."

"인마, 지금 상황이 개판인 건 너도 알지?"

"아니까 올라왔죠."

아직 3회가 지나지도 않았는데 점수는 5 대 0이었고 아웃카운트는 하나밖에 올라가지 않았다.

게다가 누상은 전부 주자들로 채워져 있는 상황.

볼넷을 줘도 점수를 주고 안타를 맞는다면 대량 실점을 할 수도 있었다.

"연습 투구는 괜찮은 것 같은데 어떻게 할래?"

"뭘 어떻게 해요? 이대로 가죠."

"찍어 누르게? 저쪽은 스캠 때처럼 2군 애들이 아니야."

"나도 알아요."

상진은 덤덤하게 말하면서 다시 주위를 둘러봤다.

저승사자를 만나고 황금 돼지를 삼킨 데 이어서 이상한 시스템을 얻었다.

그리고 처음으로 맞이하는 정규 시즌.

"그래도 자신이 있어요."

"휴우, 말을 말자. 망하면 네가 망하는 거지 내가 망하겠냐."

"저만 망하나요? 형도 같이 망하는 거지."

"아무튼 시범 경기 때처럼 힘으로 찍어 누를 거지?"

"네. 그러니까 잘 부탁해요."

상진은 여전히 웃음기 가득한 얼굴이었다.

아니, 웃을 수밖에 없었다.

사실 시범 경기 때만 해도 전력을 다한 게 아니었다.

구속과 구위가 좋아졌어도 컨디션을 조절하려고 일부러 느슨하게 던졌었다.

재환이 마운드에서 내려가고 이제 경기장의 중심에는 상진 혼자 남게 됐다.

모든 루에 선수가 차 있는 위기 상황.

이렇게까지 짜릿한 상황에서 마운드에 올라오는 건 오랜만이었다.

[식사 시간이 되었습니다.]

[상대방의 포식 포인트가 표시됩니다.]

[타자의 포인트는 46입니다.]

[주자가 득점권에 있는 상황이므로 아웃카운트를 잡으면 포인트가 가산됩니다.]

[주자가 만루인 상황이므로 아웃 카운트를 잡으면 포인트가 가산됩니다.]

중심 타자가 아니라 8번 타자인 포수 박태혁이 올라와 있었다.

과거 한국 시리즈에서 우승했던 강남 그리즐리라고는 해도 하위 타선은 그렇게까지 강한 편은 아니었다.

그래서 그런지 표시되는 포인트도 꽤 낮았다.

"시스템이 말해 준 대로 시작해 볼까."

경기에 투입이 되면 시스템은 늘 이렇게 말한다.

이제 식사 시간이 됐다고.

타자와 투수 사이에서 벌어지는 먹고 먹히는 관계.

상진은 이 관계에서 절대로 먹히는 쪽이 되고 싶지 않았다.

된다면 반드시 상대를 사냥해서 먹어 치우는 쪽이 되고 싶었다.

심판의 경기 재개 신호를 보며 자세를 잡은 상진은 다른 누상의 주자들을 둘러봤다.

그다음은 언제나와 똑같았다.

'어느 쪽으로 할래? 체인지업? 패스트볼?'

포수와 사인을 주고받고 구종을 선택한다.

글러브 안에 숨겨 둔 공을 잡고 손가락을 걸며 자세를 잡는다.

그리고 있는 힘껏 팔을 뿌려 공을 집어 던진다.

"흐압!"

채찍처럼 휘어지는 팔과 함께 공을 세차게 뿌리고 상진이 뿌린 공은 재환의 포수 미트 안으로 빨려들어 갔다.

"볼!"

"앗차."

너무 힘을 주어 던진 공은 볼이 됐다.

더그아웃에서 탄식하는 게 귀에 생생하게 들린다고 생각하며 상진은 혀를 빼어 물고 쓰게 웃고 말았다.

물론 자신을 잡아먹을 듯 부라리는 최재환의 눈은 애써 외면했다.

*   *   *

시즌이 시작하기 전부터 상진은 여러 구단의 주목을 받았다.

우선 FA 계약 조건부터 너무 파격적이었다.

성적을 내지 못한다면 이룰 수 없는 계약 조건인데, 선수가 원했다는 이야기까지 들리니 혹시 뭔가 믿는 구석이 있지 않나 의심했다.

스프링 캠프와 시범 경기를 거치며 그런 경향은 점점 더 심해졌다.

"웬만한 구단에서 던지는 투수들의 평균 정도는 됩니다."

실제로 구속과 구위가 늘어난 걸 확인한 구단의 전력 분석원들은 패전 처리조에서 어느 정도 쓸 만한 선수로 상진의 등급을 한 단계 높였다.

하지만 쓸 만한 선수 이상의 평가는 주지 않았다.

구속은 시속 140킬로미터 초반에서 중반 정도였고, 제구는 그럭저럭.

측정된 공의 회전수도 리그 평균에 수렴하는 정도였다.

좋게 말하자면 부상 이후 2군과 1군을 왔다 갔다 하던 선수가 1군에서 경쟁할 만한 선수가 됐다는 정도였다.

그건 지금 타석에 서서 상진의 공을 직접 보고 있는 김민석의 생각도 똑같았다.

'뭐야? 구속이 좀 빨라진 거 말고는 별거 없잖아?'

분명 작년하고는 판이하게 다른 공을 던지고 있었다.

공인구가 바뀐 여파가 아니라 진심으로 구속이 올라갔다.

하지만 그래 봤자 다른 투수들의 공과 별로 큰 차이가 없었다.

"볼!"

게다가 제구도 안 되는지 약간 아슬아슬하긴 했어도 바깥쪽으로 공이 들어갔다.

벌써 투 볼까지 카운트가 몰렸다.

스스로 자멸하는 투수를 비웃으면서 태혁은 배트를 휘두를 생각을 일단 접었다.

'불펜에서 준비할 시간이 없었다고 해도 이렇게 투수를 급하게 교체하면 몸이 덜 풀렸겠지. 이대로 포볼을 노려서 밀어내기로 한 점 노려 볼까.'

영점이 잡히지 않고 이렇게 들쑥날쑥한 제구를 보여 준다면 굳이 방망이를 낼 필요가 없다.

가만히 앉아서 위기를 자초하는데 굳이 휘둘러 줄 이유가 없었다.

그렇게 생각하면서 투수의 와인드업 자세를 보던 태혁은 뭔가 기분이 묘했다.

그런 생각을 하면서 대체 뭐에 위화감이 들었는지 생각을 해 보던 순간 뭔가 휙 하고 지나갔다.

"어?"

"스트라이크!"

태혁은 당황한 얼굴로 포수 미트를 돌아보고는 입술을 깨물 었다.

미트는 스트라이크존 한가운데에 위치해 있었다.

프레이밍을 한 흔적 따윈 어디에도 없었다.

'한가운데에 처박아 넣는단 말이지?'

일부러 신경을 쓰지 않으려고 했는데 순간 자존심이 팍 상해 버렸다.

타자에게 가장 자존심이 상하는 순간은 아무것도 상관하지 않고 패스트볼을 정중앙에 던져졌을 때였다.

태혁도 예외는 아니었다.

그래도 부글거리며 끓는 속을 진정시키며 지금 상황을 다시 되새겼다.

'우연이겠지. 설마 다음 공도 한복판으로 오겠어? 몸도 제대로 풀지 않고 마운드에 올라온 투수가?'

지금 마운드 위의 투수는 매우 신중해야 하는 상황이었다.

원아웃에 만루를 채워넣은 상황에서 한순간이라도 삐끗하면 바로 대량실점으로 이어진다.

물론 강판된 김지영이 주자를 남겨 둔 상황.

상진 자신의 자책점은 오르지 않는다고 해도 분식회계를 한 기록은 남는다.

'벌써 몸이 풀린 거냐? 아니면 풀리지 않아서 어쩌다 보니 한 가운데로 들어온 거냐.'

설마 다음 투구도 스트라이크로 들어올까 싶었다.

그러나 그건 태혁의 실책이었다.

그는 지금 투구부터 신경을 썼어야 했다.

"스트라이크!"

투 스트라이크 투 볼로 카운트가 투수에게 유리한 쪽으로 역전되어 버렸다.

아차 싶었다.

잠깐 정신 줄을 놓고 있는 동안 앗 하는 사이에 눈 뜨고 코를 베였다.

이를 악물고 시선을 돌린 태혁은 그제야 마운드 위에 서 있는 상진이 싱글벙글 미소 짓고 있단 걸 발견했다.

"이 자식이?"

*　　　　　*　　　　　*

처음에 볼 두 개를 연달아 던졌을 때, 상진은 솔직히 약간 겁먹었다.

홈 플레이트에서 마스크를 내려 쓰고 있어도 알 수 있을 정도로 재환의 눈은 활활 불타고 있었다.

'거, 사람이 볼 좀 던졌다고 그렇게 잡아먹을 듯이 보는 거

있는 겁니까?'

물론 볼넷을 줘서 밀어내기로 점수를 줄 생각은 눈곱만큼도 없었다.

상진은 글러브 안에서 공을 만지작거리면서 재환에게서 오는 사인을 받았다.

너무 마음에 드는 사인에 상진의 입꼬리가 저절로 올라갔다.

'역시 재환이 형은 내 맘을 잘 알아준다니까.'

조금 전에 받은 사인은 요새 기세를 타고 자신감을 얻은 상진에게 가장 마음에 드는 사인이었다.

허리를 살짝 낮추고 공을 만지작거리던 상진은 그립을 잡고 있는 힘껏 팔을 휘둘렀다.

파아앙!

경쾌한 소리와 함께 오늘 최고의 컨디션으로 던질 수 있는 최고의 패스트볼을 미트 정중앙에 꽂아 넣었다.

타석에 서 있는 태혁의 얼굴이 굳어지는 걸 보면서 상진의 미소가 더욱 짙어졌다.

'처음에 볼 두 개를 볼 때는 늘어지더니 이제 열 좀 받은 얼굴인 걸? 그럼 열을 더 받게 해 줘야겠지? 원래 1+1 행사는 기본이라고.'

상진은 다시 한번 공을 정중앙에 냅다 집어 던졌다.

'이미 늦었어. 그렇게 배트 휘두를 마음이 없다는 걸 노골적으로 보여 주면 미쳤다고 볼을 던지겠냐.'

타자는 타석에 들어섰을 때부터 투수를 경계하고 공 하나하나에 신경을 써야 했다.

그런데 지금처럼 상황이 팀에 유리하다고 해서 볼 두 개에 긴장을 늦췄다가 바로 투 스트라이크까지 내줬다.

이젠 전세 역전이었다.

상진은 재환이 보내오는 사인에 고개를 가로저으며 바로 투구 동작에 들어갔다.

타자에게 생각할 틈을 주면 안 된다.

그리고 재환을 믿고 있었다.

"어어?"

태혁은 바로 정중앙을 향해 날아오는 다섯 번째 공을 보면서 이를 꽉 깨물었다.

우습게 보는 것도 정도가 있지.

스트라이크존 한복판에 패스트볼만 3연속으로 처박아 넣는 건 이쪽을 무시해도 너무 무시하는 짓이었다.

'이번에는 친다. 못 쳐도 커트는 해낸다.'

이렇게 생각하며 태혁은 배트를 휘둘렀다.

한가운데로 들어오려는 공을 향해 휘두르던 태혁은 순간 공이 아래로 휘어지자 당황하며 배트를 조금 더 내렸다.

하지만 예리하게 꺾인 체인지업을 살짝 건드리는 것에 끝났다.

"젠장!"

투수 앞으로 데굴데굴 굴러가는 공을 보며 태혁은 얼른 배트를 내던지고 1루로 뛰어 봤다.

하지만 이미 늦은 건 어쩔 수 없었다.

상진이 주워서 홈에 던지고 그다음에 1루로 병살이 되는 걸 두 눈 뜨고 바라볼 수밖에 없었다.

[타자를 아웃시켰습니다. 46포인트가 지급됩니다.]

[주자를 아웃시켰습니다. 20포인트가 지급됩니다.]

[병살로 이닝을 종료하였으므로 추가로 20포인트가 가산됩니다.]

[포인트 상한선 170을 달성하였으므로 코인 1개가 지급됩니다.]

[다음 포인트 상한선은 171입니다.]

[현재 보관 중인 코인은 21입니다.]

그리고 타자를 잡아먹고 첫술을 뜬 상진은 아직 배가 고팠다.

*　　　　　*　　　　　*

더그아웃에 들어가서 어깨를 따뜻하게 유지하기 위해 옷을 입은 상진은 바로 재환의 습격을 받아야 했다.

붉게 상기된 재환의 얼굴을 보면서 상진은 씩 웃었다.

"당황했어요?"

"그럼 당황하지! 거기서 냅다 체인지업을 던지는 놈이 어디에 있어!"

"형이라면 받아 줄 거라고 믿었거든요. 물론 그걸 건드리는 바람에 병살이 됐으니 더 좋은 거 아닐까요?"

"하여튼 말이나 못하면 밉지나 않지."

"솔직히 말해 봐요. 제가 사인 거부하고 바로 던졌을 때 뭐가 날아올지 알고 있었잖아요?"

그 말에 재환은 투덜거리면서 인상을 구겼다.

상진의 말대로 사인을 거부함과 동시에 날아오는 공을 봤을 때 체인지업이 들어올 거라고 예감했었다.

상진은 얼굴을 구기고 투덜거리는 재환을 향해 계란을 내밀었다.

그걸 보며 재환은 어처구니없다는 표정을 지으면서 웃음을 터뜨렸다.

"먹을 걸 나눠 주는 건 뭔데?"

"원래 짐승은 자기 먹을 걸 안 나눠 줘요."

"이런 짐승 같은 놈을 봤나. 그래서 다음은 어쩔 건데? 9번부터 시작이면 테이블 세터진이랑 클린업하고 정면으로 마주치게 되잖냐. 그거 대비는 생각해 봤냐?"

"뭐, 저쪽 데이터나 떠올리면서 하나하나 상대해야죠. 제가 언제부터 그런 거 따지면서 했다고요."

"너만큼 데이터 신경 쓰는 놈이 그런 소릴 잘도 한다."

저쪽 팀의 웬만한 데이터는 이쪽도 갖고 있다.

오늘도 날씨가 쌀쌀한 만큼 컨디션은 완벽한 상태가 아니었다.

그래도 구속도 나오고 구위도 나오는 만큼 얼마든지 던질 수 있었다.

"수찬아. 잠깐 캐치볼이라도 하자."

"아직도 어깨가 덜 달아오른 거냐?"

"연습 투구까지 합쳐도 공 열 개 던져 놓고 어깨가 달아오르겠어요? 이제부터 시작이죠."

이야기를 주고받으며 캐치볼을 서너 번 하자 3회 말 공격이 끝나 버렸다.

충청 호크스의 타선은 예전만해도 다이너마이트 타선이라고 불리며 안타와 홈런을 엄청나게 몰아치기로 유명했다.

하지만 지금은 물먹은 화약처럼 불발 나기 일쑤였다.

"4회부터 9회까지 남은 건 6이닝이네."

"점수는 5 대 0이지."

공수 교대를 위해서 다시 그라운드를 밟는 상진은 씩 웃으며 뒤따라 나오는 야수들한테 외쳤다.

"남은 이닝은 전부 무실점으로 막아 볼 테니까 이닝당 1점씩만 내 보라고."

"와, 그게 쉬워 보이냐?"

당연하다는 듯이 야수진의 반발이 튀어나왔다.

상진은 전광판을 가리키면서 싱긋 웃었다.

"저쪽은 벌써 5점 냈는데 우리도 못 할 건 없잖아? 적어도 점수 안 내주는 것보단 쉬워 보이는데?"

"쉽다고 치고, 그걸 맨입으로 해요?"

"그럼 내기해 볼까? 물론 밥 내기로."

"조건은 뭔데요?"

상진은 기지개를 켰다.

지난번에 영호에게 자신은 메이저리그에 가서 그곳을 씹어 먹길 원한다고 했다.

그렇게 하기 위해서는 우선 한국을 제패할 필요가 있었다.

한국을 제패하고 메이저로 떠난다.

가장 빠른 길은 팀을 우승시키는 것과 자신이 정상에 등극하는 것, 혹은 양자 모두 달성해야 했다.

"나는 3이닝 이상을 무실점으로 막아 낸다. 그리고 타선은 오늘 최소 동점은 만들어 본다. 어때요? 달성 못한 쪽이 서로 밥을 사 주는 거로. 어때?"

점수를 내는 게 편한지, 아니면 점수를 내주지 않는 게 편한 지의 싸움이었다.

야수들이 전부 머뭇거리는 게 보이자 상진은 가볍게 한 번 더 도발했다.

"자신 없냐? 하기야 저쪽은 쉽게 쉽게 5점 냈는데 우리는 1점 내기도 버거우니까 겁날 만하지."

"누가 겁난다고 그래요?"

"야! 이상진! 덤벼!"

"콜! 밥 내기라고 했지? 만약에 우리가 이기면 네가 우리 밥을 쏘는 거다?"

야수진들이 일제히 반발하면서 이를 가는 걸 보며 상진은 손가락을 두 개 펴 보였다.

"잊었을지 모르는데 저 벌써 0.2이닝 소화했어요."

"인마! 치사해! 지금부터 하자!"

"그런 게 어디 있어요. 어쨌든 어디 해보자구요."

"거기! 빨리 제 위치에 안 가나?"

선수들이 내기에 대해서 얘기하면서 수비 위치로 가는 게 늦어지자 결국 심판까지 고함을 지르며 손짓을 했다.

내야와 외야에 선수들이 흩어지자 혼자 마운드에 올라선 상진은 가볍게 어깨를 풀면서 눈앞에 있는 타자를 바라봤다.

강남 그리즐리의 9번 타자 최현준이 이쪽을 보며 눈에 불을 켜고 있었다.

'기세 좋은걸?'

아마 더그아웃에서 자신을 경계하라는 이야기를 들었을 것이다.

특히 조금 전에 자신을 상대해서 병살타를 친 게 저쪽의 포수인 박태석이었다.

그라운드의 사령관이라고 불리는 포수인 만큼 야수들과 함께 자신의 과거 데이터와 현재를 비교 분석하는 시간을 짧게나마 가졌을지도 몰랐다.

'의식을 한다는 것부터가 이미 말려들었단 걸 왜 모를까.'

이미 5점을 냈다고 해도 요즘 한국 프로야구에서 5점 차라고 해도 안심할 수 있는 상황은 많이 없다.

강남 그리즐리의 입장에서는 1아웃 만루의 찬스를 날려 먹은 셈이다.

추가점을 내지 못한 입장에서 분명히 자신을 상대로 점수를 뽑아내려 악착같이 달려들 터였다.

'어떻게 요리할래?'

사인을 통해 자신을 향해 묻는 재환을 향해 상진은 씩 웃으며 손을 흔들어 보였다.

'당연한 거 아니에요?'

상진은 떠오르는 시스템 메시지를 확인하면서 손에 들려 있는 공을 꽉 움켜쥐었다.

실밥의 감촉을 손가락으로 느끼면서 그는 씩 웃었다.

자신이 보낸 사인은 패스트볼이었다.

부상당하기 직전의 자신에게 가장 자신 있던 구종 역시 포심 패스트볼이었다.

상진은 팔을 유연하게 휘둘러 있는 힘껏 이상적인 포물선을 그리며 공을 던졌다.

파앙!

작년까지 느껴 본 적이 없는 감촉을 느끼며 재환은 씩 웃었다.

그리고 전광판에는 새로운 숫자가 떠올랐다.

[146km/h]

부상당하기 전의 이상진이 마운드에 돌아왔다.

부상당하기 전의 이야기는 누구나 할 수 있다.

하지만 이상진은 조금 특별했다.

한국 프로야구에서도 고등학교 때의 혹사로 인해 무너진 투수들은 수도 없이 많았고, 상진 역시 그중 하나였다.

고등학생임에도 시속 140킬로미터 중후반에 육박하는 구속과 타자를 윽박지르는 구위.

그리고 마운드 위에서 보여 주는 두둑한 배짱까지.

당시 시행되던 전면 드래프트에서도 첫 번째 픽이냐, 두 번째 픽이냐를 놓고 갑론을박이 벌어질 정도였다.

하지만 부상이 모든 걸 앗아갔다.

140킬로미터 중반을 넘나들던 구속은 10킬로미터 넘게 떨어졌고 구위는 동네 배팅 센터에서 튀어나오는 공 수준이 됐다.

그나마 가지고 있던 무기는 제구였으나 가끔씩 느껴지는 통증에 그것마저도 힘겨워졌다.

1군에서 확실한 주전으로 자리매김하던 상진은 그렇게 나락으로 떨어졌다.

이대로 무너질 수 없다는 일념 하나만으로 재활을 견뎌 내고 근력과 하체까지 전부 새롭게 단련했다.

올라올 기미가 보이지 않는 구속과 구위를 할 수 있는 한도 내에서 최대한 끌어 올리며 상진이 새롭게 꺼내 든 무기는 수 싸움이었다.

구속이 느리다. 구위가 부족하다. 공이 밋밋하다.

마운드에 선 투수가 타자에게 잡아먹히지 않기 위해 머리라도 굴려야 했다.

그렇게 송곳니와 어금니를 잃어버렸던 상진은 마운드에서 살아남을 수 있었다.

"스트라이크!"

아직 날씨가 쌀쌀하고 몸도 조금 전에야 간신히 풀렸다.

그래도 이것으로도 충분했다.

팽팽하게 당겨진 근육은 유연한 곡선을 그리며 팔을 휘둘렀고,

"스트라이크!"

타자의 몸 깊숙한 곳에 스트라이크를 찔러 넣었다.

부상당하기 전에 맞이했던 짧은 전성기 때의 추억이 되살아날 정도로 날카롭고 빠른 공이었다.

약자로서 살아남기 위해 단련했던 수 싸움.

오로지 살아남기 위해 갈고 닦은 무기는 상진이 옛날의 몸 상태로 되돌아가자 더할 나위 없이 강력하게 변모했다.

'마지막 공은 어쩔래?'

'슬라이더로 가죠.'

'오케이.'

재환과 사인을 주고받으면서 상진은 문득 자신이 웃고 있단 사실을 깨달았다.

그동안은 즐긴다기보다는 야구 선수로서 살아남기 위해 이를 악물고 던졌다.

아등바등 살아남기 위해 발버둥을 치던 시간이었다.

몸이 삐걱거리고 어딘가 아파 와도 쉽게 이야기할 수 없던 시간이었다.

그런데 오늘은 야구가 즐거웠다.

5년 전에 잃어버린 열정이 다시 불타오르는 기분이었다.

"스트라이크!"

슬라이더가 예리하게 꺾이며 좌타자의 몸 쪽으로 확 들어갔다.

아까 두 번째 카운트를 잡았던 패스트볼과 같은 곳에 들어가면서도 예리하게 휘어지는 슬라이더에 타자의 배트는 허공을 갈랐다.

그렇게 이번 이닝도 세 타자 모두 삼진으로 물러났다.

"이야압!"

상진이 포효하는 걸 보면서 강남 그리즐리의 선수단은 전부 할 말을 잃었다.

자신들이 알고 있던 이상진과는 전혀 다른 모습에 선수들은 당혹스러움을 감추지 못했다.

"말도 안 돼."

"패스트 볼이 140 중반대라고?"

"슬라이더도 꽤 날카로운데?"

"이상진이 이런 공을 던지던 투수였던가?"

그리고 강남 그리즐리의 코치진도 전부 당황하고 있었다.

아까 전광판에 찍혔던 패스트볼의 구속은 분명히 145에서 147 사이였다.

작년에 이상진이 올라오는 건 패전 처리를 위해서 올라올 때뿐이었다.

그래서 이번에도 김대영 감독은 호크스의 한현덕 감독이 승부를 일찌감치 포기했다고 생각했다.

그런 게 오산이었다.

벌써 1이닝 넘게 이상진은 무실점을 기록하며 타자들을 하나씩 잡아먹고 있었다.

"이상진의 구속은 원래 130대 후반 아니었나?"

"그, 그랬습니다만 올 시즌 시작하면서 140대 초반으로 복귀했다는 이야기가 있었습니다."

강남 그리즐리는 지난 스프링캠프 때 충청 호크스랑 맞붙지 않은 팀이었다.

그리고 시범 경기에서 가볍게 경기를 하긴 했어도 그땐 이상진이 나오지 않았었다.

결국 올 시즌 들어서 처음으로 마주했기 때문에 상진에 대해 가지고 있는 데이터는 작년까지가 전부였다.

"데이터는 전부 파기해야겠군."

"그나마 쓸모 있는 건 부상 전의 데이터일 거 같군요."

김진호 코치가 중얼거리면서 피식 웃었다.

그는 예전에 충청 호크스에서 일하다가 그리즐리로 넘어왔었다.

그래서 그가 기억하는 이상진은 부상당하기 직전에 팔팔했던 상태였다.

"부상당하기 전?"

"네. 저 녀석 4년인가 5년 전쯤에 고관절하고 어깨 부상이 한꺼번에 찾아오지 않았습니까."

김대영 감독은 음 하고 고개를 끄덕였다.

확실히 그때쯤 부상을 당했다는 이야기를 들은 기억이 있었다.

"그 전에는 이렇게 140대 중후반을 찍고 구위도 좋았던 녀석이거든요. 약점이 있긴 했는데 아무래도 수 싸움이 부족하다거나, 인내심이 부족했던 건데 시간이 약이 됐나 봅니다."

"그건 아무래도 상관없어. 해결책이 있나?"

"글쎄요? 지금으로서는 일단 기록은 잊어버리고 새로운 투수를 상대하듯 공에 눈이 익어야 하는 것 외엔 모르겠습니다."

"그게 전부인가? 다른 방법 없어?"

김대영 감독은 짜증스럽게 내뱉으면서 그라운드를 바라봤다.

분명히 선취점으로 5점이나 내고 경기를 주도하고 있는 건 이쪽이었다.

그런데 이상진이 올라오고 나서부터 뭔가 분위기가 바뀌고 있었다.

이쪽 타자들은 나오는 족족 맥없이 배트를 휘둘렀고 아웃카운트를 헌납해 줬다.

"이런 빌어먹을."

하지만 뾰족한 방법이 없는 건 김대영 감독도 마찬가지였다.

*　　　　*　　　　*

—작년의 이상진 선수와는 전혀 다른 모습이군요. 구속도 그렇고 공의 위력도 그렇고. 마치 다른 사람이 된 듯합니다.

—이번 스프링캠프부터 구속과 구위가 부쩍 눈에 띄게 좋아졌다는 이야기가 있었는데 사실이었나 보네요. 아! 이번 공도 146킬로미터를 찍었습니다.

—5년 전에 부상을 입고 기량이 하락했었는데 마치 부상 전의 모습으로 되돌아온 듯합니다.

—강남 그리즐리의 선수들이 맥을 못 추고 있습니다.

8번부터 시작된 경기는 다음 회의 다음 회까지 이어졌다.

상진의 기세는 공을 던질 때마다 계속 상승하고 있었다.

처음 이상진이 올라왔을 때 경기를 반쯤 포기했던 관중마저도 그의 이름을 연호했다.

"이상진! 이상진!"

그리고 자신의 응원가도 흘러나왔다.

4회를 맞이해서 다시 마운드에 올라간 이상진은 모자를 벗고 가볍게 1루 홈 관중을 향해 고개를 숙여 보였다.

그러자 환호성이 터져 나오며 동시에 상진의 응원가를 부르는 목소리가 더욱 높아졌다.

"놀라운 녀석이야."

한현덕 감독은 감탄을 토해 내면서 끼고 있던 팔짱을 풀었다.

긴장하면 팔짱을 낀 채 그라운드를 하염없이 바라보는 게 그만의 버릇이었다.

팔짱을 끼고 손가락을 계속 꿈틀거린다면 경기가 잘 풀리지 않는다는 증거였다.

"잠재력 하나만큼은 대단한 녀석이었으니까요."

"솔직히 부상으로 수술을 받아야 했을 때 안타까워했던 사람이 한둘이 아니었지."

처음 입단하고서 미숙했던 건 경험이 없어서였다.

그래도 팀을 책임질 유망주로 기대를 한 몸에 받았던 건 바로 제구력 때문이었다.

보통 강속구 투수라고 하면 제구력이 들쑥날쑥한 경우가 많았다.

하지만 빠른 공을 던지던 이상진은 제구력이 좋은 편에 속했다.

오히려 부상 이후의 제구가 불안정해졌다.

코치진에서는 팔을 마음껏 휘두르지 못하고 부상당한 부위를 신경 써서 벌어진 문제로 분석했다.

"언제까지 던지게 놔두실 생각이십니까?"

"저 녀석도 옛날 모습으로 돌아간 거면 조금이라도 감을 되찾게 놔둬야지. 안타 하나 맞을 때까지 불펜은 쉬게 놔두는 게 좋지 않겠나?"

공을 던지면 던질수록 자신감이 붙는 게 눈에 보이고 있었다.

이미 상진의 기세는 파도를 넘어서서 해일로 착각될 정도였다.

타자를 저렇게 윽박지르면서 스트라이크존 구석구석을 찔러 넣는 모습을 보면 감독으로서는 안심이 됐다.

그리고 마운드에 서 있는 상진은 땀을 훔쳐 내면서 다시 웃었다.

'이게 몇 년 만에 느껴 보는 거지?'

부상당하고 패전 처리조가 되어 1군과 2군을 왔다 갔다 하기 시작하면서 자신의 응원가가 장송곡처럼 들렸었다.

팬들조차도 패전을 책임지기 위해 자신이 등판하면 힘없이 응원가를 불러줬다.

그런데 오늘은 달랐다.

"이상진! 이상진! 호크스의 자랑 이상진!"

"삼진 잡는 이삼진! 이삼진!"

네 타자를 상대하면서 삼진을 셋이나 잡자 옛날 별명까지 다시 재등장했다.

이름이 비슷했던 덕분에 자신의 별명은 언제나 삼진이었다.

이상진이 잡는 삼진.

'그럼 이제 슬슬 시작해 볼까?'

처음 상대했던 타자는 8번.

그리고 지난 이닝에는 9번부터 2번까지 세 타자를 상대했었다.

지금부터는 강남 그리즐리의 클린업 라인을 상대해야 할 시간이 돌아왔다.

쉽게 넘어가 줄 수는 없었다.

언제나 타격지표 최상위권에 빛나는 강남 그리즐리의 클린 업은 시즌 초에 잠시 주춤하고 있기는 했다.

그래도 테이블 세터진이 흐름을 끊지 못했다면 클린업에서 끊어 줄 수밖에 없었다.

'이대로 흐름을 넘겨줄 수는 없다.'

지난 이닝에 이쪽은 2실점을 하며 3점차로 추격당하고 있었 다.

왠진 몰라도 충청 호크스의 선수들이 갑자기 바짝 독이 오 른 듯이 배트를 휘둘러 대고 있었다.

이런 상황에서 추가점을 내 추격을 떨쳐 내지 못한다면 역전 될지도 모른다.

'작년하고 비교도 안 될 정도로 공이 좋아졌어.'

오늘 이상진과 대결한 네 타자 모두 하는 말이 똑같았다.

작년에 비해 구속이 빨라졌고 변화구가 날카로워졌다.

게다가 기세까지 올라가서 더 빨라지고 있었다.

3번으로 들어온 박건호는 다른 때와 마찬가지로 배트를 짧 게 잡았다.

예년과 비교해서 더욱 빨라지고 날카로워진 공에 대처하기 위해서였다.

'한창 기세를 타서 기분 좋았지? 이번에 콧대를 꺾어 주마.'

기세를 타고 있는 투수를 강판시키기 위해서는 우선은 안타를 때려 내는 게 중요했다.

그리고 자신 역시 올해 시즌이 끝나면 FA가 되는 만큼 이상진이 곱게 보이지는 않았다.

'옵션을 그렇게 걸면 내년에 나는 어떻게 하라고?'

올해와 내년의 FA 계약자들이 가지고 있는 상진에 대한 공통적인 생각이었다.

보장되는 계약금과 연봉을 걷어차 버리고 어마어마한 옵션을 걸었다.

'성적을 내지 못한다면 돈을 받지 않겠다는 자신감의 표출인 건 인정하겠지만 이건 상도덕이 아니잖아?'

강남 그리즐리의 선수단 안에서도 그런 상진의 행동에 이야기가 많았다.

코치들이나 감독, 그리고 구단 직원들에게는 긍정적인 반응이었다.

자신의 실력대로 돈을 받아 가겠다는 뜻이니 나쁘게 반응할 이유도 없었다.

하지만 선수들 입장에서는 달랐다.

하다못해 상진이 만약 계약금이라도 5억쯤 받았다면 군소리를 하지 않았을 터였다.

그런데 계약 내용이 너무 극단적이었다.

억대 연봉도 아닌데다가 계약금은 아예 없었다.

'어디 한번 해보자고.'

박건호는 타석에 들어선 뒤 발로 타석에 들어설 발 위치를 다져 놓으면서 불편한 기색을 숨기지 않았다.

오른손으로 헬멧과 왼쪽 팔꿈치 보호대를 만지면서 재조정을 마친 건호는 방망이는 살짝 돌리면서 타격 자세를 잡았다.

성적을 내서 돈을 벌겠다는데 그걸 눈 뜨고 허용해 줄 정도로 착한 성격은 아니었다.

딱!

전광판에 찍혔던 패스트볼의 구속을 생각할 때 140대 중반의 공이 온다면 딱 이쯤 휘두르면 된다는 루틴이 있었다.

그 감각대로 휘두르자 공에 배트가 맞는 감각이 손끝을 짜릿하게 울려 왔다.

하지만 공은 앞으로 뻗지 못하고 공중으로 확 치솟았다.

'조금 늦었나?'

그래도 감은 나쁘지 않았다.

배트를 조금 더 빨리 낸다면 얼마든지 앞으로 뻗어 나갈 수 있다는 느낌에 건호는 다시 자세를 잡았다.

"볼!"

"볼!"

이어서 볼이 두 개 연달아 들어왔다.

바깥쪽 스트라이크존 깊숙이 찔러 들어오는 공이었지만 심판은 볼로 판정을 내렸다.

그리고 마운드 위에 서 있던 상진은 입을 삐죽거렸다.

'바깥쪽은 잘 안 잡아 주고 몸 쪽은 잘 잡아 준다 이거지. 거, 참 쩨쩨하네.'

조금 전까지 상대했던 타자들이 대부분 좌타였다면, 이번에 상대하고 있는 건호는 우타였다.

좌타자의 몸 쪽 깊숙한 곳을 찌르던 슬라이더가 반대로 우타자의 반대편을 찌르게 되자 판정이 짜게 들어오게 된 것이었다.

포수인 재환의 사인을 받자 고개를 가로저은 상진은 이를 꽉 깨물었다.

"어디 한번 해보자고."

LA 다저스에서부터 시작된 한국의 메이저리그 광풍은 상진의 아버지에게도 영향을 미쳤다.

이른 시간에 중계하는 메이저리그 경기를 챙겨 보기 위해 새벽같이 일어난 아버지가 환호할 때 상진은 졸린 눈을 비비며 옆에서 같이 지켜보곤 했다.

그때 상진의 눈을 사로잡은 투수는 같은 한국인 투수인 곽찬호 선수도 아니었고, 호쾌하게 배트를 휘두르던 흑인 타자도 아니었다.

변화구가 유려한 곡선을 그리며 휘어지는 모습을 보며 어린 상진은 절로 감탄했다.

"와!"

상진이 전설과 마주한 첫 만남이었다.

그것이 패널 너머로, 한국과 미국이라는 장소의 차이가 있다고는 해도 상진의 인생에 큰 영향을 끼쳤음은 부정할 수 없었다.

"가장 존경하는 투수요?"

고등학교를 졸업하고 충청 호크스에 갓 입단했을 때 상진이 받은 질문이었다.

그리고 그건 야구를 처음 시작하게 된 계기와도 일맥상통했다.

"그렉 매덕스요."

상진은 주저 없이 이렇게 대답했다.

*   *   *

교수님. 혹은 마스터라고 불리는 그렉 매덕스는 수 싸움에 능했다.

그리고 스트라이크존을 마음대로 조종하기로 유명했다.

그를 롤 모델로 삼은 상진은 시간이 날 때마다 매덕스의 영상을 챙겨 보면서 그의 기술을 훔쳐 보려고 노력했다.

하지만 부상 이후에는 자기 자신을 챙기는 데 바빠서 그럴 만한 여유가 없었다.

"스트라이크!"

투 스트라이크 투 볼까지 몰렸다.

배트를 헛휘두른 건호의 얼굴에 불신이 가득했다.

분명 조금 전에 들어온 공의 궤적은 패스트볼이었다.

그런데 타이밍이 엇나갔다.

고개를 돌려 전광판을 바라본 건호는 어처구니없는 얼굴이 됐다.

"138킬로미터라고?"

전광판을 본 관중도 웅성대기 시작했다.

그리고 일부 관중은 불안감을 토로하기 시작했다.

본래부터 부상 경력이 있던 이상진에게는 불발탄이 잠자고 있었다.

구속이 언제 떨어져도 이상하지 않았다.

그런데 조금 전에 140 중반대의 패스트볼을 던지던 투수가 갑자기 130대의 패스트볼을 던진다면?

"혹시 부상이 재발한 거 아닐까?"

"그렇지 않고서는 설명할 길이 없잖아?"

"전광판이 잘못된 거 아니야?"

물론 전광판이 잘못됐을 리는 없었다.

그건 타석에 서 있는 건호가 가장 잘 알고 있었다.

"휘유, 실투였나요?"

"그럴 수도, 아닐 수도."

심판의 앞에 자리 잡고 있던 재환은 건호의 농담 섞인 한마디에 대수롭지 않다는 듯 대꾸하고는 다시 사인을 보냈다.

태연한 척하고 있긴 했어도 재환 역시 약간 긴장하고 있었다.

아까까지 받았던 패스트볼과 비교하면 속도가 떨어졌다.

그런데 마운드 위에 서 있는 상진의 표정은 싱글벙글 웃고 있었다.

저게 허세인지, 아니면 정말 뭔가 꿍꿍이가 있어서 저러는 건진 알 수 없었다.

그래도 재환은 한 번 더 상진을 믿어 보기로 했다.

'다음 공은 뭐로 할래?'

'패스트볼! 몸 쪽 깊숙하게 들어갑니다.'

조금 전에 구속과 구위가 떨어진 패스트볼을 던져 놓고도 배짱 하나는 두둑했다.

저렇게 웃는 얼굴인데 설마 부상이 재발했다거나 하는 불상 사는 없으리라 생각하면서 재환은 포수 미트를 움직였다.

그리고 다시 공이 날아왔다.

날아오는 공을 보며 미트를 움직이던 재환은 뭔가 이상한 기분에 사로잡혔다.

아까 처음 마운드에 올라왔던 상진이 패스트볼 사인에 체인 지업을 던지던 그때 무슨 표정을 짓고 있었는지 떠올랐다.

'이런 미친놈이?'

혹시나 싶어서 미트를 내린 재환은 예상했던 대로 아래로 뚝 떨어지는 공에 기겁했다.

미트에서 빠져나온 공을 간신히 블로킹을 해낸 재환은 바로 공을 잡아서 주춤거리고 있던 건호에게 가져가 댔다.

배트를 휘둘렀다가 낫아웃으로 끝난 건호는 어안이 벙벙했 지만, 그 이상으로 재환의 얼굴은 시뻘게져 있었다.

그리고 상진은 어깨를 으쓱거리면서 웃을 뿐이었다.

*   *   *

"파울!"

스트라이크를 던져도 커트해 냈다.

"파울!"

아슬아슬하게 걸치는 공을 던져도 마찬가지였다.

"볼!"

그리고 존에서 벗어나는 공은 여지없이 바라만 봤다.

선구안과 공을 맞히는 능력 하나만큼은 의심의 여지가 없는
4번 타자였다.

벌써 여덟 번째 공을 던지면서 상진은 혀를 내둘렀다.

'작년 MVP는 우연으로 만들어지는 게 아니라는 건가.'

안 그래도 시스템 역시 눈앞에 있는 타자가 거물이라는 걸
증명하듯 웅웅거리고 있었다.

[타자의 포인트는 101입니다.]

아까 만루 상황에서 올라와서 상대했던 김민석의 두 배를
훌쩍 뛰어넘는 수치였다.

처음 시스템에서 표시했을 때는 살이 통통하게 올라서 먹음
직스럽다고 생각했는데, 생각했던 것 이상이었다.

이대로 가면 잡아먹힐지도 모른다.

'거, 벌써부터 밑천 드러내게 만드네.'

타자 옆에 쭈그려 앉아서 어쩔 거냐고 눈빛으로 묻는 재환을 응시하던 상진은 손을 들어 타임을 요청했다.

심판이 타임 요청을 받아들이고 잠깐 생긴 여유 동안 상진은 주저하지 않고 쌓아 놓은 코인을 사용했다.

[코인을 사용하여 랜덤으로 능력치 및 스킬을 얻습니다.]

[구속이 1 올랐습니다.]

[회전수가 9 올랐습니다.]

[구속이 1 올랐습니다.]

[체력이 1 올랐습니다.]

이런저런 메시지가 떠오르는 걸 넘기면서 자세를 가다듬던 상진은 어느 순간 코인을 사용하는 걸 멈추고 시스템 창을 바라봤다.

드디어 나왔다.

지금의 상태를 승리로 이끌 최고의 수가.

[먹을 때는 개도 안 건드린다.]

솔직히 나올 줄은 몰랐다.

그것도 이렇게까지 상황에 딱 맞는 스킬로 나오다니.

두 번째로 손에 넣은 따끈따끈한 스킬이 자신을 맞이하는 걸 보며 상진은 입꼬리를 쓱 끌어 올렸다.

*   *   *

강남 그리즐리의 4번 타자 김재욱은 타임을 요청하고 잠깐 자세를 바로잡던 상진이 웃는 걸 보며 인상을 구겼다.

'웃어? 내가 그렇게 우스워 보여?'

코치진과 다른 동료들은 이상진이 변했다며 배트를 짧게 잡길 권했다.

물론 그 지적이 없었더라도 더그아웃과 대기타석에서 상진을 유심히 관찰한 재욱은 만만치 않음을 직감하고 있었다.

하지만 그렇다고 해서 지금 상황이 썩 만족스럽지는 않았다.

여태까지 볼은 걸러 내고 존 안에 들어오는 공은 모조리 커트해 냈다.

하지만 자고로 타자는 공을 치고 누상에 나가야 하는 법.

볼넷으로라도 거르고 나가려고 했는데 웃는 걸 보니 자존심이 확 상했다.

'반드시 친다.'

사실 상진과 자신은 어떻게 보면 서로 극과 극에 서 있는 입장이기도 했다.

대외적으로 자신은 내년이 되면 FA 계약을 맺을 수 있었다.

작년에 창원 티라노스로 이적한 팀 선배 양희재가 100억이라는 금액을 달성하고 이적했다.

그리고 자신 역시 비슷한 금액을 받을 자신이 있었다.

그런데 상진은 1년 계약에 간신히 +1년이 옵션으로 붙어 있었고 연봉을 제외하고는 모든 금액이 옵션이었다.

마치 보장 금액에 아무런 관심이 없다는 듯한 태도에 내년 FA에서 대박을 터뜨릴 생각이 가득했던 김재욱은 기분이 상했었다.

다시 경기가 재개되고 상진이 글러브 안의 공을 만지며 자세를 잡았다.

재욱 역시 배트를 움켜쥐면서 최적의 타격 자세를 잡았다.

언제 어디든 예상한 범주 내의 공이 들어온다면 쳐 낼 것이고, 그렇지 않다면 또다시 커트해 낼 생각이었다.

그런데 다음에 들어온 공은 전혀 예상외의 공이었다.

"스트라이크! 아웃!"

삼진을 당한 재욱은 다급히 공의 위치를 확인했다.

분명히 날아오던 공을 향해 배트를 휘둘렀는데 공은 부드럽게 휘어지면서 유유히 포수 미트로 빨려들어 갔다.

그립을 대체 어떻게 잡았는지는 몰라도 마구라고 할 정도로 궤적이 기묘했다.

"재환아. 방금 전에 구종 뭐였냐?"

개인적으로 친분이 약간 있던 포수 재환에게 물었다.

하지만 공을 직접 잡은 재환도 얼떨떨한 얼굴이었다.

공을 던지기 전에 보낸 사인은 분명 커브였다.

공이 날아올 때 보인 궤적도 커브였다.

그런데 어느 순간 궤적이 휙 바뀌더니 아래로 뚝 떨어지던 공이 재욱의 배트를 아슬아슬하게 피할 정도로 완만하게 휘어졌다.

"일단 커브였는데요?"

"그래?"

최재환에게서 대답을 들었지만 왠지 납득하기 어려웠던 김재욱은 고개를 갸웃거리며 더그아웃으로 돌아갔다.

그리고 마운드에 서 있던 상진은 조금 전에 던진 공의 감촉을 계속 느끼고 있었다.

[먹을 때는 개도 안 건드린다]

─언제나 식사 시간 때마다 신경을 툭툭 건드리는 상대방이 거슬리는 당신! 그런 상대를 한 번에 침묵시켜 줄 절호의 스킬이 바로 이것! 상대방이 절대로 건드릴 수 없는 최고의 공을 하루에 단 한 번! 하루에 단 한 번 던질 수 있게 해 드립니다!

해석해 보면 상대가 결코 칠 수 없는 공을 하루에 하나 던질 수 있게 해 준다는 말이었다.

그건 카운트를 투 스트라이크까지 잡으면 원아웃을 확실하게 보장해 줄 수 있다는 말과도 같았다.

'이런 개꿀 스킬이!'

딱 하나 약점이 있다면 하루에 단 하나만 던질 수 있단 점이었다.

말하자면 최후의 최후에 사용할 수 있는 비장의 카드였다.

사실 조금 전에도 재욱을 볼넷으로 거르고 다음 타자를 상대할 수도 있었다.

하지만 자신은 사냥꾼이 아니라, 포식자가 되고 싶었다.

무엇이든지 가리지 않고 사냥해서 잡아먹을 수 있어야지 포식자라고 할 수 있지 않을까?

상진은 대기석에서 배트를 챙겨 들고 나오는 다음 타자를 바라보며 이를 드러냈다.

*　　　　*　　　　*

3회 초 등판한 상진은 문득 정신을 차리고 전광판을 바라봤다.

전광판에 늘어난 0의 향연은 둘째치더라도, 문득 자신이 6회에도 던지고 있단 사실을 깨달았다.

"휘유. 오랜만인걸?"

이렇게 오래 던진 건 정말 오랜만이었다.

부상을 당한 후에는 스태미너가 부족해서 3이닝 이상 책임지고 던진 것도 드물었다.

하지만 오늘은 매 이닝마다 집중해서 타자와 승부하다 보니 어느새 6회에 이르렀다.

"많이도 쫓아왔네."

비록 동점은 되지 못했어도 5 대 0의 상황에서 5 대 4까지 쫓아왔다.

이제 6회 말에 타선이 1점만 더 내면 동점이 된다.

이런 생각을 하면서 상진은 포수 미트를 향해 공을 던졌다.

따악!

경쾌한 소리와 함께 공이 위로 솟구쳤다.

하지만 내야에서 벗어나지 못한 공은 2루수인 정은일의 손에 잡혔다.

마운드에서 내려가 더그아웃으로 향하는 상진을 향해 홈팬들의 환호성이 쏟아졌다.

"이상진! 너만 믿고 있었다고!"

"이 새끼! 드디어 살아났구나!"

"네가 호크스의 희망이다! 이제부터 오늘처럼만 던지자!"

쏟아지는 환호성을 들으며 히죽거린 상진은 더그아웃에서 약간 무거운 표정으로 자신을 바라보는 코치와 감독을 보고 어깨를 으쓱거렸다.

안 그래도 조금 전부터 불펜 쪽이 부산스러워졌단 걸 느끼고 있었다.

아마도 투수 교체에 대한 이야기를 꺼내 오겠지.

그리고 아니나 다를까, 한현덕 감독이 직접 상진에게로 다가왔다.

"FA 계약을 하더니 사람이 확 달라졌구나."

"이제 돈 좀 벌려면 쌔빠지게 던져야죠."

"거, 말은 좀 가려 가면서 하자."

한현덕 감독은 조심스럽게 상진의 얼굴을 살피더니 피식 웃었다.

부상 이후로 찾아볼 수 없는 자신감이 얼굴에 가득 차 있었다.

이런 투수를 벌써 내려야 한단 사실이 조금 아쉽기는 했어도 이미 결정 사항이었다.

최대한 전의를 꺾지 않으려고 생각하며 현덕은 입을 열었다.

"벌써 4이닝이나 던졌네."

"정확하게는 3과 2/3이닝이죠."

웃으면서 대꾸하는 상진을 보는 한현덕 감독의 표정은 차분했다.

전혀 준비되지 않은 상황에서 등판해 상대 타선을 6회까지 무실점으로 틀어막았다.

아직 역전은 하지 못한 지금, 조금 더 믿고 맡기고 싶었다.

하지만 한현덕 감독은 부상 경력이 있는 상진의 내구성을 아직 100퍼센트 신뢰할 수 없었다.

아직 선발진의 실험이 남아 있는 만큼 롱 릴리프로 쓸 수 있는 상진을 벌써부터 과하게 소모하는 건 그의 계획에도 어긋나는 일이었다.

"수고했다. 여기까지 하자."

"뭐, 그러죠."

"생각보다 순순히 물러나네? 더 던지고 싶다고 할 줄 알았더니."

"오늘만 날인가요. 어쨌든 다음 회에는 쉬겠습니다."

한현덕 감독이 의외라는 눈빛으로 바라보는 걸 뒤로하고 상진은 냉장고에서 스포츠 음료를 하나 꺼내 마셨다.

아쉽기는 했어도 오늘 눈도장을 찍어 놨다.

감독님에게 좋은 인상을 심어준 이상 앞으로도 얼마든지 출전할 수 있었다.

시즌은 길고 경기는 아직 많이 남았다.

상진은 아이싱을 하면서 기록지를 흘끗거리며 여느 때보다 밝게 웃었다.

'이제부터 시작이다.'

2019년 이상진의 첫 출전 기록.

3과 2/3이닝, 무실점, 6탈삼진.

그리고 출루는 단 하나도 허용하지 않았다.

하나씩 쌓아 간다

야구는 축구와 다르게 매일같이 경기가 벌어진다.

일주일에 쉬는 건 월요일 단 하루뿐.

혹은 비가 올 때뿐이다.

그래서 외야수 3명과 내야수 4명, 그리고 포수까지 야수 8명,
그리고 투수 두세 명으로 시즌 전체를 헤쳐 나갈 수 없는 스포
츠다.

"흐아아아암."

밤늦게 경기가 끝난 다음에도 투수진과 야수진은 따로 미팅
을 가졌다.

덕분에 집에 왔을 때는 자정이 지나 있었다.

바로 곯아떨어진 상진이 잠에서 깨어난 시간은 이미 오전 10시

가 다 되어 있었다.

"오랜만에 늘어지게 잤네."

침대에서 일어나자 기분 좋은 탈력감이 온몸을 덮쳐 왔다.

어제 4이닝 가까이 던진 여파였다.

가볍게 스트레칭을 하면서 굳은 근육을 풀어낸 상진은 오이와 양상추를 썰어서 미리 준비해 둔 샐러드를 씹어 먹기 시작했다.

'감독님은 연투를 잘 안 시키고 관리를 하시는 분이지.'

해 봤자 2연투 정도가 전부였다.

게다가 어제 자신은 불펜 치고는 꽤 오래 던지긴 했다.

아마 오늘 경기에서는 나갈 차례가 없을지도 모른다.

'어깨랑 고관절은 괜찮나.'

늘 경기를 뛰고 나면 걱정되는 건 옛 부상 부위들이었다.

스프링 캠프와 시범 경기 때 괜찮았다고 해도 실전에 돌입하면 언제 어떻게 몸 상태가 변할지 모른다.

조심스럽게 수술 자국이 있는 부위를 움직여 보던 상진은 안도의 한숨을 내쉬었다.

통증이 없었다.

작년까지만 해도 1이닝이라도 던지고 나면 다음 날 수술했던 부위가 쑤셔서 정신 사나웠던 적이 한두 번이 아니었다.

그런데 오늘은 아무렇지도 않았다.

'이게 그 이상한 황금 돼지의 효과인가?'

시스템을 얻고 나서부터 야구와 관련된 능력만이 아니라 몸도 부쩍 좋아졌다.

　요새는 하루 온종일 연습하고 운동을 해도 예전과 다르게 그냥 피로만 있을 뿐이었다.

　상진은 시스템을 켜고 자신의 능력치를 확인해 봤다.

[사용자: 이상진]
[현재 상태]
　―체력: 60/100
　―제구력: 84/100
　―최고 구속: 시속 148킬로미터
　―평균 회전수: 2,236RPM
　―보유 구종: 포심 패스트볼 (B), 커브 (B), 슬라이더 (B), 체인지업 (B)
　―보유 스킬: 먹어서 남 주냐, 먹을 때는 개도 안 건드린다
　―남은 코인: 10

　어제 강남 그리즐리의 4번 타자 김재욱을 상대하면서 코인을 15개나 사용했다.

　그러면서 타자를 잡으며 코인을 채워 넣어 잔여 코인은 10개가 됐다.

　포인트를 좀 많이 쓴 기분이 없잖아 있었다.

　그래도 일격필살용으로 쓸 수 있는 필살기가 하나쯤 생겼으니 만족스러웠다.

"오늘은 기분이 좋아. 랄랄라 랄랄랄랄라~♬"

오래된 노래를 흥얼거리면서 상진은 새로운 아침을 준비했다.

*　　　　　*　　　　　*

차에서 내려 구단 건물 안으로 들어가자 자신을 바라보는 사람들의 시선이 미묘하게 변했다.

예전에는 그냥 평범한 선수를 대하는 시선이었다면, 오늘은 달랐다.

뭔가 묘한 기대감을 품고 있는 눈빛으로 자신을 바라보고 있었다.

"그것참."

하루 만에 사람을 보는 시선이 이렇게 달라질 수 있구나 싶었다.

어제 자신이 교체된 이후 타선은 더욱 힘을 내어 역전승을 거뒀다.

결국 야수진과 벌인 내기는 그걸로 유야무야 끝났다.

"왔냐?"

"형은 오늘도 일찍 오시네요."

"당연하지. 내 롱 릴리프 자리를 너한테 뺏겼는데."

인재는 킬킬거리면서 상진의 목에 팔을 걸고 거칠게 흔들었다.

이리저리 휘둘리면서도 상진 역시 웃음을 터뜨렸다.

"오늘 저 안 나가면 형이 나가겠죠?"

"뭐, 그렇겠지? 오늘은 몸 풀면서 준비해 둬야지."

작년에 실제 성적은 그다지 나쁘지 않았다.

하지만 피타고라스 승률에 따르면 팀은 꼴찌에 가까운 수준의 성적을 거뒀다.

만약 올해에 그대로 진행된다면 팀은 작년에 거뒀던 승률에는 미치지 못하는 최악의 성적을 거둘 가능성이 높았다.

"그런데 언제 그렇게 연구를 했냐? 어제 김재욱 얼굴 봤어? 너한테 삼진당하고서 얼굴이 창백해지더라."

"푸하핫, 저는 그걸 마운드에서 직접 봤죠."

"그런데 도대체 그 공은 뭐였냐? 재환이 형은 커브 사인을 줬다고 하는데 정작 커브인지 아닌지는 모르겠다고 하더라."

그 말에 상진은 아차 싶었다.

어제 마지막에 던졌던 공은 확실히 기기괴괴한 궤적을 그렸었다.

분명히 그립 자체는 커브를 쥐고 던졌고 중간까지는 커브의 궤적을 그렸다.

하지만 김재욱이 휘두른 배트가 정확하게 공을 때리려 하기 직전에 공은 스스로 궤적을 틀어 그걸 아래로 피해 냈다.

"그냥 커브 그립을 아주 약간 바꿔 쥐어 봤어요. 그런데 공이 그렇게 휘더라구요."

"그거 좀 가르쳐 줘라. 나도 좀 써먹어 보게."

"형은 포크볼이나 제대로 써요. 맨날 홈 플레이트 근처도 안

갔는데 떨어지더만."

"야! 내 포크볼은 메이저 수준이야. 너 한번 쳐 볼래?"

이렇게 서로 시시덕거리면서도 상진은 인재에게 조금 미안했다.

인재 역시 어렸을 때부터 많은 이닝을 던져왔고 수술도 받았었다.

그래서 자신과 비슷하게 평균 구속이 130킬로미터 후반대에 불과했다.

"오늘도 연구할 거냐?"

"연구는 얼마를 하든지 부족하지 않잖아요?"

인재가 구종에 신경 쓰는 건 얼마 전의 상진과 비슷하게 구속의 완급을 조절하고 다양한 구종으로 승부를 보기 때문이었다.

부상으로 인해 구속과 구위가 급격히 저하된 투수가 할 수 있는 어쩔 수 없는 선택이었다.

그나마 경험이 적었던 과거에는 한두 번 맞기 시작하면 배팅볼 투수 취급을 받기 일쑤였다.

지금은 상진과 함께 타자들을 연구하고 새로운 구종을 습득, 연습하면서 차차 나아지고 있었다.

"나도 오늘 올라가게 되면 김재욱을 상대해야 할지도 모르니까 그러지. 그러니까 그립 좀 알려달라고."

"아니, 무슨 신구종을 하루아침에 익히려고 그래요? 천천히 알려 줄 테니까 오늘 경기나 신경 써요."

상진의 타박에 인재는 결국 입을 삐죽거리며 삐쳐 버렸다.

*   *   *

강남 그리즐리와의 3연전은 충청 호크스의 루징 시리즈로 끝났다.

첫 번째 경기와 마찬가지로 두 번째와 세 번째 경기에서도 신진급 투수들의 부진으로 인해 초반부터 대량 실점을 하며 끌려갔다.

상진의 호투로 첫날 경기를 승리하긴 했어도 분위기가 축 처졌다.

특히 25세 이하의 어린 투수들은 그런 분위기가 만들어지자 바로 사기가 떨어졌다.

"짜식들이, 벌써부터 축 처져 가지고는."

문제는 이런 분위기에 텐션이 내려가는 게 어린 투수들만이 아니란 점이었다.

이런 분위기를 끊어내기 위해서는 우선 승리를 거두는 게 가장 좋은 방법이었다.

하지만 연패가 계속된다면 이런 분위기를 쉽게 끊어 낼 수 있는 건 아니었다.

"오늘부터 외국인 투수가 던지긴 하는데."

게다가 오늘은 홈에서 시작하는 첫 경기였다.

창원 티라노스와 벌이는 홈 개막전이라는 상황.

홈 관중을 맞이하는 자리라는 점에서 선수단 전원이 긴장하고 있었다.

상진은 팀에서 올해 데리고 온 외국인 투수들을 흘끗거렸다.

'오늘은 과연 어떤 모습을 보여 주려나.'

올해부터 새로 팀에서 뛰는 안토니와 마이카는 신체 조건이 좋은 투수들이었다.

하지만 메이저리그에서 많이 뛰지 못하고 한국에 왔다는 점에서 현역에서 손꼽히는 메이저리거 정도의 완벽을 기대하긴 어려웠다.

만약 외국인 투수가 투입됐는데도 승리를 거두지 못한다면 이런 분위기는 팀을 더욱 좀먹게 된다.

그러나 이런 건 쓸데없는 기우였다.

─충청 호크스의 안토니 선수가 7이닝 동안 무실점을 달성합니다!

─개막전에서 승리를 거두지 못했던 한을 홈 개막전에서 승리로 장식합니다!

─홈 관중의 환호를 들어 보십시오! 이것이 바로 대전의 자랑인 충청 호크스입니다!

캐스터와 아나운서가 전부 시끄럽게 떠들어 댔다.

홈 개막전을 승리로 시작했으니 다들 들떠 있었다.

게다가 이어서 등판한 불펜 투수들 역시 남은 이닝을 무실점으로 확실하게 틀어막았다.

단숨에 기세를 탄 호크스는 다음 날 암초를 만났다.

―아! 마이카 선수가 또 사구를 줍니다.

―지난번에 보여 줬던 제구력은 어디로 간 걸까요. 말씀드린 순간 마창민 선수가 안타를 쳤습니다! 2루 주자! 3루를 돌아서 홈으로 들어옵니다!

3회까지 3점을 내주며 동점을 허용하자 마운드에 서 있는 마이카의 이마에 땀이 송골송골 맺혔다.

요새 날씨가 오락가락해서 그런지 공이 마음먹은 대로 안 나가는 듯했다.

한현덕 감독과 코치진 모두 교체 타이밍을 심각하게 고려하고 있었다.

자칫 잘못하면 암울해질 팀 분위기를 뒤집어엎은 건 바로 타선의 힘이었다.

―처음에 조금 흔들리긴 했어도 3회에 빅이닝을 만들어 낸 호크스 선수들의 타선 응집력이 대단했네요!

―3회 말에 대거 6점을 뽑아내며 재역전해 버립니다!

3회 말에 6점을 뽑아내며 기세를 탄 호크스의 더그아웃 역시 웃음이 피어올랐다.

아까까지 어둠침침하던 분위기는 온데간데없이 승리를 향한 염원이 상승세를 불러일으키고 있었다.

하지만 이도 잠시, 결국 마이카가 5회에 안타를 맞고 2점을 더 줬다.

그리고 연이어 주자가 2루와 3루를 채우자 한현덕 감독은 바로 불펜에 연락을 했다.

"이상진은 준비됐나?"

또다시 타자를 잡아먹을 시간이 돌아왔다.

*   *   *

마운드 위에 올라온 상진은 여기저기 남아 있는 선발투수 마이카의 흔적을 보면서 피식 웃고는 발로 슥슥 지웠다.

로진백을 만지작거리며 손에 묻히던 상진은 얼굴을 팍 찡그렸다.

갑자기 기분이 짜증스러워졌다.

'먼저 마운드에 올라와서 이렇게 엉망으로 만들어 놓고 내려가다니.'

아무리 2아웃을 잡아 놓고 내려갔다고는 해도 주자는 2루와 3루에 있었다.

안타 하나만 맞으면 2점을 고스란히 내놔야 하는 상황.

주자가 모두 들어온다고 해도 선발인 마이카가 남겨 놓고 간

주자인 만큼 상진의 자책점에는 별문제가 없다.

하지만 그것과 별개로 점수를 내주는 것 자체가 마음에 들지 않았다.

'이걸 확 분식 회계 해 버려?'

엊그제 등판했을 때도 비슷한 기분이긴 했다.

그래도 김지영은 아직 경험이 없고 나이도 어렸다.

그래서 좋게 좋게 이해하며 넘어갔었다.

하지만 오늘은 거금을 받고 영입돼서 던지는 외국인 투수가 아니던가.

'우선은 팀을 생각한다.'

처음에 적응이 덜 됐으면 아직 제대로 공을 던지지 못할 수도 있었다.

적응이 끝나면 잘 던지리라 생각하면서 상진은 재환에게 연습 투구를 한번 던졌다.

어차피 지금 8 대 5로 리드하고 있는 상황이다.

자신이 여기에서 2점을 더 내준다면 8 대 7로 아슬아슬하게 추격당하는 상황이 만들어진다.

그러느니 차라리 완벽하게 틀어막고 추격의 기세를 꺾어 버린다면 팀의 승리에 한 발짝 더 다가갈 수 있다.

심판의 경기 재개 신호를 받으며 상진은 타석에 서 있는 타자를 노려봤다.

[식사 시간이 되었습니다.]

[상대방의 포식 포인트가 표시됩니다.]

[타자의 포인트는 48입니다.]

[주자가 득점권에 있는 상황이므로 아웃카운트를 잡으면 포인트가 가산됩니다.]

상진은 시스템 메시지를 보자마자 바로 패스트볼을 냅다 집어 던졌다.

오늘도 140대 중반의 구속을 찍으며 날아간 공은 스트라이크존을 지나 포수 미트로 빨려들어 갔다.

그걸 보며 타석에 서 있던 손세헌은 혀를 내둘렀다.

'거 아주 터프하시구만.'

3일 전에 있었던 경기에서 상진이 3과 2/3이닝 동안 무실점을 기록했단 사실은 이미 전 구단에서 알고 있었다.

오늘도 점수 차가 줄어들면 선발을 내리고 등장할 롱 릴리프 투수 1순위로 예상했었다.

그리고 전력 분석 팀에서 예상한 대로 이상진이 올라왔다.

'오늘은 시범 경기 때처럼은 안 된다.'

이를 벅벅 갈고 있던 세헌은 지금 상황에 감사했다.

시범 경기에서도 2타석 동안 안타 하나 못 때려 내고 아웃당했었다.

오늘은 그때와 다를 거라며 복수심에 불타고 있으면서도 세헌은 냉정했다.

"볼!"

뚝 떨어지는 체인지업을 보면서 세헌은 씩 웃었다.

유인구를 하나 던질 거라고는 이미 예상했었다.

상진의 공을 봐 온 지도 벌써 10년 가까이 됐다.

신인 시절에 힘으로 찍어 누르던 공부터, 부상 이후 기교파로 돌변해 변화구와 수 싸움으로 승부를 걸던 시절까지.

저쪽이 타자를 철저하게 분석해 온다면 이쪽은 투수를 철저하게 분석한다.

그러면 남는 건 타자와 투수 사이에서 벌어지는 힘 싸움뿐.

따악!

세헌의 얼굴이 일그러졌다.

1루를 향해 뛰는 그의 눈은 외야에서 플라이볼을 잡기 위해 고개를 들고 글러브를 들어 올리는 중견수의 모습이었다.

"스리아웃!"

얼굴을 찌푸린 채 더그아웃으로 돌아가는 세헌의 뒷모습을 보면서 상진은 중얼거렸다.

"잘 먹었습니다."

*   *   *

그렉 매덕스에 대해 얘기하는 사람들은 흔히 그가 수정구를 품안에 숨기고 있다는 말을 한다.

그 일례로 1루에 있던 코치가 타구에 맞을 것을 예측한다든가.

아니면 공이 외야의 어디로 날아갈지 정확히 맞추는 일도 종종 있었다.

그만큼 심리전에 뛰어나다는 게 그렉 매덕스의 장점이었다.

그리고 상진 역시 매덕스를 본받아 타자와의 심리전을 즐겼다.

—이상진 선수가 또 삼진을 잡아냅니다!

—오늘은 뚝뚝 떨어지는 체인지업이 정말 일품이군요. 타자들의 배트가 꼼짝없이 끌려 나옵니다.

오늘 이상진을 상대하는 창원 티라노스의 타자들은 죽을 맛이었다.

공이 높게 들어온다고 생각하면, 갑자기 몸 쪽 깊숙한 곳을 찔러 오질 않나.

체인지업이 올 거라고 생각하면, 체인지업의 구속과 엇비슷한 패스트볼이 날아왔다.

'미치겠군. 아까 타자한테는 낮은 공만 주야장천 던지더니 나는 하이 패스트볼이야?'

'좀 일관성 있게 던져 봐라!'

상진이 수 싸움에 능숙하다고는 이미 알려져 있었다.

그래도 예전 같았으면 어느 정도 패턴이 있었다.

문제는 패스트볼이었다.

헛스윙 삼진으로 이닝을 끝내고 더그아웃으로 돌아온 권해동은 거칠게 헬맷을 내던지고는 씩씩거렸다.

"패스트볼의 구속이 올라가서 다른 공의 위력도 올라갔어."

패스트볼이 예전과 다르게 빨라지다 보니 다른 변화구의 구속도 올라갔다.

그런데 이 구속의 차이가 거의 10킬로미터 이상 나다 보니 타이밍을 뺏기는 게 한두 번이 아니었다.

"패스트볼이 빨라지고 구위가 좋아지다 보니 다른 변화구가 잘 먹히기 시작했다."

게다가 어느 한쪽에 편중되지 않고 고루고루 섞어서 던지고 있었다.

패스트볼도, 슬라이더도, 커브도, 체인지업도.

변화구 자체가 엄청나게 위력이 있는 편은 아니었고, 가끔 존을 벗어나는 공이 있긴 했다.

그래도 마치 타자를 현혹하듯 스트라이크존 구석구석을 찔러 오며 던지고 있었다.

패스트볼이 섞여 작년하고는 전혀 다른 패턴에 타자들은 헛스윙을 하기 바빴다.

"난감한데요? 작년까지의 데이터가 아무짝에도 쓸모가 없네요."

"패스트볼이 위력적이다 보니 변화구로만 승부하던 때의 데이터는 이런 상황에서 참고하기엔 좀 그렇지."

창원 티라노스의 이동훈 감독은 입맛을 다시면서 고개를 절레절레 흔들었다.

타자의 배트가 허공을 가르는 모습을 보며 그의 표정은 잔뜩 굳어 있었다.

"배트를 짧게 잡고 대응하게 해도 땅볼이 전부군요."

"공을 정말 낮게 제구하고 있어. 그리고 더 골치 아픈 건 구속이야. 그렇지, 희재야?"

방금 전에 아웃당하고 돌아온 포수 양희재는 고개를 끄덕이면서 한숨을 내쉬었다.

이번에 새로 자유계약으로 영입한 포수 양희재는 기분이 썩 좋지 않았다.

아웃, 그것도 투수한테 농락당하며 삼진을 당하면 타자는 누구나 기분이 더러워진다.

그래도 그는 포수였다.

그라운드의 사령관이라고 불리는 포지션에 있는 만큼 투수의 패턴을 읽거나 분석하는 것도 일가견이 있었다.

그래서 상황이 여의치 않다는 사실도 잘 알고 있었다.

"여기에서 알 수 있는 것하고 크게 차이가 없어요."

"그래도 말해 봐라. 타석에서 본 것하고 여기에서 보는 것하고는 전혀 다를 테니까."

그 말에 희재는 다시 한숨을 쉬고는 타석에 서 있는 동료를 보며 포수 장비를 챙겼다.

"우선은 승부를 빠르게 가져갑니다. 초구는 거의 무조건 스트라이크라고 봐도 돼요."

"그렇게 올 줄 알면서 배트를 휘두르는데 카운터를 유리하게 못 가져가는 이유는?"

"그 부분에서 타자의 심리를 너무 잘 읽어요. 예전부터 그

렇긴 했지만 정말 타자 하나하나의 심리를 너무 잘 꿰뚫어 보
네요."

초구의 대부분이 스트라이크존을 통과한다는 건 너무 잘 알
고 있었다.

문제는 존을 통과하는 공에 배트가 닿질 않았다.

스트라이크존 위쪽으로 온다고 생각하면 뚝 떨어지질 않나.

혹은 낮게 깔려 온다고 생각하면 하이 패스트볼이 날아왔
다.

마치 독심술이라도 익히고 있는 게 아닐까 의심스러울 정도
였다.

"그래서 너도 당한 거냐?"

"그거 비꼬시는 것처럼 들리는데요?"

희재는 씩 웃으면서 코끝을 손등으로 문지르고는 투구를 하
고 있는 상진을 똑바로 바라봤다.

어떻게든지 관찰해서 약점을 알아내야했다.

구종에 따른 버릇.

릴리스 포인트에서 비롯되는 구종이나 구속의 변화.

이 모든 것을 관찰하고 조그마한 틈이라도 알아내려 애를
썼다.

*   *   *

티라노스의 포수 양희재가 머리를 굴리며 상진을 분석하는

사이, 호크스의 포수 최재환은 지금 상황이 전혀 이해가 되지 않았다.

평소와 다르게 오늘의 리드는 전부 상진에게 맡겼다.

그런데 공 배합이 작년까지 겪어 봤던 상진과 비교도 되지 않을 정도로 공격적이었다.

'이 자식이 미쳤나? 돌았나? 제정신인가? 천천히 좀 던져!'

재환은 이렇게 생각하면서도 계속해서 공을 받아 냈다.

스트라이크존의 구석구석을 놀라울 정도로 정확하게 찔러 들어오는 제구력은 혀를 내두를 정도였다.

하지만 진짜 감탄할 부분은 제구나 구속, 구위가 아니었다.

타자를 당황하게 만드는 건 생각할 틈도 주지 않고 공을 던져 대는 빠른 전개였다.

"스트라이크아웃!"

또 삼진이었다.

아까 처음 아웃 카운트를 잡고 이닝을 끝낸 상진은 다음 이닝에는 타자를 오로지 땅볼로만 잡았다.

그러더니 이번에는 마치 위력을 과시하듯 삼진 쇼를 벌이고 있었다.

세 타자를 연속 삼구 삼진으로 돌려세우자 경기장 전체가 환호했다.

"이상진! 이상진!"

"너야말로 호크스의 희망이다!"

"상진이가 두 번 삼진을 잡으면 이삼진!"

응원가와 관중의 환호를 들으며 상진은 두 손을 번쩍 치켜들며 1루 관중석 앞에서 포효했다.

그러자 관중의 환호와 박수 소리가 더욱 커졌다.

2이닝 넘게 무실점을 기록하는 상진의 모습은 엄청났다.

사흘 전에 벌였던 무실점 행진이 무색할 정도였다.

"이 자식은 벌써 관중을 지 팬으로 만들었냐."

"그래 봤자 금방이죠. 대균이 형도 늘 그러셨잖아요? 좋은 성적을 꾸준히 유지해야지 진정한 팬이 늘어난다고."

그 말에 타석에 나갈 준비를 하던 김대균이 피식 웃으면서 주먹을 내밀었다.

주먹에 주먹을 맞부딪치며 상진도 씩 웃고는 육포를 뜯어 먹었다.

"적당히 할 생각은 없죠?"

그 말에 대기타석으로 향하던 대균과 그 뒤를 따르는 송강민 역시 어깨를 으쓱거리며 웃었다.

대답은 타석에서 돌아왔다.

볼넷, 안타, 그리고 안타.

1회에 2실점, 3회에 6실점이나 한 상대 선발은 이미 무너질 대로 무너져 있었다.

그럼에도 남아 있는 건 패한 경기에서 불펜 소모를 최소한으로 줄여 다가올 후폭풍을 줄이기 위해서였다.

버티고 있을 뿐인 투수를 털어먹는 건 손쉬운 일이었다.

"결국 교체되네요."

"너도 슬슬 준비해야겠지."

"예이, 예이. 다음 이닝부터 내려오면 되나요?"

또 이런 기분이다.

책임지고 있던 마운드를 다른 투수에게 넘겨줘야 하는 상황이 마뜩찮았다.

5회에 올라와서 이닝을 끝내고 6회와 7회를 무실점으로 막아 냈다.

8회나 9회까지 욕심이 나는 건 당연하지 않은가.

"더 던지고 싶지?"

그때 한현덕 감독의 눈빛이 상진에게 향했다.

투수 출신인 그는 상진이 어떤 기분인지 정확하게 꿰뚫어 보고 있었다.

"뭐, 그렇죠."

"여기에서 확실하게 말하마. 너는 이제 우리 팀에서 중요한 투수다."

감독에게서 이런 말을 직접적으로 듣는 건 처음이었기에 상진은 두 눈을 깜박이면서 놀란 표정을 지었다.

말을 할 때나 뭔가를 먹을 때나 한시도 쉬어 본 적이 없는 입이 살짝 벌어진 채로 굳어 있는 모습은 나름대로 호크스 선수들에게 재미있는 광경이었다.

"하지만 지금 우리 팀의 상황도 너는 알고 있을 거다."

"아, 예. 리빌딩 중이죠."

"네 뒤에 있는 후배들이 성장하기 위해서 버팀목이 되어 줄 선수가 필요하다. 이런 말 하기는 좀 그렇지만 지금 서른다섯을 넘어간 녀석들은 은퇴가 코앞이야."

저쪽에서 몇몇 고참 선수들이 우우 하면서 야유를 보냈다.

한현덕 감독은 그쪽을 향해 눈을 부라리고는 다시 상진을 똑바로 바라봤다.

"너한테 더 맡길 수도 있지만 다른 선수들도 있잖니? 기회는 나중에도 얼마든지 줄 테니 오늘은 이쯤에서 그만 던지자."

물론 한현덕 감독의 입장에서는 상진을 더 던지게 할 수도 있었다.

아니, 더 던지게 하고 싶었다.

2이닝 넘게 무실점으로 틀어막고 있는 투수를 내리는 건 쉬운 결정이 아니다.

하지만 남은 건 8회와 9회.

점수 차이는 벌써 6점 이상 벌어져 있었다.

이쯤에서 아직 어린 투수들을 투입하고 싶었다.

"후우, 무슨 말씀이신지는 잘 알고 있어요."

"이해해 주니 고맙다."

상진은 씩 웃으면서 자신의 등을 두드려 주는 한현덕 감독에게 고개를 살짝 숙여 인사를 하고 자신의 자리로 돌아왔다.

그리고 팔을 아이싱하며 주머니를 뒤지던 상진의 눈썹이 살짝 일그러졌다.

"누가 내 계란 먹었냐?"

저쪽에 누군가가 사레들린 기침을 하기 시작했다.

　　　　　*　　　　　　*　　　　　　*

　창원 티라노스와의 3연전이 치러지는 충청 호크스의 홈구장 호크스 파크.

　3연전의 마지막 경기를 앞두고 구장에 나온 상진은 한현덕 감독이 부른다는 말에 고개를 갸웃거렸다.

　"감독님이요? 무슨 일인데요?"

　"그냥 면담이라고 하시는 거 같던데?"

　투수 총괄 코치인 송신우 코치가 손으로 감독실을 가리키면서 지나치듯 트레이닝장으로 걸어갔다.

　사실 무슨 일인지는 대충 짐작하고 있었다.

　갑자기 늘어난 실력과 함께 FA 계약의 옵션도 아마 신경 쓰일 거다.

　"왔구나? 몸은 좀 어떠냐?"

　"오늘 던져도 상관없을 정도로 좋아요."

　"그래도 어디 아프면 아프다고 말해라. 옛날처럼 아픈 거 참으면서 던지는 시대는 아니잖니?"

　감독의 말에 씩 웃으면서 소파에 앉은 상진은 버릇처럼 앞에 있는 과자를 하나 집어 들었다.

　여전히 먹는 걸 탐하는 상진을 보며 피식 웃은 현덕은 맞은편에 앉았다.

　"전에도 말했지만, 요새 팀이 리빌딩 중이잖냐."

"잘 알고 있죠. 대균이 형도 그렇고 근호 형도 그렇고. 이제 은퇴가 그렇게 멀진 않았으니까요. 박종진 선배처럼 마흔 넘어서도 뛸 수 있겠지만 그 선배는 정말 특이 케이스였으니까요."

팀이 가을 야구를 못 했던 암흑기가 길었던 만큼 그 시대의 주축이 됐던 선수들도 하나둘씩 은퇴하고 있었다.

하지만 어쩌다 보니 팀의 구성은 매우 기이해져 있었다.

"그런데 무슨 일로 부르셨어요?"

"사실 우리 팀은 중간 다리 역할을 해 줄 선수가 많이 없지 않니? 나는 네가 그 역할을 해 줬으면 싶구나."

나이로 따지면 올해 만으로 스물아홉이 된 상진은 팀에서 딱 중간의 위치에 있었다.

아직 연차로 3년이 넘지 않은 햇병아리들과 은퇴를 몇 년 남겨 두지 않은 고참급들을 이어 줄 수 있는 중간 다리였다.

"저를 너무 과대평가하시는데요?"

"글쎄? 너는 이미 실력으로 보여 주고 있잖아?"

한현덕 감독은 대견하다는 눈빛으로 상진을 바라보면서 넉넉한 웃음을 지어 보였다.

"지금 너만 한 위력투를 보여 주는 투수는 우리 팀에 외국인 투수 둘과 잘 따져 봐야 마무리인 우한이 정도겠지."

마무리로 뛰고 있는 정우한은 작년에도 세이브 1위를 달성하는 기염을 토해 내긴 했다.

하지만 85년생이라 언제 기량이 떨어질 지 알 수 없는 불안한 상황.

그러니 90년생인 상진이 이 팀에서 조금이라도 더 버텨 줘야 했다.

"너는 누구보다도 먼저 구장에 나와서 연습을 하고 누구보다도 많이 공부를 하고 있지. 그 노력은 다른 사람들도 인정해 주고 있잖아? 너는 굳이 말로써 사람을 이끄는 타입이 아니야. 노력과 열정으로 사람들을 이끄는 타입이지."

프로는 결코 말만으로 이어 갈 수 없다.

증명해야 할 것은 오로지 실력.

그리고 실력으로서 팀을 이끌어 나가는 선수야말로 진정한 팀의 리더라고 할 수 있었다.

"지금까지 하던 대로 하면 된다는 말씀 아닌가요?"

"그래 주면 좋고. 아무튼 요새 리빌딩에 정신이 없다 보니 애들이 뭘 어떻게 생각하는지 알 수가 있어야지."

"다들 팀 성적을 생각하고 있으니까 걱정하진 마세요."

"그러고 보니 너도 하고 싶은 말이 있다고 했었지?"

"예."

지금 할 말은 매우 진지해야 했다.

상진은 얼굴에 희미하게 떠올라 있던 웃음기를 지웠다.

"선발로 던지고 싶습니다."

*   *   *

상진은 구슬땀을 흘리며 바쁘게 손을 움직였다.

지금은 아주 중대한 문제가 생겼다.

그런 상진을 보며 귤을 까먹던 영호는 심드렁한 표정으로 내뱉었다.

"그래서 감독한테 선발 자리 주세요. 이랬던 거냐?"

"그랬죠."

"그런다고 선발 자리를 감독이 냅다 주디? 경기의 처음을 여는 자리인데?"

상진은 손을 멈추고 방문 밖에서 자신을 보고 있는 영호와 눈을 마주쳤다.

전혀 의외라는 표정을 짓는 자신의 시선에 영호는 이맛살을 구겼다.

"왜? 왜 그렇게 똥 씹어 먹은 표정이야?"

"아뇨. 선발이 뭔지 아나 궁금해서 그렇습니다만."

"나도 알아. 안 그래도 야알못이라면서 다른 저승사자들이 날 갈구더라. 그것도 하필이면 흑월 사자님도 야구를 좋아하실 줄은 누가 알았겠냐."

흑월 사자라면 지난번에 봤던 영호의 상사였다.

저승사자가 야구를 좋아한다니 왠지 잘 상상이 가지 않았다.

상진은 투덜거리면서 오늘의 적을 노려봤다.

그리고 열심히 사투를 벌이면서도 영호를 향해 퉁명스럽게 말했다.

"알고 보니 저승사자들 사이에서 파벌도 있더라. 축구파하고 야구파. 그 외에 마이너한 종목 좋아하는 놈들도 있지만."

"그래서 축구는 좋아해요?"

"애초에 난 스포츠를 별로 안 봐."

"그래서 선발이 뭔지 제대로 아냐고요. 한번 설명해 보세요."

일단 영호가 선발에 대해서 제대로 알고 있나, 그게 궁금했다.

"가장 먼저 나오는 투수 아니냐? 사실 그거 말고는 모른다."

"뭐, 야구를 모르는 사람이 하는 가장 기본적인 소리네요. 규칙은 아세요?"

"당연히 모르지."

"처음 대답할 때 희망을 가졌던 제가 바보죠."

영호의 말대로 선발투수는 가장 먼저 나오는 투수다.

틀린 말은 아니지만 선발투수가 지니고 있는 제대로 된 의미와는 동떨어진 대답이었다.

먼저 나오는 게 선발이라면 오프너하고 구분이 되지 않는다.

상진은 하던 일이 뜻대로 되지 않자 더욱 강하게 팔을 움직였다.

그러면서 영호에게 선발에 대해 설명했다.

"선발투수는 처음으로 나오는 투수면서 그 경기를 책임진다는 의미를 가진 투수이기도 하죠."

"책임져?"

"네. 보통 선발투수들이 책임지는 이닝은 5에서 6이닝 정도 되죠. 잘한다면 그것보다 더 던질 수 있지만, 요컨대 9회까지

하는 야구 경기의 절반 이상을 던지는 거예요. 투수를 마구잡이로 투입하는 게 아니라 하나의 투수를 며칠 간격으로 한 번씩 올리는 거죠."

현대 야구에서 선발투수에게 기대하는 이닝은 보통 6회 정도다.

6회를 3실점 이내로 막아 내면 퀄리티 스타트.

7회를 3실점 이내로 막아 내면 퀄리티 스타트 플러스라고 하며 중요시하는 이유도 여기에서 비롯된다.

"선발투수가 확실하게 던져 주면 팀 입장에서는 최고예요. 이닝을 많이 먹어 주면 불펜 운용에도 숨통이 트이니까요. 실점을 최소화해서 던져 주면 일석이조구요."

"그러면 선발은 점수도 적게 주고 이닝도 많이 소화하면 된다는 거지?"

"바로 그렇죠."

"그런데 감독이 제정신이면 너한테 그런 중요한 자리를 넙죽넙죽 잘도 주겠다?"

상진은 다시 손을 멈추고 영호를 빤히 바라봤다.

불신이 듬뿍 담겨 있는 시선을 마주한 영호는 다시 얼굴을 찌푸렸다.

"왜 또 그런 눈이야? 내가 뭐 잘못 말했냐?"

"딱히 그런 건 아니지만 지난번에 메이저리그가 뭔지도 모르던 양반이 이거만 듣고 선발이 중요하단 걸 아는 게 신기해서요."

"아오, 너 자꾸 그러면 내가 저승사자로 평생 썩는 한이 있어도 네놈의 수명을 조져 버리는 수가 있다?"

"그러든가요, 말든가요."

이제 저승사자는 아무렇지도 않다는 듯이 심드렁히 대꾸하는 상진을 못마땅한 눈으로 바라봤다.

그리고 상진도 영호를 못마땅한 눈으로 바라봤다.

"그리고 적당히 드세요. 내 돈으로 사 온 건데 왜 저승사자가 다 먹는 꼴을 봐야 합니까?"

"거, 먹는 거 가지고 되게 팍팍하게 군다. 구단에서 웬만한 식비는 다 대 주는 놈이 왜 그렇게 먹을 거에 야박하냐? 있는 놈이 더한다고."

"이게 하루 이틀이 아니니까 그렇죠."

"나중에 좀 사 오면 되냐?"

"그럼 뭐 상관없지만."

상진은 투덜대면서 들고 있던 물건을 계속 움직였다.

하지만 일은 하나도 진척되지 않았다.

한참을 더 쑤셔 보고 비벼 보고 장갑을 끼고 팔까지 넣어 봤지만 원하는 일은 이루어지지 않았다.

"구단 가야 할 시간 아니냐?"

"이런 빌어먹을! 안 해! 못 해! 내가 사람을 부르고 말지!"

"그러게 누가 똥을 그렇게 싸서 변기를 막으랬냐. 코끼리도 아니고. 야! 야야! 이상진 인마! 그냥 나오지 마! 똥 냄새 난다!"

아침부터 지금까지 막힌 변기를 뚫으려고 애쓰던 상진이 화장실에서 흉흉한 기세로 걸어 나오자 영호는 기겁을 하며 두 손을 내저었다.

"이게 전부 누구 때문인데!"

"으아아아악! 떨어져! 떨어지라고! 이 똥쟁이 자식아!"

상진이 자신을 끌어안고 몸을 부비적거리자 영호는 발버둥을 치며 비명을 질렀다.

＊　　　　＊　　　　＊

"이상진이 선발 자리를 달라고 하더군요."

코칭스태프들 회의는 일주일에도 몇 차례씩 있다.

회의가 열리면 충남 서산에 있는 2군에서 전해오는 영상이나 보고서를 검토할 때도 있었고 1군 선수들의 컨디션에 대한 보고도 있었다.

그리고 오늘의 주제는 바로 이상진이었다.

"선발 자리를요?"

"예. 오늘 아침에 불러서 중간 다리 역할 좀 잘 부탁한다고 했는데 역으로 이렇게 말하더군요. 어떻게 생각합니까, 송신우 코치?"

"그거에 대해서는… 크흠, 크흐흠."

가래가 끓는 목소리를 진정시킨 송신우는 헛기침을 몇 번 더 하고는 말을 이었다.

"아, 죄송합니다. 이상진은 원래 부상을 입기 전에 선발로 키우려던 선수였죠. 그게 부상이 크게 와서 시즌 아웃이 되면서 계획에서 벗어나긴 했습니다만. 그런데 될까요?"

이게 문제였다.

상진에게는 부상 경력이 있다.

그것도 고관절과 어깨가 동시에 문제가 생겨 선수 생명까지도 위태로웠던 부상이었다.

수술을 하고 1년 가까이 재활을 거친 후에 복귀한 것조차도 기적이라고 불릴 정도였다.

"일단 이번 시즌에는 전혀 달라진 모습을 보이는 건 사실이 잖습니까?"

그 말에 코치들은 전부 음 하고 고개를 끄덕였다.

작년에는 평균 구속 130킬로미터 중후반에 구위는 프로라는 이름이 아까울 정도였다.

그나마 제구력과 타자와의 수 싸움으로 근근이 버티던 게 상진의 저력이었다.

"부상 경력이 있던 녀석이라 지금 페이스가 좋다고 해도 언제 어떻게 기량이 떨어질지 알 수 없으니 그게 오히려 불안합니다."

한현덕도 같은 생각이었다.

섣불리 선발로 전환시켰다가 부상이 재발하면 팀과 이상진 개인에게도 전부 좋지 않은 결과만 낳게 된다.

하지만 팀의 사정이라는 게 문제였다.

사실상 지금 충청 호크스 내에서는 보직은 정해 뒀으되, 그걸 유동적으로 변화시키고 있었다.

바꿔 말하자면 확실하게 정해진 자리는 아무도 없었다.

"일단은 롱 릴리프로 두고 보는 게 어떻습니까?"

손을 들고 발언을 요청한 건 불펜 코치인 박달재였다.

그는 감독과 코치의 시선이 자신에게 쏠리자 약간 당황하더니 더듬거리며 말을 시작했다.

"그, 그러니까 롱 릴리프로 계속 써 보자는 겁니다. 우선 이상진에게 불안한 건 부상의 재발 위험, 그리고 스태미나 아닙니까? 지구력이 과연 선발로 던질 만한 수준인지 불안하니까 감독님도 저희 의견을 물으시는 거고요."

달재의 말대로 한현덕 감독이 걱정하는 바 역시 똑같았다.

기껏 불펜에서 롱 릴리프로 잘 던지고 있는 녀석을 선발로 보냈을 때 자신만의 루틴을 얼마나 빨리 만들 수 있는가.

그리고 선발 로테이션을 도는 것에 얼마나 빨리 적응할 수 있는가였다.

지금은 이미 시즌을 시작했고, 각자 주어진 보직에 따라 컨디션을 맞추고 있었다.

아무리 선수 개인이 요청했다고 해도 그걸 바로 맞춰줄 수는 없었다.

"그러면 우선은 롱 릴리프로 돌려야겠군요."

"그래도 선발을 한 번쯤 시켜 보는 건 어떻습니까?"

"음, 그건 확실할 때 정하겠습니다."

롱 릴리프로 계속 던지게 하며 선발로서 던질 수 있는 체력이 되는지 확인해 본다.

보직을 선발로 바꾸는 건 그 이후에 해도 충분했다.

"그럼 다음 주제로 넘어갑시다."

* * *

봄에 시작하는 스프링 캠프와 함께 시범 경기가 이루어질 때 코치진은 시즌을 구상한다.

누구를 선발로 쓸지 결정하고 불펜을 필승조와 패전 처리조, 그리고 추격조로 나눈다.

야수진 역시 주전으로 투입할 수 있는 수준의 선수들을 우선 구분해 두고 우선순위를 매겨 놓는다.

그런데 그런 시즌 구상을 완전히 바꿔 버리는 일이 종종 벌어지곤 한다.

─박주환 선수가 또 실점하네요. 3회까지 4실점을 하고 있습니다.

─어제 던졌던 김성운 선수보다는 나은 모습이지만 그래도 피안타가 많은 건 아쉬운 부분이네요.

─아! 말씀드린 순간 또 쳤습니다! 3루 주자가 홈인! 다시 누상에 주자는 원아웃에 1, 3루가 됐습니다!

스프링 캠프와 시범 경기 때는 잘 던지던 박주환이었다.

국내 투수로 선발진을 꾸릴 때 쓸 수 있는 좋은 재목이라 생각했었다.

그런데 시즌 초부터 부진에 부진을 거듭하며 계산이 엇나가고 있었다.

작년에는 불펜의 힘으로 어떻게든 틀어막긴 했었다.

'하지만 올해도 그게 가능할까?'

선수들은 나이를 먹어 간다.

고참급 선수들의 힘으로 팀을 이끌어 나간다고 해도 그들은 나이를 먹어 간다.

이미 노쇠화의 징후를 보이는 선수들도 몇몇 있었다.

'중간에서 버텨 줄 선수들이 너무 없어.'

선수단의 평균 연령은 몇몇 선수들이 은퇴하거나 다른 팀으로 옮겨가면서 어느 정도 내리는 데 성공했다.

하지만 중간 나이대가 너무 없었다.

끈끈한 승부를 이어 가기에는 고참급들은 기량이 점점 하락세였고, 신인들은 아직 기량이 올라오지 못했다.

'이가 없으면 잇몸으로. 없으면 없는 대로 살아야겠지.'

한현덕 감독은 부진한 선발투수를 쓸쓸히 바라보고는 다시 경기에 집중하려고 했다.

오늘 경기는 양쪽 선발이 전부 부진했기에 조금만 더 신경 쓴다면 승리할 수 있었다.

하지만 일은 거기에서 끝나지 않았다.

"으아아!"

"구급차! 구급차 어디 있어!"

타구를 무리하게 잡으려던 주전 유격수인 하주식이 무릎을 움켜쥐고 쓰러졌다.

고통스러운 비명에 한현덕 감독은 자신도 모르게 더그아웃에서 나와 그라운드로 올라왔다.

그의 얼굴은 새까맣게 변해 있었다.

타격은 별로더라도 수비 범위와 타구 처리 능력 하나만큼은 메이저리그급이라고 생각했던 주식이었다.

그런데 지금 그의 무릎은 누가 보더라도 확실하게 뒤틀려 있었다.

"선준이를 유격수로 투입한다."

한현덕 감독은 주식의 상태를 살피면서 동시에 유격수 자리를 메울 선수를 그라운드로 내보냈다.

하지만 표정은 썩 좋지 않았다.

시즌이 시작된 지 얼마 되지 않은 상황에서 주전 유격수가 부상으로 이탈했다.

"큰 부상이 아니면 좋을 텐데."

무릎이 뒤틀린 걸 봤음에도 현덕은 헛된 바람을 입에 담아 봤다.

선발로 기용하는 신인급 투수들의 부진이 이어지고 있는 지금 야수진까지도 주식의 부상 때문에 흔들리게 생겼다.

물론 A안이 흔들릴 경우 준비해 둔 B안이 있긴 해도 선수단의 뎁스가 얇은 만큼 여전히 불안하기만 했다.

간신히 이닝이 끝났지만 점수는 6 대 3으로 많이 뒤쳐져 있었다.

한창 목소리를 높여서 응원하던 선수단의 분위기도 착 가라앉았다.

하주식의 부상 때문에 걱정이 돼서 그러기도 했지만, 혹시라도 자신 역시 부상을 입지 않을까 불안해하는 눈치였다.

"자자! 왜 이렇게 분위기가 처졌어! 이래서 다들 메이저리그는 가겠냐?"

이런 상황에서 분위기를 끌어올리는 사람이 하나 있었다.

"주환이도 얼굴 풀어라. 투수가 털리는 날도 있지. 그래도 매일 털리진 않을 거잖아?"

"무, 물론이죠!"

"오늘은 6실점 했으니까 6경기는 무실점 해 봐야겠다. 안 그래?"

"상진아, 애한테 너무 부담 주지 마라. 벌써 얼굴이 창백해지는데?"

"너도 6경기 무실점 해 본 적 없으면서 뭘 애한테 그러냐?"

상진이 강판당해서 더그아웃으로 돌아온 주환을 끼고 농담을 던지자 바로 주위에서 타박이 이어졌다.

더그아웃에서 웃음기가 돌기 시작하자 순식간에 분위기가 올라왔다.

선수들을 다그칠까, 다독일까 고민하던 한현덕은 씩 웃으면서 다시 시선을 그라운드로 돌렸다.

저런 녀석들이 있어서 그나마 힘이 솟아올랐다.

"상진아."

"왜요?"

"불펜에서 준비해 둬라. 위험해지면 나간다."

"예이 예이, 갑니다. 오늘도 무실점으로 이닝 틀어막으러 갑니다~!"

오늘도 자신의 차례가 돌아온다는 예감에 상진은 콧노래를 부르며 불펜으로 가 준비를 시작했다.

하지만 다음에 찾아온 상황은 만만하지 않았다.

"무사 만루라고?"

선발투수가 가장 규칙적으로 등판하는 선수라면 불펜은 언제 어떻게 투입될지 몰라 언제나 대기해야 하는 선수였다.

그리고 어떤 팀이든 간에 위기 상황일 때는 그 팀의 불펜에서 가장 믿을 만한 투수가 마운드에 올라가게 된다.

상진은 전혀 마음에 들지 않은 상황을 맞이해서 가장 즐겁게 웃고 있었다.

"지금 상황이 어떤진 알고 있지?"

"당연히 알고 있죠. 선발이 개털린 데다가 그다음으로 나선 불펜도 비 오는 날에 먼지 나듯 처맞을지 모르는 악조건. 그런 상황에 제가 땜빵하러 나온 거죠."

"직설적으로 표현하는 건 좋은데, 휴우……. 아니다, 아니야. 이런 상황에서도 웃고 있는 네가 신기하기만 하다."

그야 이런 메시지를 보면 좋아할 수밖에 없다.

[식사 시간이 되었습니다.]

[만루 상황이므로 현재 이닝에서 얻는 포인트가 200퍼센트 가산됩니다.]

무제한으로 먹을 수 있는 사람에게 평소보다 많이 먹을 수 있다고 알려 주면 누구든지 좋아할 수밖에.

상진은 이런 상황에도 여전히 웃고 있었다.

재환은 어이없다는 시선으로 상진을 바라보면서 주위를 둘러봤다.

"쟤네 보이지?"

"흉흉한 기세로 이쪽을 바라보는 하이에나들 말이에요? 언제라도 홈으로 들어가려고 기회만 엿보고 있는."

"끙, 뭐 그렇다고 치자. 나흘이나 쉬었으니 컨디션도 괜찮지?"

"언제나 만반의 준비를 끝내 놓은 준비된 투수 이상진 아닙니까?"

"쓸데없는 소리는 관두고 몇 점으로 틀어막을 거냐?"

무사 만루에 단 하나의 실점도 없이 막아 낼 수 있으리란 기대는 하지 않았다.

게다가 이제부터 저쪽의 3번부터 시작이다.

그동안 무실점 행진을 이어 왔다고 해도 이번 역시 잘 막아낼 수 있을지는 의문이었다.

"목표는 당연히 0점이죠."

"그래. 내가 졌다. 자신감을 하늘 똥구멍까지 찔러 넣겠다."

"그럼 가실까요? 사인이나 주세요."

자기 자리로 되돌아가면서도 재환은 상진을 흘끗 돌아봤다.

자신만만한 건 좋지만 지금 상황은 호크스에 불리했다.

외야 플라이 하나만 나와도 실점하는 상황에서 어떻게 틀어막을지 궁금했다.

타석에서 기다리던 지운은 재환에게 농담을 던졌다.

"어때? 얘기는 잘했어?"

"잘했는지 못했는지 모르겠다."

상황이 썩 좋지 않은 호크스를 놀리기 위해 던진 말이었는데 너무 진지한 대답이 돌아왔다.

지운은 눈을 동그랗게 떴지만, 이내 씩 웃으면서 고개를 돌려 마운드 위의 투수를 바라봤다.

"지난번에 무실점 하니까 꽤 기고만장한 것 같은데. 그렇지?"

"오늘따라 말이 많다? 무실점 투수를 앞에 두니까 긴장했나?"

가뜩이나 점수가 더 벌어질 판국에 빈정 상한 재환이 툭 내뱉자 그제야 지운도 어깨를 으쓱거리면서 입을 다물었다.

그래도 그의 입가에는 미소가 피어올라 있었다.

'외야 플라이도 좋고 볼넷도 좋고. 이런 상황에서 투수가 점수를 안 주려면 남은 선택지는 오로지 스트라이크를 꽂아 넣는 것뿐이지.'

단 1점의 손실조차도 아쉬워해야 하는 호크스로서는 어떻게든 땅볼을 유도해서 병살로 처리하려 들 터.

무사 만루라는 상황은 이 정도로 투수에게 숨 막혔다.

'병살을 유도한다면 낮게 공이 제구되겠지? 그걸 노려서 걸어 올려 외야로 보내면 내 역할은 끝이다.'

어떤 위치로 날아올지 알고 있다.

그리고 어떻게 처리하면 되는지도 예상하고 있다.

선택지가 이렇게까지 좁혀지면 식은 죽 먹기나 다름없는 승부가 된다.

지운은 콧노래까지 부르면서 상진이 어떤 공을 던져 올지 대비하기 시작했다.

"스트라이크!"

그런데 생각했던 것과 달리 날아온 공은 높은 코스에 꽂히는 패스트볼이었다.

"뭐?"

*   *   *

타자 입장에서 생각해라.

타자는 자신이 가장 좋아하는 코스로 오는 공을 치길 원한다.

눈앞에 있는 나지운 같은 경우도 낮은 공을 퍼 올리는 데 일가견이 있는 선수였다.

하지만 뭐든지 원하는 대로 해 줄 필요는 없다.

'낮은 공을 원하면 다른 걸 주면 되는 거지.'

높은 공을 던지면 플라이가 되어 1점을 내줄 수 있단 점은 얼마든지 알고 있었다.

하지만 타자가 저렇게까지 낮은 공을 원하는데 굳이 던져 줄 이유는 없었다.

'저 자식이 정말 미쳤나?'

재환이 생각하는 미쳤다는 의미는 정신 줄을 놓아 버렸다는 게 아니었다.

마치 신들린 듯한 예측이었다.

'다음 공은 어디로? 바깥쪽에 슬라이더 던질래?'

정통 우타자인 나지운을 상대하면서 바깥쪽으로 빠지는 슬 라이더는 매우 유효하다.

하지만 재환의 사인을 받은 상진은 고개를 가로저었다.

몇 번의 사인을 더 주고받고 난 후, 재환은 황당하다는 듯 웃음을 터뜨렸다.

그리고 들어온 공은 몸 쪽 깊숙한 곳에 꽂히는 패스트볼이 었다.

2연속으로 스트라이크가 들어오자 지운의 얼굴이 일그러졌 다.

"이런 씁."

절로 입에서 욕이 튀어나왔다.

벌써부터 관중이 우-우거리며 야유하는 소리가 귀에 들려오 고 있었다.

투 스트라이크 노 볼.

완벽하게 카운트에 몰린 타자에게 남은 선택지는 얼마 없다.

우타자의 존 안으로 들어오다가 몸 바깥쪽으로 휘어져 나가는 우완 투수의 슬라이더.

지운은 꼼짝없이 헛스윙을 하고는 헛웃음을 터뜨렸다.

마운드 위에서 가볍게 웃으며 어깨를 으쓱거리는 상진은 덤이었다.

"예압! 나한테 맡겨!"

4번은 광주 내셔널스의 외국인 타자인 필립이었다.

그는 많은 기대를 받고 있지만 딱히 초반 성적은 좋지 않았다.

그래도 마이너와 메이저리그에서도 호타준족형으로 기대를 모았던 만큼 팬들 역시 아직 기대를 놓지 않았다.

"스트라이크!"

몸 쪽으로 파고드는 슬라이더에 필립의 표정이 일그러졌다.

보통 좌타자에게는 우완 투수들은 슬라이더를 잘 던지지 않는다.

스트라이크존으로 들어오다가 몸으로 휘어지기 때문에 대처하기가 매우 쉬워서였다.

그런데 저 한국인 투수는 자신을 우롱하듯 거침없이 슬라이더로 몸 안쪽을 찔러 들어왔다.

"휴우, 크레이지 맨(Crazy man)."

쳐 볼 테면 쳐 보라는 식으로 던지고 있었다.

타자가 가장 어려운 코스로 공이 올 거라고 생각하면 그걸 역으로 찔러 오고 있었다.

'정석대로 상대하면 안 되는 투수인가?'

심리전에 능숙한 투수들은 얼마든지 있었다.

하지만 달인이라고 할 만한 투수는 거의 없다.

돈을 많이 준다고 해서 찾아온 동양에서 이런 수준에 다다른 수 싸움을 보여 주는 투수를 만날 줄은 몰랐다.

필립은 손에 땀을 쥐며 씩 웃었다.

'다음은 볼을 던지겠군.'

다만 어느 쪽으로 들어오느냐였다.

다음 공을 잠깐 두고 보자 스트라이크존을 꿰뚫을 듯 들어오던 공은 아래로 뚝 떨어졌다.

예상했던 대로 공이 존 바깥으로 나오자 필립은 고개를 작게 끄덕였다.

'아무리 수 싸움이 뛰어나다고 해도 역시 동양 수준이야.'

그렇다고 해도 요새 세상은 인종차별에 민감하다.

필립 역시 그걸 입 밖으로 낼 정도의 멍청이는 아니었다.

*   *   *

공을 던지고 스스로 만족스러웠다.

아주 매혹적으로 스트라이크존을 지나가다가 뚝 떨어지는 체인지업이었다.

하지만 그걸 필립이 그냥 보내고 볼로 판정나자 입을 삐죽거렸다.

'어쭈? 저걸 지켜봐?'

얼마 전에 겪어 봤던 티라노스의 가브리엘도 이것과 비슷했
다.

수 싸움을 걸려고 하면 국내 타자들과 조금씩 다른 반응을
보였다.

마치 자신이 무슨 생각을 하는지 읽어보려는 듯한 반응이었
다.

'역시 큰물에 발이라도 담가 본 타자는 뭐가 달라도 다르다
는 건가.'

저건 변화구의 대처 능력이나 현지 적응과는 별개의 문제였
다.

말 그대로 메이저리그, 혹은 미국에서 야구 선수를 육성할
때 어떤 식으로 하느냐의 범주였다.

그리고 그건 바로 다음 공에서 드러났다.

따악!

배트에 공이 맞는 소리를 듣는 순간 상진의 고개가 홱 돌아
갔다.

공이 포물선을 그리며 높게 치솟았다.

충청 호크스와 광주 내셔널스의 더그아웃에서 응원하던 선
수들은 누가 먼저랄 것 없이 앞으로 튀어나왔다.

다행스럽게도 바람에 휘어진 공은 폴대 바깥쪽으로 나갔다.

순간적으로 경악했던 상진은 가슴을 쓸어내리고는 자신을
죽일 듯이 노려보는 재환을 향해 두 손을 모아 합장을 했다.

"거, 사람이 실투 한 번 했다고 그렇게 잡아먹을 것처럼 그러시나."

투덜거리면서도 아쉬운 표정을 지으며 타석으로 돌아가는 필립을 노려봤다.

자신과 눈이 마주치자 필립의 시선이 바로 바뀌었다.

이쪽을 얕보는 듯한 거만한 눈빛.

상진은 울컥하면서 공을 확실하게 틀어쥐었다.

'한 번 꼬았는데도 대응한다면, 한 번 더 배배 꼬아 주면 그만이지.'

이를 꽉 깨물고 공의 그립을 바꿔 쥐었다.

여기에서 단타라도 주면 흐름이 뒤바뀐다.

파울이라고 해도 홈런성 파울을 준 지금 자존심에 상처가 남았다.

그리고 무엇보다 더그아웃의 반응이 마음에 들지 않았다.

자신이 홈런성 파울을 맞자마자 더그아웃과 불펜이 부산스러워지기 시작했다.

더욱 마음에 들지 않는 건 재환의 반응이었다.

타임을 외치고 마운드에 올라온 재환을 똑바로 보면서 퉁명스럽게 내뱉었다.

"왜 올라왔어요?"

"목소리가 그렇게 배배 꼬인 걸 보니까 내가 무슨 말을 하려는 건진 아나 보네?"

"알아요. 안다구요. 거 진짜 안타나 홈런도 아니고 파울 하나 맞은 거 가지고."

"폴대를 아주 살짝 넘어가는 홈런성 파울이었지. 그러니까 진정하자."

"나 흥분 안 했으니까 걱정 마요."

그래도 마음을 가라앉힐 만한 시간은 됐다.

땅볼로 유도하려고 했는데 그걸 가볍게 걷어 올릴 줄은 미처 생각하지 못했다.

첫 타자를 삼진으로 돌려세워서 잠깐 마음을 놓았던 모양이었다.

스스로 반성하면서 상진은 얼굴을 두 손으로 찰싹찰싹 쳤다.

"그래서 어떻게 할 거야?"

"뭐, 공 하나로 끝내야죠."

"좌타자면 슬라이더도 안 되잖아? 허점을 찌르겠다고 아까처럼 던지면 그대로 얻어맞는다?"

"사인 보낼 테니까 일단 가 봐요. 심판이 불러요."

"이런 씁."

심판이 경기를 빠르게 재개하려고 재환을 부르고 있었다.

마운드에서 내려가 돌아가는 재환의 뒷모습을 보면서 상진은 여전히 싱글거리는 필립의 얼굴을 보며 침을 뱉었다.

누가 웃는 얼굴에 침 못 뱉는다고 했는가.

다음 공으로 뭘 던지든 간에 반드시 쳐 주겠다는 표정이었다.

'내가 딱히 인종차별주의자나 제노포비아는 아니지만.'

가볍게 목을 돌려 근육을 푼 상진은 뚜둑거리는 감각을 느끼면서 씩 웃었다.

'외래종은 늘 그렇듯 생태계 교란의 주범이니 얼른 내쫓아야지.'

어차피 성적이 좋지 않아서 이제 4월인 벌써부터 퇴출 이야기가 솔솔 나오고 있는 필립이었다.

아마도 이쪽을 잡고 한국에서 현역 생활을 더 하고 싶은 모양인데.

상진은 씩 웃으면서 허리를 살짝 굽혔다.

1아웃을 주긴 했어도 1사 만루라는 절호의 득점권 찬스에서 헛물을 켜면 과연 팬들은 어떻게 반응할까.

이윽고 재환과 신중하게 사인을 주고받은 상진은 고개를 끄덕였다.

가끔 느끼는 일이지만 재환은 확실히 자신과 성향이 잘 맞았다.

타자를 골탕 먹이는 쪽으로.

'온다!'

과연 무슨 공이 올까.

필립은 기대감에 가득 찬 눈으로 상진의 투구 폼을 지켜봤다.

구단의 전력 분석원이 전해 준 자료대로 폼만으로는 구종을 판단하기 어려웠다.

그래도 어느 정도 심리적인 부분은 어느 정도 읽었다.

조금 전에 커브는 홈런성 파울로 멀리멀리 날아갔다.

슬라이더는 좌타자인 자신에게 던질 수 없을 테고 체인지업은 조금 전에 구속과 타이밍을 읽었다.

'커브는 아까 크게 날아갔으니 던지기는 힘들겠지.'

그럼 남은 무기는 패스트볼이거나, 아니면 체인지업을 다시 던지는 것뿐이다.

필립은 속으로 콧노래를 부르며 다음 공을 기다렸다.

아나나 다를까.

140킬로미터 중반이라는 패스트볼보다 느린 공이 날아왔다.

그렇다면 이번 공은 체인지업이다!

필립은 이렇게 확신하며 배트를 휘둘렀다.

하지만 맞는 감각은 없었다.

"스트라이크! 아웃!"

배트가 헛돌았다.

재환이 포수 미트 안에서 공을 꺼내는 걸 보며 그는 인상을 구겼다.

"퍼킹."

말도 안 되는 궤적이었다.

분명히 구속은 체인지업의 구속이었고 정확하게 노려서 배트를 휘둘렀다.

미국에서도 선구안이 좋지 않다고 말이 많았던 필립이었다.

하지만 정확하게 노리고 어디로 날아올지 예측까지 해 둔 상태.

그런데도 치지 못한다면 차라리 야구를 때려치우는 편이 나았다.

"예압!"

필립은 주먹을 쥐고 환호성을 지르는 상진을 믿을 수 없다는 시선으로 바라봤다.

방금 전에 들어온 공의 궤적은 분명히 패스트볼이었다.

그런데 마지막에 이상하게 휘어지더니 마치 공이 배트를 피하듯 지나쳤다.

'대체 무슨 공을 던진 거지?'

실력으로 증명하면
그만이지

필립을 상대하다가 홈런성 파울을 맞았을 때 상진은 아차 싶었다. 그리고 동시에 고개를 끄덕였다.

시스템을 가지고 최고의 자리를 노리고 있어도 아직 갈 길이 멀다는 것을.

수 싸움에서 서로 얽히고설킬 정도라면 힘으로 찍어 누를 수밖에.

그리고 상진은 그럴 수단을 하나 가지고 있었다.

[먹을 때는 개도 안 건드린다 0/1]

이미 사용한 스킬이 깜박이며 점멸하더니 빛이 꺼졌다.

사용 횟수를 체크하면서 상진은 씩 웃으며 시스템 메시지를 음미했다.

타자를 사냥하고 포식하며 얻은 포인트를 음미하는 것이야 말로 투수가 할 수 있는 최고의 미식이었다.

무사 만루였던 상황은 어느새 2사 만루로 바뀌었다.

광주 내셔널스의 선수들은 얼굴에 여유가 사라지고 초조함이 피어올랐다. 이대로 가면 1점도 내지 못하고 이닝이 끝날 판이었다.

평범한 외야 플라이 하나만 날려도 얻을 수 있는 점수인데 그걸 내지 못했다. 아마 더그아웃에서 김기택 감독이 눈에서 불을 뿜고 있으리라.

상진은 마지막 타자를 몰아붙였다.

순식간에 투 스트라이크까지 몰아붙인 상진은 패스트볼을 높게 던졌다.

방금 전까지 낮게 날아오던 공에 집중하던 타자는 순간 당황하며 배트를 휘둘렀다. 하지만 급하게 휘두른 배트에 공이 제대로 맞을 리가 없었다.

딱!

높이 치솟은 공은 그리 멀리 가지 못했다.

평범한 내야 플라이로 마지막 타자를 아웃시킨 상진은 무덤덤한 표정으로 마운드에서 내려왔다.

[무사 만루 상황에서 이닝을 무실점으로 마쳤습니다.]

[보너스 포인트 100이 추가 지급됩니다.]

[포인트 상한선을 달성하여 코인 1개가 지급됩니다.]

환호하는 관중도 있었고 박수를 치는 관중도 있었다.

그 누구도 이번 이닝에서 무사 만루 상황을 무실점으로 막아 내리란 기대를 하지 않았다.

그런데 그걸 관중이 지켜보는 가운데 해낸 투수가 더그아웃으로 돌아가고 있었다.

"이상진! 이상진! 호크스의 자랑, 이상진!"

"이상진! 네 유니폼 하나 마킹한다! 짜슥아! 사랑한다!"

내려오다가 맥 빠지는 응원 소리에 상진은 피식 웃음이 새어 나왔다.

모자를 벗어 손에 든 상진은 고개를 들어 올려 관중석을 바라봤다. 그리고 손을 흔들어 주자 환호성은 더욱 커졌다.

반대로 광주 내셔널스의 선수들은 죽을상이었다.

"이 개자식들아! 니네가 프로냐! 무사 만루에서 무득점이 말이나 되냐!"

"당장 야구 때려치워라!"

자신이 받는 환호성과 정반대로 관중에게 야유를 받고 있었다.

쏟아지는 욕설에 인상을 찌푸리는 그들을 흘끗 바라보며 더그아웃으로 들어오자 동료들이 환한 얼굴로 상진을 반겼다.

"이야! 믿고 있었다고!"

"역시 호크스의 수호신답다. 내가 너 입단했을 때부터 알아본 거 아냐?"

"그으으짓말하지 마세요."

다들 상진이 무사히 이닝을 끝마치고 내려온 걸 축하해 줬다.

그리고 쭈뼛거리면서 상진에게 다가오는 젊은 투수가 있었다. 오늘 선발로 나왔던 박주환이었다.

"저, 그, 선배님. 고생하셨습니다."

실점한데다가 다음 투수에게 무사 만루라는 부담감 백배인 상황을 만들어 준 건 주환의 실책이었다.

상진은 자신에게 사과하러 온 주환을 보면서 장난기가 동했다.

"응? 아아. 네가 무사 만루를 만들어 준 덕분에 고생깨나 했다. 아이고, 이 나이 먹고 한 점도 안 주려니까 너무 힘들더라."

"죄송합니다! 다음에는 더 열심히 하겠습니다!"

고개까지 숙여 가면서 사과를 하는 주환의 얼굴은 새빨개져 있었다.

자신의 실수로 점수를 줬고 또 무사 만루라는 무시무시한 상황까지 만들었다.

강판 당한 것도 창피하기도 하고 또 괜히 팀 동료들에게 폐를 끼친 것 같아서 얼굴이 화끈거렸다.

"다음에는 더 열심히 해야지. 설마하니 또 무사 만루로 마운드를 넘겨줄 생각은 아니지?"

"당연히 아닙니다!"

"그래. 그리고 우리한테 사과하기 전에 사과해야 할 사람이 따로 있지 않아?"

"누, 누구요?"

"바로 너. 너 자신한테 말이야."

괜히 최고의 라이벌은 자기 자신이라는 말이 있는 게 아니다. 늘 자신을 뛰어넘기 위해 노력해야 하고 어제보다 더 뛰어난 오늘의 자신이 되기 위해 하루도 쉴 수 없었다.

상진이 말하는 건 바로 그 점이었다.

"볼썽사나운 모습을 보여서 폐를 끼친 건 우리라고 생각할 수 있겠지. 하지만 그런 공을 던진 너 스스로에 대해서도 반성하고 앞으로 그렇게 하지 않으면 되는 거야."

"상진이가 또 횡설수설한다."

"멋있는 말을 하려다가도 꼭 한 번씩 저런다니까."

"말을 하기 전에 머릿속에서 한 번쯤 정리해 보는 게 어떠냐? 응? 말하기 전에 생각 좀 하자."

뭔가 좋은 말을 생각하려다가 머릿속에서 꼬여 버린 상진은 뒤에서 들려오는 목소리에 얼굴을 구겼다.

뭔가 도와주는 건 없이 옆에서 훼방만 놓으려는 동료들을 흘끗 노려본 상진은 다시 웃는 얼굴로 주환을 다독였다.

"내 말이 무슨 뜻인지 알지?"

"예! 다음에는 꼭 퀄리티 스타트를 하겠습니다!"

"그러든가 말든가. 지금 선발 자리를 노리는 투수는 너 말고도 많다. 그러니까 무던히 노력해야 할 거다."

바로 나를 포함해서.

상진은 여기까지 말하진 않았다.

팀이 리빌딩이라는 소리는 보직이 있어도 언제든지 변동될 수 있다는 뜻과도 같았다.

지금 여기에 있는 불펜 투수들 중에서도 선발 자리를 노리고 있는 사람이 한둘이 아니었다.

당장 주환의 눈앞에 있는 상진 본인도 마찬가지였으니까.

"그러니까 퀼리티 스타트를 해도 그거에 만족하지 말고 완봉을 할 수 있는 투수가 돼라."

동료들과 농담을 주고받으며 타자들이 타석에 서는 모습을 보던 상진은 감독이 손짓하는 걸 보고 다가갔다.

감독의 얼굴에 떠올라 있는 미소는 분명 만족감이었다.

"상진아, 수고했다."

"예, 감독님."

"앞으로 얼마나 더 던지고 싶으냐?"

보통 투수에게 이런 걸 질문하는 감독은 없다.

그런데도 이런 질문을 하는 의도는 두 가지.

하나는 자신이 있냐고 묻는 거였고, 둘째는 검증을 해 보겠다는 말이었다.

상진은 이것이 선발로 가는 길임을 직감하고 씩 웃었다.

"많으면 많을수록 좋겠죠."

"훗, 좋다. 지금 4회가 끝난 참이니 네가 끌고 갈 수 있는 만큼 끌고 가 봐라."

"끌고 갈 수 있는 만큼요?"

"그래. 저쪽 타순이 한 바퀴 돌아도 상관없다."

한현덕 감독은 이번에 롱 릴리프로 상진을 최대한 길게 끌고 갈 생각이었다.

상진이 짐작한 대로 한현덕은 자신이 있는지, 그리고 선발로서 걸맞은지 확인할 생각이었다.

첫째로는 코칭스태프 회의에서 나왔던 대로 스태미나가 얼마나 되느냐였다.

효율적인 피칭을 하는 건 올해 출장했던 경기에서 보여 준 걸로 충분했다.

하지만 투수들은 이닝을 거듭할수록 구속과 구위가 조금씩 저하된다. 아무리 효율적인 피칭을 하더라도 체력이 뒷받침되지 않는다면 선발로서 뛸 수 없다.

"이대로 잘만 던지면 9회까지 던져도 된다는 말씀이시죠?"

자신감 넘치는 상진의 말에 현덕은 너털웃음을 터뜨리며 턱수염을 쓰다듬었다.

이 정도의 자신감을 보여 준다면 한 번쯤은 기대하고 싶었다.

"네가 할 수 있다면 얼마든지 해 봐라."

"알겠습니다. 할 수 있는 데까지 해 보죠."

두꺼운 잠바를 입고 어깨를 따뜻하게 보호하면서 상진은 계란을 까먹기 시작했다.

옆에 있던 송신우 코치가 걱정스러운 눈으로 바라보며 귀엣말로 조용히 말했다.

"선발로 안 되면 어쩌실 생각입니까?"

"구속도 좋고 구위도 좋은데 체력이 어설프다면 방법은 두 가지가 있죠."

"선발로 쓰게 체력을 키우든가, 아니면 필승조로 사용할 생각이시군요."

"정확하게는 우한이의 다음 마무리로 쓸 생각입니다."

지금까지 보여 준 상진의 투구는 위력적이었다.

타자들을 농락하는 수읽기나 아슬아슬한 제구력은 둘째치더라도 공 끝이 매우 지저분했다.

아까 필립한테 맞은 홈런성 파울 하나를 제외하면 올 시즌 들어와서 제대로 맞아 외야로 뻗어 나간 공은 단 하나도 없었다.

체력이 안 된다면 마무리로 쓰기에 적당했다.

"이제 저 녀석이 스스로 증명하는 길만 남았죠."

                    *   *   *

5회 초 충청 호크스의 공격은 맥없이 끝났다.

상대 투수는 단 10구로 세 타자를 연속 범타 처리하면서 이닝을 종료시켰다.

감독하고 얘기가 끝나자마자 공수 교대 신호가 들려왔다.

상진은 자신이 던질 차례가 돌아왔음에 콧노래를 부르면서 글러브를 챙겨 더그아웃에서 나왔다.

'여기에서 길게 가면 선발이다, 선발이야.'

선발로 던졌던 게 몇 년 전인가 싶었다.

부상당하기 전이니 아마 2014년쯤으로 기억했다.

왠지 까마득하게 느껴지는 옛 기억을 더듬으면서 상진은 계속 싱글벙글 웃었다.

"인마, 그만 웃어라."

재환은 마운드로 향하는 상진이 실실 웃는 게 마음에 들지
않았다.

포수 미트로 뒤통수를 슬쩍 두드리자 심통 난 얼굴이 자신
을 돌아봤다.

"왜 웃으면 안 됩니까? 좋으니까 웃는 건데."

"감독님이 선발 테스트를 하자고 하신 거지 선발을 준다고
하신 건 아니잖냐."

"형은 꼭 이렇게 사람이 좋아하면 초를 쳐야 합니까?"

상진은 투덜거리면서 뒤통수를 만져 보고는 다시 웃기 시작
했다.

"그렇게 계속 실실대다가는 안타 하나 얻어맞는다?"

"하이고, 쳐 보려면 쳐 보라고 하세요. 오늘의 저는 무적입니
다, 무적."

"무적인지 무좀인지 괜히 근거 없는 자신감 내세우지 말고
공이나 제대로 던져."

연신 상진을 돌아보던 재환은 불안한 얼굴이었다.

느낌이 싸늘한 게, 왠지 안타 하나쯤 맞을 듯한 기분이 들었
다. 그리고 그런 느낌은 여지없이 돌아왔다.

따악!

"와아아아!"

—안타! 이상진 선수가 던진 슬라이더를 김수찬 선수가 정타로 때려 냈습니다!

—내셔널스 입장에서는 아까 무사 만루에서 점수를 내지 못한 게 여간 아쉬울 거 같습니다. 그때 안타를 하나 쳤으면 대량 득점을 할 절호의 기회였을 텐데요.

—김수찬 선수가 1루에서 멈춥니다. 선두 주자가 출루! 내셔널스에게 또다시 찬스가 돌아올지 궁금하네요.

올 시즌 들어와서 상진이 처음으로 안타를 맞았다.

안타를 맞자마자 씩씩거리며 마운드로 걸어 올라온 재환은 여느 때보다 얼어붙어 있는 상진의 얼굴을 보고 순간 할 말을 잊었다. 그리고 잘못 생각했단 사실을 깨달았다.

지금 눈앞에 있는 녀석은 선발 테스트에 실실거리며 넋 놓고 있던 30초 전의 이상진이 아니었다. 다 잡은 먹잇감을 승냥이에게 빼앗긴 야수와 같은 표정이었다.

"왜요?"

"정신 차렸나 보네?"

"정신 차리고 자시고 할 게 뭐 있어요. 이런 걸 보면 저도 아직 멀었죠."

괜히 프로 생활 10년 차가 아니었다.

재환은 씩 웃으며 상진의 가슴께를 툭툭 두드려 주고는 마운드에서 내려왔다.

상진은 짜증스러운 얼굴로 공을 만지작거리며 1루에서 의기

양양하게 자신을 바라보는 주자를 노려봤다.

'그걸 노렸다 이거지?'

지난번 경기에서부터 초구의 대부분을 스트라이크존 안으로 집어넣었다.

초구를 스트라이크로 잡고 볼 카운트를 유리하게 가져가려는 생각에서였다.

그래도 존 구석구석을 찌르며 그 이상으로 타자의 의표를 찔러 승부를 이겼고, 타자를 잡아먹었다.

그런데 방금 전은 자신이 어디로 공을 던질지 정확하게 읽어 냈다.

만약 그게 아니라면 정말 동물적인 감각으로 걷어낸 셈이다.

'후우, 좋아 좋아. 릴랙스 릴랙스'

상진은 일단 마음을 가라앉히고 다시 정신을 굳건히 다졌다.

여기에서 흔들리고 연속해서 안타를 맞는다면 기껏 손끝에 닿으려는 선발 자리는 물론 1군 불펜의 필승조 자리마저도 위태롭게 된다.

그런데 타석에 서서 이쪽을 바라보며 여유 있게 웃는 타자를 발견한 순간 상진의 두 눈에 불꽃이 튀었다.

'웃어? 우우우서어어?'

마치 이쪽을 전부 파악하기라도 했다는 듯한 미소였다.

그 미소를 보면서 상진의 뚜껑이 벌컥 열렸다.

패스트볼, 슬라이더, 커브, 체인지업.

상진은 재환이 어떤 사인을 보내도 고개를 끄덕이지 않았다.

'이놈이 대체 뭘 던지겠다고 하는 거야? 설마 이거냐?'

재환은 혹시나 하는 마음에 약속은 해 뒀지만 안 쓰던 사인을 하나 보냈다.

그리고 그걸 보자마자 고개를 끄덕이는 상진을 향해 속으로 온갖 욕을 퍼부었다.

'속으로 비명을 지르고 있겠지? 아니면 X발 X발 하면서 욕을 퍼붓고 있든가. 그래도 할 수 없잖아요?'

상진은 포수 마스크에 가려져 있어도 재환의 표정을 읽을 수 있을 것 같았다.

입꼬리를 슬쩍 끌어 올리며 그립을 바꿔 쥐었다.

몇 년 전에 배워 두고 실전에서 단 한 번도 쓰지 않았던 변화구였다.

'재환이 형.'

가끔씩은 이런 신선한 맛이 있어야 하지 않을까.

'가끔은 닭 잡을 때도 소 잡는 칼을 써도 괜찮지 않을까요?'

소 잡는 데는 소 잡는 칼을 쓰고, 닭 잡는 데는 닭 잡는 칼을 쓴다.

여태까지의 공식 기록지에 상진의 구종은 단 네 개만 표시됐다. 그래서 상진을 상대하는 타자들은 이 네 가지를 주로 대비했다.

특히 좌타자들은 상대적으로 치기 쉬운 우완 투수의 슬라이더를 머릿속에서 거의 생각하지 않아 선택지가 더욱 적었다.

'그래서 이걸 준비했지.'

투수에게 있어서 다양한 구종은 양날의 검이다.

특히 변화가 심한 싱커나 포크볼 같은 경우는 팔을 뒤틀면서 던져야 하기 때문에 언제나 부상의 위험이 노출된다.

부상 경력이 있는 상진으로서는 부담스러운 구종이었다.

그래도 타자의 눈을 속이고 카운트를 빼앗을 수 있는 변화구는 언제나 필요했다.

"어?"

헛스윙을 한 선대는 순간 자신의 눈을 의심했다.

분명히 패스트볼이라고 생각한 궤적인데 마지막에 공이 살짝 떨어졌다.

슬라이더라고 생각하기에는 바깥쪽으로 덜 꺾였고, 커브라고 하기에는 낙차가 작았다.

그렇다고 체인지업이라고 보기에도 영 아니었다.

"왜 그렇게 멍하니 있어?"

"아, 아닙니다."

타석 밖으로 나와 불신 가득한 눈으로 투수와 포수를 번갈아 보자 심판은 짜증스럽게 선대를 불렀다.

그제야 자신이 시간을 끌고 있단 걸 깨달은 민선대는 부랴부랴 다시 타석에 들어섰다.

하지만 머릿속에서는 방금 전에 자신이 본 공의 구종이 뭔지 생각하고 있었다.

데이터로 알고 있는 이상진의 구종 그 어떤 것과도 맞아떨어지지 않았다.

'설마 새로운 구종인가?'

다음에 들어온 공은 눈을 속이기 위해 바깥쪽으로 휘어 나가는 커브였다.

그걸 그냥 보낸 민선대는 입술을 깨물었다.

이제 만으로 스물둘.

아직 어리고 선구안이 썩 좋지 않은데다가 콘택트 능력도 부족했다.

하지만 지금 올라온 투수에 대한 데이터만큼은 조금 전에 머릿속에 꽉꽉 넣어 두고 왔다.

'첫 공은 대체 뭐였지?'

잡념이 섞이고 말았다.

처음 본 구종에 정신이 팔린 선대는 다음 들어오는 커브에 늦게 반응하고 말았다.

아차 싶었지만 이미 투 스트라이크까지 공이 몰렸다.

'이상진은 공격적인 투수야. 처음에 불리한 카운트를 주지 않고, 자신에게 유리한 카운트를 가져가길 좋아하지. 그래서 초구는 거의 다 스트라이크존 안으로 들어와. 문제는 어떤 구종을 던지느냐를 알 수 없단 거지만.'

팀 선배인 김수찬의 조언이었다.

조언은 분명히 도움이 됐고 아까 공을 치고 나간 만큼 그 효용성도 증명됐다.

그런데 구종을 알 수 없다는 게 문제였다.

게다가 신구종일지도 모르는 공이 있다는 게 더욱 긴장되게 하고 있었다.

따악!

세 번째로 들어오던 공은 어떻게든 빗맞혀서 파울로 처리했다.

2루로 뛰었다가 1루로 귀루하는 수찬을 보면서 선대는 고개를 가로저었다.

이 정도쯤 되니 확실하게 느껴졌다.

자신보다 저 이상진이라는 투수 쪽이 훨씬 더 위였다.

구속이나 구종 같은 걸 말하는 게 아니다.

기세부터 경험, 그리고 타자를 쥐락펴락하는 심리적인 기술까지 전부 위였다.

이제 데뷔하고 4년 차인 자신이 상대할 만한 투수가 아니었다.

"어?"

톡!

투 스트라이크에서 거의 나오지 않는 번트에 상진도, 재환도 당황했다.

당황한 것과 별개로 상진의 몸은 앞으로 뛰어나와 공을 잡고 1루로 던졌다.

아웃 카운트가 올라간 것과 별개로 상진의 표정은 쾌히 좋지 않았다.

1사에 주자는 2루.

기습 번트라고는 해도 진루를 허용한 게 마음에 들지 않았다.

"이런 젠장맞을."

선발로 가는 길은 확실히 멀고도 험했다.

*　　　　　*　　　　　*

선발로서 등판하기 위해서 중요한 요소는 몇 가지 있다.

무엇보다 중요한 건 이닝을 되도록 오래 끌고 갈 수 있는 이닝 소화력.

그리고 오래 공을 던질 수 있는 체력과 지구력이었다.

여기에 상진은 하나를 더 갖췄다.

―1사 2루에서 볼넷으로 출루합니다!

―이상진 선수가 어렵게 승부를 가져가네요.

다음 타자를 볼넷으로 출루시킨 상진을 향해 우려의 시선이 쏟아졌다.

역시 이상진은 어쩔 수 없다.

부상에서 회복해서 FA 계약을 하며 좀 나아진 것 같더니 옛날로 돌아가고 있다.

시즌 초에 보여 준 모습은 잠깐 반짝인 것뿐이다.

이런 시선들이 다시 고개를 들었다.

하루하루 경기 결과에 일희일비하듯 관중의 시선은 어느새 차가워져 있었다.

하지만 상진은 그걸 결과로 증명했다.

─1사 1, 2루의 상황에서 이상진 선수가 땅볼을 유도해 냅니다!

─2루수 정은일 선수가 1루로 송구! 아웃됩니다! 깔끔한 6─4─3 병살타가 완성됩니다!

─이상진 선수가 위기를 훌륭하게 극복하고 마운드에서 내려갑니다!

상진이 부상에서 회복해서 복귀한 후 실력이 정체되고 회복될 기미를 보이지 않자 연구한 건 타자들의 성향만이 아니었다.

지피지기면 백전불태.

상대를 연구하는 것 이상으로 상진은 자신의 무기를 갈고닦는 데 힘썼다.

그중 하나가 바로 경기 운영과 위기 관리였다.

"스트라이크! 아웃!"

다음 회로 넘어가도 마찬가지였다.

확실하게 심판의 스트라이크존에 적응한 상진은 첫 타자와 두 번째 타자를 연속 삼진으로 돌려세웠다.

지난 회에 안타와 번트로 득점권까지 몰렸던 걸 복수라도 하듯 상진은 타자들을 농락했다.

"이익!"

세 번째로 나온 나지운 역시 뚝 떨어지는 체인지업이 배트가 헛나갔다.

벌써 투 스트라이크 원 볼로 카운트가 몰려 버렸다.

그때 광주 내셔널스의 더그아웃에서 사인이 날아왔다.

그걸 본 지운은 고개를 끄덕이고는 배트를 짧게 잡았다.

투아웃이어서 조금은 크게 휘둘러 보려던 생각을 고쳐먹은 지운은 더그아웃에서 날아온 사인대로 배트를 휘둘렀다.

따악!

조금 전까지 멀리 날려 버릴 듯 힘차게 휘두르던 스윙이 간결해지고 정교해졌다.

게다가 기본적으로 선구안이 조금은 좋았던 지완이었기에 공은 파울로 커트됐다.

그걸 본 상진의 눈썹이 꿈틀거렸다.

"파울!"

다음에 던진 공도.

"파울!"

그다음에 던진 공도 파울로 커트되자 상진의 얼굴이 다시 일그러졌다.

대충 더그아웃 쪽에서 타자에게 사인을 보내오는 건 이미 봤다.

그런데 커트를 해낸다고 해도 이런 식으로 대처를 해낼 줄은 미처 몰랐다.

'서로 머리를 맞댔다는 건가?'

가끔 자기 자신이 어떤 패턴을 가지고 있는지 스스로도 모르는 경우가 있었다.

상진은 혹시나 모를 버릇이 읽혔나 고개를 갸웃거리면서 다시 공을 움켜쥐었다.

이럴 때 확실한 결정구가 필요했다.

그래서 익혔던 게 바로 체인지업이었다.

따악!

하지만 그 체인지업도 방금 맞았다.

1루 쪽 파울라인을 따라가며 날아간 공은 바깥쪽으로 떨어졌다.

글러브를 뻗었지만 잡지 못한 윌리엄이 아쉬워하는 걸 보면서 상진은 재환에게 사인을 보냈다.

'그거로 합시다, 그거.'

'또 던지게?'

'할 수 없잖아요?'

사인 교환을 끝낸 상진은 실밥에 손가락 두 개를 벌려서 얹고 힘을 주어 눌렀다.

100퍼센트 완벽하지는 않았어도 결정구로 쓸 정도로 익히기는 했다.

다만 보여 주는 게 오늘만 두 번째였다.

레퍼토리에 하나 더 추가된다면 타자의 머릿속을 복잡하게 만들 수 있다.

그래도 그동안 몰래 연마해 온 비장의 무기를 꺼낸다는 건 썩 마음에 들지 않았다.

"그냥 오늘이 새 구종이 데뷔하는 날인 거지!"

낮게 중얼거리며 상진은 팔을 휘둘렀다.

패스트볼이긴 해도 평소의 패스트볼보다는 구속이 약간 느렸다.

그리고 지운은 그걸 본 순간 눈을 빛내며 배트를 휘둘렀다.

140대 초반의 패스트볼 정도는 아무렇지 않게 대처해 낼 자신이 있었다.

그런데 존을 통과하던 공이 배트에 닿기 직전 살짝 바깥쪽으로 꺾였다.

"어?"

게다가 공이 아까의 패스트볼과 다르게 묵직하게 느껴졌다.

이건 땅볼임을 직감하며 지운은 빠르게 1루를 향해 내달렸다.

공이 3루 쪽을 향해 느릿느릿 굴러갔다.

잘하면 내야 안타가 될 수 있는 상황.

지운은 통통한 몸매와 별개로 빠른 발로 달렸다.

하지만 공은 자신이 생각했던 것보다 빠르게 1루에 도착해 있었다.

고개를 돌려 보니 상진이 포수와 3루 사이에서 씩 웃고 있었다.

―이상진 선수가 잡아서 1루로 송구! 아웃됩니다!

―방금 전에 던진 공은 이상진 선수가 평소 던지던 구종이 아니었던 것 같은데 어떻게 생각하십니까?

―아까도 이상진 선수가 한 번 던졌던 것으로 기억하는데요. 아까 봤을 때는 몰랐는데, 지금은 확신할 수 있을 것 같습니다.

상진은 세 타자를 아웃시키고 포효했다.

새로운 구종을 장착하고 레퍼토리를 다양화했다는 것보다 상진은 타자를 아웃시키고 포인트를 얻었다는 사실에 더욱 기뻐하고 있었다.

―저건 투심이 아닌가 싶네요.

―아까 던진 공도 투심이었던 건가요?

―확실한 건 알아봐야겠지만, 공의 무브먼트를 보면 투심이 확실해 보이네요.

상진이 비밀리에 익혀 오던 새로운 구종이 드디어 모습을 드러냈다.

*   *   *

8회가 되어도 등판하자 관중의 웅성거림과 환호성이 더욱 커졌다.

웅성거리는 쪽은 상진이 과연 8회에도 제대로 던질 수 있을까 걱정하는 쪽이었다.

물론 상진의 구속과 구위는 처음 4회에 등판했을 때보다 저하되어 있었다.

그리고 시스템도 이걸 긍정하고 있었다.

[최초: 해당 메시지는 누적임을 알려 드립니다.]

[경고: 투구 수가 60을 돌파하여 체력 수치가 10 하락합니다.]

[경고: 투구 수가 70을 돌파하여 체력 수치가 10 하락합니다.]

투구 수를 꽤 늘리자 이런 식의 메시지가 하나씩 나타났다.

그러고 보니 여태까지 투구 수를 60개 이상 던져 본 적도 드물었다.

이마에 맺힌 땀이 뺨을 타고 흐르는 걸 손등으로 닦아 내며 상진은 상대편 타자를 노려봤다.

광주 내셔널스의 타자들은 질린다는 표정을 지으면서 배트를 움켜쥐고 있었다.

매 이닝 볼넷을 주거나 안타를 맞았다.

하지만 상진은 어떻게든 그 상황을 모면하며 다음 투구를 이어 가고 있었다.

"이런 썩을!"

타석에서 헛스윙 삼진을 당하고 더그아웃에 돌아온 수찬은 헬멧을 거칠게 내려놓으며 결국 욕을 입에 담았다.

중얼거리기는 했어도 온갖 육두문자들이 흘러나오는 걸 들으면서 포수인 민석도 작게 한숨을 내쉬었다.

투심이 섞이기 시작하면서 조금 전까지 던지던 포심의 위력이 더욱 올라갔다.

게다가 구속까지 살짝살짝 조절해서 공을 던졌다 하면 어떤 공이 날아올지 더욱 예측할 수 없게 됐다.

"패스트볼이 들어온다 싶으면 살짝 꺾이는 투심이고, 투심이다 싶으면 슬라이더나 체인지업이 들어오네. 이런 미친."

투덜거리는 수찬의 입에서 나오는 말들은 전부 민석이 하고 싶은 말과 똑같았다.

이쪽의 심리를 너무 잘 분석하고 들어왔다.

타자들은 나름대로 좋아하는 구종이 있고 좋아하는 코스가 있다.

그런데 오늘 이상진은 좋아하는 코스에 꽂아 넣으면서 살짝살짝 꺾이게 만드는, 이른바 무브먼트가 지저분한 공을 던졌다.

그런 이상진이 내려간 건 8회가 끝나고 나서였다.

8회 말에 안타를 두 개나 뽑아내고도 병살타로 이닝을 끝내는 운영에 손도 발도 쓸 수 없었다.

점수는 8 대 6.

광주 내셔널스는 선발진 박주환에게서 뽑아낸 6점을 제외하고 낸 점수가 없었다.

게다가 이상진에게서 점수를 뽑아내지 못했다.

오늘의 경기 기록지에 남은 건 내셔널스 선수들이 이상진에게 철저히 당했다는 사실뿐이었다.

그리고 9회에 올라온 마무리 정우한을 상대로도 마찬가지였다.

"스트라이크! 아웃!"

삼진과 외야 플라이, 그리고 다시 삼진을 잡아내는 위력적인 구위는 어째서 정우한이 작년 세이브 1위를 기록했는지 보여 줬다.

광주 내셔널스는 그저 이를 갈면서 다음에 돌아올 3연전을 기약할 뿐이었다.

충청 호크스의 더그아웃은 잔치 분위기였다.

이번 원정 3연전은 생각보다 중요한 경기였다.

이걸로 5할 승률을 유지하게 됐고, 상위권과 격차를 줄이고 하위권과의 격차를 벌렸다.

의미 있는 승리가 아닐 수 없었다.

"상진아."

바깥이 잠시 시끄럽더니 송신우 코치가 들어와서 장비를 챙기던 상진의 어깨를 툭툭 건드렸다.

"왜 부르세요, 코치님?"

"인터뷰 준비해라."

"네?"

감독의 말에 상진은 어리둥절한 표정을 지었다.

선수단도, 코치진도, 전부 피식 웃으면서 바깥쪽을 손으로 가리켰다.

"네가 오늘의 최고 수훈 선수란다."

그라운드 위에는 벌써 아나운서가 나와 있었고 방송 세팅도 끝나 있었다.

쭈뼛거리면서 헤드셋을 쓴 상진은 옆에 다가온 미녀 아나운 서를 보면서 싱긋 웃었다.

"안녕하세요. 김지연 아나운서입니다. 이상진 선수, 오늘 승리 투수가 되신 걸 정말 축하드립니다."

"축하해 주셔서 감사합니다. 그리고 오늘 원정 경기까지 따라와서 응원해 주신 팬 여러분께도 정말 감사드립니다."

옛날에 몇 번 이런 식의 인터뷰를 해 본 적이 있었다.

하지만 정말 옛날이었다.

몇 년이나 지났는지 기억도 희미할 정도였다.

"이번 시즌에 FA 계약을 하시고 작년과 전혀 다른 모습을 보여 주시는데, 뭔가 비결이 있으신가요?"

"글쎄요? 잘 먹고 잘 자서 그런 거 아닐까요?"

아나운서는 농담이라고 생각했는지 생긋 웃었다.

그리고 상진도 싱긋 웃으면서 대수롭지 않게 넘겼다.

사실 입이 근질근질해서 미칠 지경이었다.

저승사자가 황금 돼지를 억지로 먹였고, 시스템이라는 걸 받았다.

그 덕분에 지금의 자신이 만들어질 수 있었다.

하지만 누가 이렇게 얘기하겠는가.

미친놈 취급받고 정신병원에 실려 가지 않으면 다행이겠지.

"이번에 FA 계약에 대해서 논란이 많은데요."

"네. 저한테도 많은 이야기가 왔었죠. 왜 그랬냐고 하는 분들이 있기도 했고 혹은 제정신이냐고 하시는 분도 계셨죠."

"그런데 어째서 그런 엄청난 계약을 하셨나요?"

이런 질문이 나올 거라곤 예상했었다.

상진은 잠시 그때를 생각해 봤다.

부상으로 모든 걸 잃어버린 자신.

수술과 재활로 지옥에서 벗어난 자신이 그동안 잃어버린 걸 찾기 위해 보내야 했던 시간.

그리고 실력을 잃어버린 자신이 새롭게 쌓아 이룩한 실적.

"이제 프로 10년 차라고는 해도 저는 그동안 쌓아온 것이 아무것도 없었습니다. 부상으로 인해 수술과 재활을 거쳐야 했고, 본래의 모습으로 되돌아오는 데 이렇게 시간이 걸리고 말았습니다."

되찾을 수 없던 것을 되찾은 건 행운이고 기적이었으며 비현실적이었다.

그래도 0.00001퍼센트도 되지 않는 확률 속에서 하나는 되찾을 수 있었다.

"FA 계약을 맺을 수 있게 된 건 행운이었지만 제가 내세울 건 아무것도 없었죠. 다른 선수들처럼 확실한 보장 금액을 요구할 수 없었습니다."

"그래서 그렇게 많은 옵션을 걸고 계약을 하신 건가요?"

"그렇습니다."

그리고 자신이 있었다.

상진은 조용히 눈을 감고 생각을 정리했다.

안 그래도 머릿속에서 생각을 정리하고 말하다가 꼬이는 경우가 많다고 지적을 받은 참이었다.

"저에게 FA 계약은 그동안 증명해 온 걸 토대로 받아 낼 수 있는 자리가 아니었습니다. 그래서 저는 새롭게 증명하는 자리로 삼을까 합니다."

"증명하는 자리요?"

입꼬리가 슬쩍 올라갔다.

이쯤에서 화룡점정을 찍어 주면 완벽하겠지?

"저는 한국 야구 역사에 실력으로서 한 획을 긋고 싶습니다."

"구체적으로 어떻게 하고 싶으신가요?"

"일단 전 구단을 상대로 1승씩은 거둬 봐야겠죠?"

저 멀리에서 듣고 있던 박달재 코치가 비틀거리는 게 눈에 들어왔다.

*　　　　*　　　　*

아주 난리가 났다.

인터뷰를 하고 난 다음 날 아침부터 휴대폰은 쉴 새 없이 울렸다.

잠에서 덜 깬 상진은 얼굴을 찡그리며 휴대폰을 무음으로 돌리고는 다시 이불을 뒤집어썼다.

그리고 5초 후 벌떡 일어나며 이불을 걷어찼다.

"거, 불쑥불쑥 들어오지 말아요! 애 떨어지겠네!"

"임신했냐?"

"말이 그렇다는 겁니다! 쑵! 잠이 달아나네."

"그냥 다시 자라. 방해 안 할 테니까."

"자다가 저승사자가 보이면 누구라도 벌떡벌떡 일어납니다!"

영호는 시선을 상진의 얼굴에서 아래로 쓱 내려 보고는 고개를 끄덕였다.

그리고 두어 걸음 뒤로 물러서면서 경멸하는 얼굴이 됐다.

"나는 남자한테 취미 없다."

"이런 빌어먹을 저승사자!"

상진은 투덜거리면서 자리에서 일어났다.

그리고 일어나면 먹으려고 식탁에 놓아둔 과일에 손을 뻗다가 멈칫거렸다.

"어?"

"먹어라. 지난번에 네가 하도 구시렁대서 좀 사 와 봤다."

"이야, 드디어 밥값 좀 하는 겁니까?"

영호가 사 온 건 놀랍게도 통삼겹살 바비큐였다.

아침부터 고기를 먹으려면 전날 저녁에 준비를 하거나 일찍 일어나서 바쁘게 준비를 해야 했다.

그래서 딱히 챙겨 먹지 않았는데, 눈앞에 고기가 있으니 상진의 눈에 불이 활활 타올랐다.

걸신 들린 것처럼 고기를 주워 먹는 상진을 보면서 영호는 피식 웃었다.

"안 뺏어 먹으니까 적당히 먹어라. 그건 그렇고 휴대폰은 왜 그렇게 울려 대는 거냐?"

"어제 했던 인터뷰 때문에 그래요."

"인터뷰? 아아! 그 실력이니 뭐니 하면서 나불댔던 그거?"

"사람이 좀 품위 있게 말하면 안 됩니까? 나불댄다는 게 뭡니까?"

"난 사람이 아니라 저승사자라 괜찮아."

"그러면 아침부터 돌아다니질 말든가요. 출근 안 해요? 아니, 퇴근이던가?"

상진은 영호를 향해 비난 아닌 비난을 날리면서 쉴 새 없이 고기를 먹어 치웠다.

10분도 되지 않아서 영호가 사 온 삼겹살을 전부 해치운 상진은 냉장고에서 준비해 둔 닭 가슴살 샐러드를 꺼냈다.

"그런데 무슨 일로 왔어요?"

"그냥 놀러왔지. 감시도 할 겸."

"이거 감시 핑계로 그냥 여기에서 쉬려고 수 쓰는 거 아니에요?"

이렇게 얘기하고 샐러드를 포크로 집어 입에 넣던 상진은 영호에게서 대답이 없자 당황한 얼굴이 됐다.

그리고 고개를 들어 바라본 저승사자의 얼굴은 평소보다 훨씬 창백해져 있었다.

"뭐야? 진짜예요?"

"이거 비밀이다."

"와, 뻥끼 치는 거 뭡니까? 확 꼰지를 수도 없고."

"쉬이잇! 좀 봐달라니까. 고기도 먹어 놓고 그러기냐?"

"그럼 생각은 좀 해 보죠."

뇌물을 이미 배 속에 넣어 놨으니 상진도 더 말하지 않고 가만히 샐러드를 씹었다.

그러다가 문득 바라본 휴대폰에 전화와 문자를 합쳐서 100통 넘게 쌓여 있었다.

짜증스럽게 대충 넘기던 상진은 무시할 수 없는 문자에 눈살을 찌푸렸다.

"여보세요? 엄마?"

—상진아! 어제 인터뷰 봤단다!

"아, 네. 저 나올 줄 모르셨을 텐데 어떻게 또 보셨대요?"

—네 아빠가 전부 챙겨 보시잖니. 호크스 팬이시니까 매일 챙겨 보시지.

"어제 경기는 이겼으니까 욕은 안 하셨겠네요."

야구를 보다가 응원하던 호크스가 지고 있거나 역전당하면 걸쭉한 욕설을 내뱉던 아버지를 떠올리며 상진은 피식 웃었다.

야구를 안 볼 때면 학교 선생님으로 과묵하고 좀 무섭기까지 한 아버지는 야구만 보면 사람이 돌변하곤 했다.

—호크스 창단 때부터 팬이시잖니. 그리고 어제 정말 좋아하시더라.

"나 못 던질 때는 저 새끼가 내 아들이라니, 하면서 욕하셨다고 하셨잖아요."

—그거야 속상하니까 그러셨겠지. 넌 어떻게 아빠 마음도
모르니.

그때 휴대폰 너머에서 시끌벅적한 소리가 들리더니 이내 다
른 사람의 목소리가 들려왔다.

—어이! 아들! 어제 잘 던지더라?

"마음에 드셨어요?"

—그래! 당연히 마음에 들었지! 마지막에 인터뷰도 재미있더
라. 그렇게 실력으로 다 찍어 누르고 메이저에 가는 거야!

"당연히 가야죠."

—그래! 당연히… 음? 메이저에 정말 갈 생각이냐?

"되면 가야죠. 오라는 데가 있으면 가고 없으면 못 가는 게
메이저잖아요."

너무 담담하게 메이저리그를 언급하자 휴대폰 너머에서 아
버지의 목소리가 잦아들었다.

영호는 옆에서 그걸 들으면서 혀를 찼다.

"배짱 좋고 포부 넘치는 게 어디서 나왔나 했더니 집안 내력
이었구만."

영호의 말을 짐짓 무시하며 상진은 다시 말했다.

"메이저리그는 뒤로 젖혀 놓고, 무슨 일로 전화하신 거예
요?"

—어제 잘 던졌잖냐! 당연히 그걸 축하해 주려고 전화했지!
요새 아주 잘 던지더라. 네 덕분에 아빠가 요새 어깨 좀 펴고

산다! 푸하하!

휴대폰 너머로 어머니가 목소리 좀 낮추라면서 핀잔을 주는 것도 작게 들려왔다.

부모님의 목소리를 듣고 있자니 왠지 눈가에 눈물이 핑 돌았다.

드디어 이곳까지 다시 돌아왔다.

상진은 지금 실력이 급상승한 게 아니었다.

140대 중반의 구속과 타자의 배트를 밀어내는 구위.

이건 전부 20대 초중반의 이상진이 갖고 있던 무기들이었다.

새로 얻은 게 아니라, 본래 있던 걸 찾은 것뿐이었다.

"아버지."

ㅡ왜 갑자기 그렇게 무게 잡고 부르냐? 평소처럼 아빠, 엄마 해야지.

"그동안 고생했어요."

ㅡ뭘 말이냐?

아버지에 대한 추억은 많고 많았다.

어렸을 때부터 호크스 경기를 따라다니면서 함께 보곤 했다.

그러다 보니 함께 충청 호크스의 팬이 됐다.

어쩌다가 다니게 된 야구 교실에서 두각을 보이며 중학교에서도 주전 자리를 꿰차자 정말 좋아하셨다.

고등학교 때도 대회에 출전해서 선발로 던지게 되자 그걸 굳이 보겠다고 학교까지 쉬고 찾아오시기도 했다.

"나 수술하고 재활할 때 옆에서 많이 울었잖아요. 감독 욕도 하고 팀에 찾아가 항의도 할 정도로요. 그래서 힘낼 수 있었어요."

―이놈이 갑자기 왜 이래?

휴대폰 너머로 들리는 아버지의 목소리도 약간 젖어들어 가고 있는 게 느껴졌다.

너는 호크스의 투수가 되어야 한다고 입버릇처럼 말씀하셨었다.

상진 역시 호크스의 팬이었기에 오히려 좋다고 생각했었고, 실제로 드래프트에서 호크스에 지명되자 집에 돌아와 함께 기뻐하기도 했다.

자신의 야구 인생에는 언제나 아버지가 함께였다.

"왜요? 닭살 돋아요?"

―그래. 닭살 돋아서 치킨이라도 한 마리 뜯어야겠다. 꽥꽥.

"꽥꽥은 오리예요. 그건 그렇고 나중에 경기나 보러 오세요. 구단 직원한테 얘기해서 자리 한두 개쯤 빼놓을게요."

―괜히 안 챙겨 놔도 된다. 아빠 시즌권 있는 거 모르냐?

"알았어요. 잘 알아서 챙겨 놓을 테니까 나중에 꼭 오세요."

―인마! 안 챙겨 줘도 된다니까!

부자간의 통화는 그렇게 간단히 끝났다.

휴대폰을 내려놓으면서 투덜거리는 상진을 바라보던 영호는 탁자 위에 다리를 올려놓으며 물었다.

"가족 사이가 꽤 돈독해 보인다?"

"그래 보여요? 뭐, 착각은 아니에요. 어떻게 보면 내 야구 인생은 아버지가 반 이상 만들어 준 셈이니까요. 그거에 대해서 감사하고 있어요. 그리고 그런 아버지께 효도를 하는 방법은 하나밖에 몰라요."

"하나밖에 몰라?"

상진은 고개를 끄덕였다.

"야구로 보답한다는 말은 이럴 때 써야 하는 거죠."

＊　　　　＊　　　　＊

"이 자식은 또 전화를 안 받아!"

씩씩거리는 박달재 코치를 진정시키면서도 송신우 코치 역시 어이없다는 표정이었다.

어제 경기가 끝나고서 했던 인터뷰가 문제의 소지가 있단 사실은 알고 있었다.

그런데 생각보다 격한 반응들이 쏟아져 나오고 있었다.

「실력으로 모든 걸 증명하겠다, 이상진의 야심찬 행보」

「무실점 행진은 언제까지 이어질 것인가」

「전 구단을 상대로 승리하겠다는 선언, 이상진의 행보가 두렵다」

「전날 불안한 모습을 노출했던 충청 호크스의 이상진, 앞으로도 호투를 이어 갈 수 있을까 의문」

하나같이 이상진에게 적대감을 드러내는 기사들뿐이었다.

인터넷에서도 비슷했다.

몇 년 동안 죽 쑤던 투수가 이번 시즌 들어와서 조금 잘했다고 잘난 척한다는 평가가 주류였다.

"하여튼 쓸데없는 소리를 해서는."

한현덕 감독은 혀를 차면서 고개를 흔들었다.

어제 인터뷰를 보다가 하마터면 그라운드로 뛰어 들어갈 뻔했다.

실력으로 역사에 남겠다는 말은 여러 각도로 해석될 여지가 있다.

조금만 엇나간 시선으로 본다면 다른 선수들은 실력으로 증명하지 못한다는 비아냥으로 들을 수 있다.

혹은 실력으로 다른 선수들을 찍어 누르고 정상에 설 수 있다는 말로 들릴 수도 있다.

"자신감 넘치는 건 좋지 않습니까?"

"하지만 이거로 우리는 남은 아홉 개 구단에 공공의 적이 된 셈이군요."

서로서로 견제하며 물고 물리는 10구단 체제에 공공의 적이 생긴다는 것 자체가 썩 좋은 일은 아니었다.

4월이 지나가면서 이제 슬슬 상위권과 하위권의 윤곽이 드러나고 있었다.

그리고 충청 호크스는 딱 중간에 끼여 있었다.

언제 어떻게 하느냐에 따라 위로 올라가거나 아래로 내려갈

수 있었다.

그런데 모든 구단이 호크스와의 경기에 독을 품고 전력을 기울인다면 어떻게 될까.

"안녕하세요! 좋은 아침입니다!"

"아침은 무슨 아침이냐!"

"달재 코치님은 아침부터 열을 내고 계시네요. 죄송합니다. 전화를 무음으로 해 둬서 온 줄 몰랐어요."

상진은 어깨를 으쓱거렸다.

전화는 안 받았어도 여기저기에서 날아온 문자들로 무슨 상황인지는 대충 이해하고 있었다.

구장에 출근하면서 생각하고 또 생각했지만 답은 하나밖에 생각나지 않았다.

"답은 하나뿐이잖아요?"

"어떻게 수습하려고?"

엄지손가락을 척 하고 치켜세운 상진은 이를 드러내며 자신만만하게 웃었다.

"다 덤비라고 하세요. 이미 얘기했잖아요?"

이미 인터뷰로 말했다.

그걸 번복할 생각도 없었다.

"말한 대로 실력으로 증명하면 그만이죠."

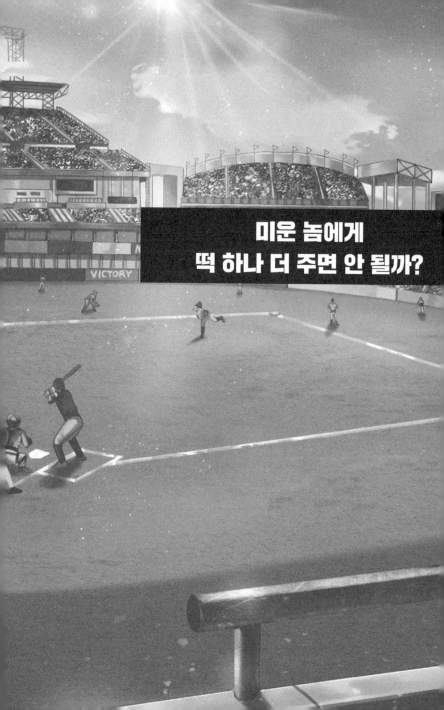

　지난번의 호투가 있었어도 상진의 보직은 아직 불펜이었다.

　상진 역시 바로 선발로 보직을 옮길 거라 생각하지 않았었다.

　어차피 보직이라는 건 그렇게 쉽게 바뀌는 게 아니다.

　선택권은 한현덕 감독의 손에 있고, 상진 자신은 선발을 하고 싶다는 의사를 확실하게 밝혔다. 그것 외에 할 수 있는 건 경기에서 실력을 보여 주는 것뿐이다.

　광주 내셔널스와의 경기에서 5이닝이나 던졌기에 상진은 이틀 동안 휴식하며 등판하지 않았다. 그리고 회복하는 동안 귀중한 데이터도 하나 얻을 수 있었다.

　[시간이 경과하여 투구 수 70의 페널티가 사라집니다.]

[투구 수 60의 페널티가 사라질 때까지 남은 시간 10시간 48분 33초]

투구 수 60개부터 생겨난 페널티였다.

그리고 이 페널티는 순수하게 시간이 흘러야만 사라졌다.

선발로 뛰게 된다면 결코 가만히 넘길 수 없는 페널티였다.

'이래서 체력 스탯이 존재했던 거구만.'

가끔 투구 수가 많아지면 수치가 약간씩 변동이 있던 건 확인했었다. 하지만 이렇게 대규모로 떨어지는 경우는 처음이었다.

얼마나 지나야 체력이 회복되는지를 관찰하는 것도 흥미로운 일이었다.

무엇보다 페널티가 사라지기 전에 투구를 하면 페널티가 어떤 식으로 누적될지 걱정되기도 했다.

보다 체력을 높여 관리할 필요가 있어 보였다.

"상진아, 몸은 어떠냐?"

"그럭저럭 좋죠. 제 몸보다 경기 걱정을 하셔야 할 것 같은데요?"

상진의 말대로 오늘 경기도 썩 좋지 않았다.

처음에는 외국인 투수끼리 맞붙는 경기 특성상 어느 한쪽이 쉽게 기세를 내주진 않았다.

하지만 저쪽에서 먼저 선취점을 내자 균형이 무너졌다.

"어느 쪽이 먼저 균형을 무너뜨리느냐였는데."

송신우 코치는 안타깝다는 표정을 지으며 그라운드를 바라봤다.

선발이 6이닝 2실점이면 잘 버텨 주는 게 맞았다.

하지만 무득점인 팀의 상황을 보면 2실점은 뼈아팠다.

게다가 타선이 공을 쳐도 매 이닝마다 한두 개씩 산발적일 뿐. 제대로 집중되어 타점을 내지 못하고 있었다.

"제가 등판해야 하나요?"

"크흠, 지고 있는데?"

이 말에 상진은 입꼬리를 끌어 올리며 씩 웃었다.

방금 전에 송신우 코치가 한 말은 상진의 현 상황을 고스란히 말해 주고 있었다.

지고 있을 때 등판하는 게 추격조, 혹은 패전 처리조였다.

그런데 지금 상진을 등판시키지 않는다는 건 승리를 지킬 때에나 내놓겠다는 말과도 같았다.

"타선이 역전할 수도 있잖아요?"

"크흠, 그럴 수도 있지. 하지만 넌 던진 지 이제 이틀 됐잖냐? 감독님도 아마 오늘까지는 쓰지 않으실 거다, 크흐흠. 역전이 되면 그때는 뭐, 한 번쯤 생각해 볼 수 있지 않겠냐?"

그 말에는 상진도 고개를 끄덕일 수밖에 없었다.

일단 투구 수가 많으면 연투를 자제시키고 휴식일을 1~2일 정도 두는 게 한현덕 감독의 스타일이었다.

이틀 전 상진의 투구 수가 77개였던 걸 감안한다면 오늘까지는 쉬는 게 맞았다.

송신우 코치의 다음 한마디에 상진은 웃음을 터뜨렸다.

"저놈들이 저렇게 너를 애타게 기다리는데 밀당 정도는 좀 해 줘야 하지 않겠냐?"

강북 브라더스 타자들의 시선이 이쪽을 향하고 있었다.

마치 잡아먹기라도 할 듯이 노려보는 게 딱 엊그제 인터뷰의 여파였다.

"실력으로 찍어 누르려면 일단 나가야 하잖냐."

"나가면 바로 잡아먹으려고 눈에 불을 켜고 있네요."

"흠흠, 뭐 오늘이 3연전의 첫날이니까 설마 남은 이틀 중에 하루라도 못 올라가겠냐."

그렇게 얘기하면서도 송신우의 눈은 대견하다는 빛을 띠고 있었다.

지금도 상진의 손에 쥐어진 종이는 바로 상대 팀 타자들의 분석 자료였다.

그걸 보면서 동시에 실전에서 휘두르는 타자들과 비교하며 데이터와 실전 사이의 차이를 머릿속에서 그려 보고 있었다.

"김연수 선수는 여전히 막강하네요. 약점이 안 보여요."

"딱히 약점을 찾자면 사이드암으로 던지는 투수겠지만 요새 쓸 만한 애들이 없잖아."

모레 선발로 나가기에 쉬고 있는 인재는 더그아웃 펜스에서 응원하면서 상진의 구시렁거림에 대답했다.

리그 최고의 교타자라고 해도 과언이 아닐 정도로 뛰어난 콘택트 능력이었다.

그걸 증명하듯 김연수는 오늘도 3타수 3안타라는 기염을 토해 내고 있었다.

"메이저에서 죽 쑤고 돌아오더니 한층 더 실력이 늘었어."

"김연수조차 버티지 못하고 돌아오는 게 메이저리그라니. 새삼 형진이 형이 존경스럽다니까."

"형진 선배가 메이저리그 투수들 중에 혼자 방어율이 1점대라면서요?"

메이저리그에 진출한 지 이제 5년째인 팀 선배 유형진의 이야기는 아무리 들어도 놀라웠다.

처음에도 3점대 방어율을 보이며 2~3선발급의 활약을 꾸준히 해 왔다.

그런데 새로운 구종을 장착하기도 하고 점점 진화하더니 올해는 아예 재능이 만개하고 있었다.

"진짜 재능충이야, 재능충. 오키나와에서 훈련할 때 같이했었는데 깜짝 놀랐다니까."

"왜요?"

"옛날에는 곧잘 치킨도 시켜 먹고 이것저것 맛있는 걸 먹으러 다녔는데 올해는 전혀 다르더라. 사람이 싹 달라졌어."

한국에서는 재능만으로 던지던 사람이 메이저리그에 가더니 노력까지 하고 있었다.

옛날에 근육 돼지였다면, 지금은 머슬맨이 되어있었다.

인재는 오키나와 때를 떠올려 보며 몸을 부르르 떨었다.

"두 번 다시 내가 형진이 형하고 같이 훈련하면 성을 간다, 갈아."

*　　　*　　　*

충청 호크스에는 두 가지 걱정이 있었다.

하나는 선수단의 뎁스가 얇아서 주축 선수가 부상을 입을 경우 대체할 선수가 많이 없단 사실이었다.

그리고 두 번째는 바로 이상진이었다.

"요새 선수단의 식비가 부쩍 늘었습니다."

"이게 전부 이상진 선수 때문입니다."

"…얼마나 늘었습니까?"

솔직히 박종현 단장은 많이 늘어 봤자 2~30퍼센트 정도 늘었을 거라고 생각했다.

트레이닝 방식이 점점 현대화되며 식단을 조절하는 선수가 많았다.

아무리 많이 먹는다고 해도 많이 늘었나 싶었다.

"작년 같은 기간 대비 110퍼센트가 늘었습니다."

순간 박종현 단장은 할 말을 잃었다.

단지 한 명이 마구잡이로 먹어 치운다고 해서 이 정도로 식비가 늘어날 거라고는 생각하지 못했다.

입을 살짝 벌리고 자신을 바라보는 종현의 태도가 해명을 요구한다고 생각한 직원은 가볍게 헛기침을 하고는 설명을 시작했다.

"우선 기본적으로 하루에 달걀을 한 판가량을 먹었습니다."

"그게 인간으로서 가능한 일입니까?"

"이상진 선수가 하고 있으니 가능하다고 봐야겠죠. 그리고 더 있습니다."

하나 더 있다는 말에 다른 직원들의 얼굴에 의아한 표정이 떠올랐다.

식비가 오르는 건 그렇다 쳐도 또 하나 있다는 게 뭔가 싶었다.

"이상진 선수의 FA 계약 조건 말입니다. 시즌이 이대로 흘러갈 경우 최고 조건으로 달성할 가능성이 높다고 생각돼서 말입니다."

그 말에 박종현 단장은 서류를 열어서 이상진과 관련된 부분을 확인했다.

첫 경기 강남 그리즐리, 3과 2/3이닝 무실점 6탈삼진 0볼넷 0피안타.

두 번째 창원 티라노스, 2와 1/3이닝 무실점 4탈삼진 1볼넷 1피안타.

세 번째 광주 내셔널스, 5이닝 무실점 2탈삼진 2볼넷 4피안타.

여태까지 세 경기 무실점 행진이었다.

그렇다고 이닝을 적게 먹은 것도 아니었다. 팀이 위기 상황일 때 올라와서 적절히 틀어막았고 위기도 잘 관리해 냈다.

"언제 이렇게 됐지?"

작년까지 이상진은 쩌리 투수 이상도 이하도 아니었다.

다른 팀에 가면 1군에 들어가기도 힘들 정도의 성적이었다.

그런데 올해는 두각을 나타냈다.

팀에 믿을 만한 투수가 생겼단 사실은 환영할 만했지만, 문제는 FA 계약 조건이었다.

"이 페이스대로 간다면 올해 이상진 선수가 챙겨 갈 금액은 30억이 넘어갈 거라 봅니다."

0점대 자책점을 거둔다면 30억을 주겠다는 조건은 말도 안 되는 수준이었다. 하지만 계약 당시에는 박종현 단장을 비롯해서 구단의 그 누구도 그걸 이룰 수 없으리라 생각했었다.

그저 대외적으로 보여 주기 위한 조항이라 생각했는데.

"설마 하니 초반부터 이런 기세일 줄은 몰랐네요."

"자자, 이제 고작 10경기 좀 넘게 치렀을 뿐입니다. 앞으로도 이상진 선수가 이런 기세일 수는 없지 않겠습니까?"

"그래도 소화할 이닝이나 다른 지표에 따른 계약 조건을 생각해 봐야 하지 않겠습니까?"

"그건 나중에 생각해 봅시다. 그리고 대전 시에서 시설물 보수에 대해 협력 요청이 들어왔다고요?"

"하지만 단장님."

"시즌 중반쯤 가서 생각해도 됩니다. 지금은 너무 일러요."

이상진의 행보에 대해 더 이야기를 하고 싶었던 구단 직원은 불만스러운 얼굴로 입을 다물었다.

아직도 이야기하지 못한 이상진의 데이터가 많이 남아 있었다.

그는 이상진의 팬이었다.

　　　　＊　　　　　＊　　　　　＊

　강북 브라더스와의 3연전에서 첫날과 둘째 날은 연승을 달려 상진이 등판할 기회가 없었다.

　선수들을 사냥해서 포인트를 쌓을 생각에 잔뜩 기대했던 상진은 아쉬움을 뒤로하고 계란만 계속 까먹었다.

　그런데 셋째 날 기어코 우려했던 사고가 터졌다.

　―벌써 볼넷을 네 개째 주는군요!

　―김성운 선수가 2루타를 허용합니다! 이번 이닝에만 4점을 주는군요!

　―3회까지 벌써 6실점을 했습니다. 아! 호크스의 송신우 코치가 마운드에 올라가는군요!

　―1회에 타선이 폭발해서 6득점을 했는데 동점이 되고 말았습니다!

　아직 스물 둘인 김성운이 짊어지기에는 선발이라는 자리는 너무 무거웠다.

　상대 타선이 아니라 중압감으로 인해 스트라이크존에서 빗나가는 공이 너무 많았다.

　송신우 코치가 올라감과 동시에 상진은 한현덕 감독의 신호를 받고 불펜으로 향했다.

"준비가 꽤 빠르다?"

"위기 상황인 건 계속 보고 있었으니까요."

더그아웃에서부터 이미 상황은 전부 지켜보고 있었다.

미리 스트레칭을 하며 근육을 풀고 있었던 상진은 불펜에 내려가서 영점을 잡는 데 얼마 걸리지 않았다.

그리고 신호를 하자 상진은 바로 마운드로 올라갔다.

'나왔군.'

'그놈이 나왔어.'

"드디어 나왔냐!"

속으로만 생각하는 선수도 있었고 직접 입 밖으로 낸 선수도 있었다. 그만큼 강북 브라더스에게 있어서 이상진은 기다리고 기다리던 선수였다.

"얘들아."

"네, 감독님."

강북 브라더스의 우중일 감독은 자신감 있는 선수를 좋아했다. 그리고 자신 있는 공을 던지는 선수도 좋아했다.

그래서 딱히 이상진이라는 선수에게 악감정이 있는 건 아니었다.

오히려 자기 팀으로 데려오고 싶다고 생각할 정도로 올 시즌은 정말 잘 던져 주고 있었다.

하지만 프로의 세계는 냉정한 법.

저쪽에서 실력으로 이쪽을 짓누르겠다고 말했으니 이쪽도 상응하는 조치를 해야 하지 않겠는가.

"실력으로 증명하기 위해서 마운드에 올라온다는 녀석이다."

"무슨 말씀이신지는 알고 있습니다. 짓밟아 놓으면 되죠?"

주장인 김연수의 말에 우중일은 고개를 끄덕이며 씩 웃었다.

"마음껏 짓밟아 놔. 증명하고 싶으면 얼마든지 증명해 보라지."

그 말에 선수들 전부 사납게 미소 지었다.

그들 역시 누군가에게 짓밟히고 싶어서 야구 선수를 하는 게 아니었다.

될 수 있다면 누구보다도 높이 올라가고 싶었다.

그래서 괜히 메이저리그에 가고 싶어 하는 게 아니고, 그곳에 있는 선수들처럼 되길 원하는 게 아니었다.

마운드에 올라가서 목 근육을 뚜둑거리던 상진은 재환이 올라오자 언제나와 마찬가지로 어깨를 으쓱거렸다.

"또 걱정돼요?"

"네 실력은 믿는다만 저쪽이 워낙 독기가 올라 있어야지."

"그래도 오늘은 지난번보다 깨끗하네요."

지난번에는 무사 만루 상황에서 등판했는데 오늘은 주자가 1루와 2루뿐이었다.

볼넷으로 내준 진루가 두 개였어도 훨씬 나은 상황이었다.

물론 그 말을 들은 재환은 어처구니가 없다는 표정을 지었다.

"그래. 지난번보다야 깨끗하긴 하지. 그래도 위기 상황이라는 건 변함없어."

"저도 알아요. 그리고 저쪽도 이를 벅벅 갈고 왔겠죠."

"그래서 어떻게 할 건데?"

"뭘 어떻게 해요. 늘 똑같지."

상진은 로진백을 손에서 툭툭 털며 타석에서 배트를 가볍게 휘두르는 상대 타자를 죽일 듯이 노려봤다.

"언제나처럼 먹어 치워야죠."

"…남자한테 관심 있었냐?"

"거, 마지막에 초 치는 것 좀 안 하면 안 됩니까?"

재환은 투덜거리는 상진의 어깨를 툭툭 두드려 주고는 마운드에서 내려갔다.

짜증스러운 표정을 짓는 상진이 타자 대신에 재환에게 화풀이를 하기로 결정한 건 덤이었다.

한마디로 줄이자면 열 받았다.

'실력으로 우릴 짓밟아 보시겠다고?'

실력으로 증명한다는 건 필연적으로 다른 사람을 짓밟고 잡아먹어야 성립할 수 있다.

그리고 이상진이 실력을 증명하겠다는 건 이쪽을 아래에 깔아 버리겠다는 말이었다.

그걸 순순히 용납할 선수가 누가 있겠는가.

하다못해 메이저리그를 씹어 먹고 있는 한국 야구의 전설 유형진이 돌아온다면 자존심이 상하더라도 납득할 수는 있다.

하지만 이상진은 여태까지 실적도 없고 보여 준 것도 없다.

'어디 한번 해보자, 이상진.'

이런 시선을 이상진이 모를 리 없었다.

오히려 사방에서 쏟아지는 시선을 즐기고 있었다.

원정 경기라 상대 팀 팬들이 대다수였고 상진이 마운드에 오르자 온갖 야유를 퍼부었다.

물론 이상진에게 그런 건 음식 위에 뿌리는 소스에 불과했다.

타자라는 음식의 풍미를 더해 주는 자극적인 양념 말이다.

[식사 시간이 되었습니다.]

[주자가 득점권인 상황에 등판하였으므로 포인트가 가산됩니다.]

[상대 타자의 포인트는 48점입니다.]

그래도 음식의 양념을 맛보기 위해서는 일단 사냥을 해야 한다.

고개를 주억거리면서 재환이 보내는 사인을 빤히 바라봤다.

여느 때처럼 공격적인 주문에 상진은 씩 웃었다.

4년 전 호크스로 트레이드돼서 왔을 때부터 호흡을 맞춰 왔지만, 여태까지 겪어 봤던 그 어떤 포수와도 가장 마음이 잘 맞았다.

'이래서 내가 재환이 형을 좋아한다니까!'

고작 한 살 차이이긴 했어도 야구 선배이자 형으로 깍듯이 대우해 주는 건 그만한 이유가 있다.

상진의 손을 떠난 공은 타자의 몸 쪽으로 낮게 파고들었다.

정확하게 구석을 찌르는 공에 타자는 손도 못 내밀었고 심판의 손도 무심코 위로 올라갔다.

"스트라이크!"

뭐라고 말할 수 없을 정도로 깔끔한 공이었다.

타석에 서 있던 오시환은 입을 벙긋거리며 이상진을 바라봤
다.

분명 작년하고 전혀 다른 공이었다.

'작년엔 정말 치기 쉬웠던 공이었는데.'

지난번 스프링 캠프 때 겪어 봤던 공하고도 전혀 달랐다.

마치 시즌이 시작하고 사람이 바뀌어 버린 듯한 착각이 들
정도였다.

그래도 마음을 다잡았다.

'올해는 실력으로 찍어 누르겠다고 할 정도는 되네. 그럼 어
디 해보자고.'

그동안 던졌던 패턴대로라면 좌타자인 자신에게 슬라이더는
거의 던지지 않을 터.

다음 공은 바깥쪽으로 빠지는 커브나 체인지업일 가능성이
컸다.

이를 꽉 문 시환은 더그아웃 쪽을 바라봤다.

더그아웃의 사인 역시 자신의 생각과 비슷했다.

떨어지는 공을 조심하라는 신호를 받고 시환은 다음 공에
배트를 휘둘렀다.

툭!

빗맞는 느낌이 들자마자 시환은 1루를 향해 질주했다.

하지만 힘없이 굴러간 공을 잡은 3루수는 바로 병살로 연결시켰다.

깔끔한 5-6-3 병살타였다.

단지 공 두 개로 이닝을 끝낸 상진은 유유히 마운드에서 더그아웃을 향해 걸어갔다.

"이런 쓰벌."

상진의 뒷모습을 바라보던 시환이 1루 쪽에서 성질을 부리자 1루 코치가 어깨를 툭툭 두드렸다.

"왜요?"

"공수 교대."

시환은 굳어 있는 코치의 얼굴을 바라보며 차마 더 말을 잇지 못했다.

*   *   *

충청 호크스의 4회 초 공격이 끝나고 다시 상진이 마운드로 돌아왔다.

강북 브라더스의 투수가 남긴 흔적이 마음에 들지 않았던 상진은 발로 슥슥 지우고는 로진백을 만지작거렸다.

1번 타자부터 시작하니 아웃을 하나 잡는다면 저쪽도 상위 테이블 세터진부터 공격이 시작이다.

아마 만전을 기해 공격을 해 올 터.

그런데 마운드로 올라올 때 저쪽 팀 더그아웃의 분위기가 뭔가 이상했다.

"독기가 올랐다고 하더니 정말 그런가 보네."

아직 6 대 6으로 동점인 상황.

양 팀 모두 얼마든지 서로 역전을 할 수 있는 상황이었다.

균형을 무너뜨리려면 이쪽 역시 무슨 짓이라도 할 수 있었다.

'그럼 어떻게 나오느냐가 관건인데.'

이번에는 조금 사고를 바꿔서 던져 봤다.

아슬아슬하게 걸치기는 했어도 스트라이크존에서 살짝 벗어나도록 던졌다.

"볼!"

그런데 그걸 그냥 흘려보냈다.

자신은 초구로 스트라이크를 집어넣는 걸 대단히 좋아했다.

먼저 스트라이크를 던져 넣으면 유인구로 타자를 현혹시키는 것도 간편하다.

아마 쌓여 있는 데이터로는 초구 스트라이크 비율이 90퍼는 될 터였다.

그래서 볼을 던져서 그런 데이터를 역으로 이용해 봤는데 그걸 노리지 않았다.

'무슨 생각을 하는 거지?'

두 번째로도 아슬아슬한 공을 던져 봤다.

이번에는 스트라이크존 안으로 살짝 들어가는 공이었다.

하지만 타자는 그것 역시 그대로 흘려보냈다.

그 의도가 뭔지는 명확했다.

그걸 알아챈 상진의 입가에 미소가 떠올랐다.

'그럴 생각이다 이거지?'

의도가 너무 노골적이었다.

그렇다면 마지막으로 확인해 볼 일이 하나 있었다.

그립을 바꿔 쥔 상진은 있는 힘껏 공을 집어 던졌다.

스트라이크존 한가운데로 들어가는, 노골적으로 쳐 보라는 공이었다.

타석에 서 있던 타자가 움찔하는 게 느껴졌지만 그 공 역시 그저 지켜보기만 했다.

그리고 상진의 입꼬리도 슬쩍 올라갔다.

'상진아, 다음에는 뭐 던질래?'

많은 투수와 포수들의 사인을 주고받는 방식은 제각각이다.

재환과 상진은 구종부터 확인하는 스타일이었다.

구종을 정한 재환은 그다음 어디에 던질지 물었다.

'어디라고?'

사인을 몇 개나 보내 봤지만 상진은 전부 고개를 가로저었다.

몸 쪽 높은 곳 낮은 곳, 바깥쪽 높은 곳 낮은 곳.

그렇다면 남은 건 하나뿐이었다.

'이거냐?'

재환은 고개를 끄덕이는 상진을 보면서 마음속으로 온갖 욕을 퍼부었다.

물론 더그아웃에 들어가면 실제로 할 예정이기도 했다.

*   *   *

우중일 감독의 지시는 간단했다.

최대한 공을 바라보고 볼일 것 같은 공은 걸러라.

스트라이크존 안으로 들어오는 게 확실하다면 배트를 휘둘러 커트해라.

이것이 전부였다.

그게 뜻하는 바는 명백했다.

투구 수를 늘려서 되도록 이상진이 빠르게 소모하도록 만드는 작업이었다.

'의도를 알아내기 위한 마지막 공이다.'

상진도 그걸 어렴풋이 눈치챘다.

아니, 이런 경우를 몇 번이나 머릿속에서 시뮬레이션해 봤다고 말해야 정확했다.

상대 선발을 끌어내리기 위해 쓸 수 있는 가장 유용한 방법이었다.

아나나 다를까 타자는 네 번째 공이 한가운데를 향해 날아오자 깜짝 놀랐다.

사실 까다로운 공이 들어올 거라 생각했었다.

그래서 어떻게든 커트를 해내려고 생각했는데, 마치 쳐 볼 테면 쳐 보라는 듯한 공이 스트라이크존 한복판으로 들어오고 있었다.

"엇?"

그걸 깨닫는 순간 타자는 자신도 모르게 배트를 휘두르고 있었다.

머리로는 커트를 해서 투수를 괴롭히겠다고 생각했지만 의표를 찔렀다. 수십, 수백, 수천 번이나 배트를 휘둘렀던 타자는 치기 쉬운 코스로 오는 공에 본능적으로 반응했다.

"이런 젠장!"

2루수가 땅볼을 잡아서 간단하게 아웃 처리를 하는 걸 보며 타자는 어깨를 축 늘어뜨렸다.

그 광경을 지켜보던 강북 브라더스의 우중일 감독은 혀를 찼다.

지금의 모습은 타자의 잘못이 아니었다.

"놀라울 정도로 타자의 심리를 잘 읽는군."

"기량이 떨어졌을 때 수읽기로 먹고살던 투수니까요. 결코 멍청한 투수는 아닙니다."

"어찌 됐든 이대로 간다. 충청 호크스의 불펜은 작년같이 좋은 모습은 아니니까. 이상진을 괴롭혀서 점수를 내도 좋고, 다음 불펜을 상대해서 점수를 내도 좋다. 이대로 밀고 나간다."

주루 플레이가 나오기 위해서는 일단 주자가 나가야 한다.

이상진이 생각보다 뛰어난 투수라는 건 인정하지만, 그렇다고 해서 호락호락하게 물러설 수는 없었다.

하지만 시간이 지나면 지날수록 우중일 감독의 표정은 굳어

갔다.

—두 타자를 연속해서 잡아냅니다!
—저런 공이 들어오다가 뚝 떨어지면 타자는 꼼짝없이 당할 수밖에 없어요!

두 타자 연속 아웃을 잡아 버린 상진은 가볍게 어깨를 풀었다.
단숨에 투아웃.
그리고 타석에 올라오는 타자의 존재감은 컸다.
여태까지는 맛보기였다면 이제부터가 본방이었다.
[상대방의 포식 포인트가 표시됩니다.]
[타자의 포인트는 113입니다.]
무시무시할 정도의 포인트였다.
다른 타자들의 두 배는 가뿐하게 넘어서는 숫자를 보며 상진은 가볍게 혀를 내둘렀다.
메이저리그에 다녀왔던 남자, 김연수.
4년 총액 115억을 받고 화려하게 컴백한 남자.
빅리그를 경험한 사람이 과연 어떤 타격을 보여 줄지 기대하며 상진은 그립을 쥐었다.
던지는 곳은 몸 쪽 깊숙한 곳을 찌르는 패스트볼.
웬만한 타자들이라면 움찔하며 서투르게 반응할 공.
하지만 김연수는 역시 달랐다.

따악!

자신만만하게 던진 공은 자신만만하게 휘두른 배트에 의해 멀리 날아갔다.

황급히 고개를 돌리자 중견수 장주혁이 펜스 플레이로 공을 잡는 모습이 눈에 들어왔다.

하지만 김연수는 어느새 2루에 안착하고 있었다.

"휘유, 메이저리그에 발을 담가 본 것만으로도 사람이 이렇게 다른가?"

[식사에 실패하였습니다.]

이 메시지가 이렇게까지 짜증스럽게 다가올 줄은 몰랐다.

특히나 100포인트가 넘는 대어를 놓쳐서 더욱 짜증스러웠다.

게다가 손맛조차 제대로 느낄 새도 없이 초구부터 후려쳐서 날려 버렸다.

대어를 그렇게 쉽게 쉽게 잡을 수 있으리라곤 생각하지 않았다.

너무 쉽게 놓아준 것 같아서 아쉽기는 했어도 상진은 금방 떨쳐 냈다.

'뭐, 이제부터 시작이니까.'

김연수에게 안타를 허용했다고 해서 달라질 건 아무것도 없었다.

지금 할 수 있는 일에 최선을 다하면 되니까.

상진은 마음을 다잡고 스스로에게 최면을 걸듯 중얼거리며 다시 투구 자세를 취했다.

*　　　　*　　　　*

—이상진 선수! 또다시 무실점으로 이닝을 틀어막습니다!
—아까 김연수 선수에게 안타를 하나 허용한 것 외에는 진루를 허용하지 않았네요.
—지난번의 기세를 다시 이어 갑니다!

김연수에게 안타를 하나 맞은 것 외에 다른 문제가 없었다.
오히려 안타 하나 맞은 울분을 다른 타자들에게 남김없이 풀었다.
그들로서는 억울할 수 있겠지만 상진은 공 하나하나마다 최선을 다해 던졌다.
"스트라이크! 아웃!"
투 스트라이크까지 가만히 지켜봤던 박형택은 마지막 공은 유인구가 올 거라고 예상했다.
그도 그럴 것이 유리한 카운트에서 유인구를 통해 아슬아슬하게 타자의 배트를 끌어내는 건 투수들의 기본에 가까웠다.
그런데 이상진은 그렇지 않았다.
연달아 날아오는 공들이 전부 스트라이크존 안에 들어왔다.
그나마 두 개 정도는 커트해 냈지만, 5구째에 높이 오다가 뚝 떨어지는 체인지업에 당해 버렸다.

타석에서 더그아웃으로 돌아온 형택은 고개를 절레절레 흔들었다.

"감독님, 저거 읽었는데요?"

"읽었다고?"

"네. 처음에 스트라이크를 세 개 연달아 꽂아 버리는데 초구부터 적극적으로 대처하지 않으면 연수처럼 못 치고 나가겠네요."

우중일 감독도 어렴풋이 눈치는 채고 있었다.

투수가 그렇게 나온다면 오는 공을 쳐 내면 그만이다.

그런데 그 공을 쳐 내기가 여간 쉬운 게 아니었다.

"커트를 해내는 것도 힘든가?"

"일단은 두 개 해내긴 했는데 정통으로 맞추는 게 일이에요. 겉보기에는 쉬워 보이는데 작년보다 구속도 오르고 구위가 좋아지니 여간 힘든 게 아니에요."

"으음."

마흔이 넘었어도 형택은 베테랑 중의 베테랑이었다.

숱한 경험을 쌓고 신체적인 능력이 떨어지는 걸 경험으로 메우는 베테랑.

그런 형택이 수 싸움에서 밀리고 있었다.

"안 되겠냐?"

"방침을 바꿔야 할 것 같습니다."

공 서너 개를 보며 볼로 빠질 것 같은 공을 철저하게 거른다. 그런 방침을 세웠는데, 그걸 눈치채기라도 한 듯 상진은 계속해서 공격적으로 투구를 했다.

심지어 투구와 투구 사이의 인터벌마저도 짧게 가져가서 타자들이 다른 생각을 하지 못하도록 거센 압박까지 하고 있었다.

"그리고 저쪽 포수도 구시렁거리던데요?"

"뭐라던데?"

"더그아웃에 들어가면 죽여 버리겠다고요. 사인도 제대로 안 주고받는 거 같은데 사인을 훔치려고 하는 것도 헛수고인 거 같네요."

형택은 어깨를 으쓱거리면서 포수 쪽을 가리켰다.

방금 전에 미트로 잡지 못하고 뒤로 빠지려는 공을 재환이 훌륭하게 블로킹해 냈다.

투수와 포수가 사인도 제대로 주고받지 않는데, 그걸 어떻게든 욱여넣는 건 상진이 재환의 블로킹을 믿기 때문일 것이다.

"초구부터 적극적으로 공략하되, 이번에는 패턴을 수시로 바꿔 봐야겠다."

우중일 감독은 허탈한 웃음을 터뜨리면서 다시 지시를 내렸다.

"이렇게 허무하게 당할 수는 없지."

상진은 그 어느 때보다 신경 써서 공을 던졌다.

팽팽하게 당겨진 긴장의 끈은 언제 끊어져도 이상하지 않을 정도로 팽팽했다.

심리전이라는 건 정신을 극한까지 써야 했다.

상진은 총 아홉 명의 타자를 돌아가면서 상대해야 했다.

투수의 입장에서는 머릿속이 헝클어질 정도로 복잡해지는 일이었지만, 상진은 아주 적절하게 상대 타자를 요리해 냈다.

"후우."

마운드에서 내려온 상진은 더그아웃에 앉아서 한숨을 쉬었다.

박형택으로부터 시작하는 강북 브라더스의 5번부터 8번.

클린업부터 이어지는 브라더스의 타선을 1안타로 틀어막았다.

출루를 시키기는 했어도 중심 타선을 상대해서 무실점으로 틀어막았다.

그래도 상진은 긴장을 풀지 않았다.

"야, 새꺄! 잘 던지긴 했는데 그렇게 막 던질… 거냐?"

재환은 더그아웃으로 들어오다가 말을 더듬었다.

그리고 상진의 얼굴이 평소와 전혀 다르다는 걸 깨달았다.

"막 던지긴 않았어요. 저도 나름대로 고심하면서 던졌죠."

"그래. 고심한다고 치자. 그래도 사인은 좀 보면서 던져야지."

"알았어요. 그래도 두 개 이상은 안 받을 거예요."

"알았다, 알아. 하여튼 실력이 좋아지면서 더 막무가내가 됐다니까."

더 말을 하지 않는 건 상진의 집중력을 해치지 않기 위해서였다.

가끔씩 저러는 투수들이 종종 있었다.

그날 자신이 해야 할 일을 알고 무엇을 해야 하는지를 단순화해서 그것에만 집중하는 투수들.

이걸 다르게 말하자면 긁히는 날이 찾아왔다고 한다.

그리고 하위 타선을 상대하게 되는 다음 이닝에 상진은 그걸 증명했다.

─삼진으로 세 명의 타자를 모두 처리합니다!

─강북 브라더스의 타자들이 손도 못 써 보고 모두 삼진으로 내려갑니다!

─올해 공인구가 바뀌었다고 해도 상당한 실력을 보여 주고 있습니다. 이상진 선수는 FA 계약을 하고 환골탈태를 한 것 같네요.

작년의 이상진과 올해의 이상진.

마치 다른 사람을 보는 듯한 기분이 들어도 이상하지 않을 정도였다.

그리고 브라더스의 타선에게 있어서 이상진은 지옥에서 찾아온 저승사자나 다름없었다.

거침없이 뻗어 나오는 공에 배트는 허공을 갈랐고 여지없이 심판의 팔이 올라갔다.

"후우, 후우."

4월도 이제 중순을 지나가고 있었다.

조금씩 더워지는 날씨에 상진은 이마에 송골송골 맺히는 땀을 닦아냈다.

그래도 매 이닝 등판하고 있는 지금이 이렇게 즐거울 수 없었다.

공에 돋아 있는 실밥의 오돌토돌한 감촉.

마운드의 부드러우면서도 약간은 단단한 듯한 흙의 느낌까지.

상진은 지금을 즐기고 있었다.

"스트라이크! 타자 아웃!"

"젠장!"

[삼진으로 타자를 아웃시켰습니다.]

[42포인트가 지급됩니다.]

[현재 상한선 182 포인트를 달성하였으므로 코인 1개가 지급됩니다.]

[다음 포인트 상한선은 183입니다.]

가만히 보기만 해도 배부르다는 느낌이 어떤 건지 알 것 같았다.

더그아웃에서는 상진의 상태를 관찰하면서 불펜을 준비할까 말까를 고민하고 있었다.

송신우 코치와 잠시 이야기를 나눈 한현덕 감독은 고개를 끄덕였다.

"계속 상진이로 밀고 갑시다."

"오늘 컨디션도 좋아 보이는군요."

전광판에 찍히는 구속도 시속 146킬로미터 정도였다.

게다가 구종도 다양하게 섞어가며 타자를 농락하는 모습은 혀를 내두를 정도였다.

간간이 안타를 맞기는 해도, 그 이상의 출루를 용납하지 않으며 최고의 투구를 보여 주고 있었다.

"으음."

"선발진 때문에 그러십니까?"

"예. 다른 애들이 부진한 걸 다행이라고 생각하면 안 되는데, 상진이를 선발로 집어넣을 수 있어서 다행이라고 생각하고 있으니. 얼마나 이율배반적인 생각입니까."

"어차피 다른 애들은 조금 더 경험이 필요합니다. 김성운은 2군에 보내서 선발 로테이션을 돌게 하고 진우와 신욱이는 조금 더 조정해 보도록 하죠."

현덕은 고개를 끄덕이며 전광판을 바라봤다.

점수는 아직도 6 대 6을 유지하고 있었다.

상대 선발 배시준은 아직 던지고 있었다.

호크스는 상진이 길게 끌고 가야 했다.

한현덕 감독은 여러 가지 생각에 머릿속이 복잡했다.

그래서 그는 아직 상진이 어떤 심술을 부리고 있는지 깨닫지 못했다.

*　　　　*　　　　*

우중일 감독은 짜증스러운 표정을 감추지 못했다.

매 이닝마다 주자가 하나 정도씩은 나갔다.

그런데 득점권에 도달했던 건 아까 김연수 하나뿐.

다른 주자들은 2루를 밟아 보지도 못했다.

그나마 이상진이 올라갔을 때 안타를 친 타자도 김연수를 제외하면 한 명뿐이었다.

"이렇게 철저하게 막히다니. 조금 얄밉나."

짜증스러움에 혼잣말을 중얼거린 우중일 감독은 한숨을 푹 쉬고 다시 그라운드를 바라봤다.

그런데 순간 그는 더그아웃에서 나와 마운드로 올라가던 상진과 눈이 마주쳤다.

"이쪽을 보는데요?"

"잠깐뿐이긴 했지만요."

왠지 모르게 입가에 짓고 있는 미소가 섬뜩했다.

그때 우중일은 뭔가 이상한 점을 깨닫고 눈살을 찌푸렸다.

"이번 공격은 누구부터 시작이지?"

"김연수입니다, 감독님."

"설마?"

마운드 위에 올라와 로진백을 만지작거리던 상진은 타석에 들어설 준비를 하는 김연수를 노려봤다.

언제나 싱글거리던 상진의 얼굴에 점점 미소가 사라졌다.

아까 2루타를 맞은 건 전혀 계산 외였다.

그래서 화가 나고 짜증스럽기도 했다.

그다음으로 이어진 게 바로 상대 팀에 대한 분노였다.

'감히 내 공을 쳐?'

경기를 어떻게 진행할지 시나리오를 짜고 그것대로 해 보려고 막 마운드에 발을 디뎠는데 초장부터 그림에 먹칠을 해 버렸다.

그에 대한 심술이 덕지덕지 났던 상진이 선택한 게 바로 이거였다.

그리고 아슬아슬하게 맞췄다.

'드디어 다시 납셨군. 어디 이번에도 해보자고.'

7회 말 강북 브라더스의 공격이 3번부터 이어지도록 조정해 놨다.

선두 타자로 타석에 들어서는 김연수를 보면서 상진은 이를 갈았다.

아까 안타를 하나 맞은 건 이걸 위해서였다.

아까도 선두 타자로 나와서 안타를 쳤었지.

똑같은 상황에서 고스란히 갚아 줄 생각이었다.

그리고 투심은 이럴 때를 대비해서 준비한 구종이었다.

오늘 경기에 들어와서 단 한 번도 던지지 않았다.

'자, 그럼 2라운드를 즐겨 보실까!'

타석에 선 김연수 역시 마운드에 있는 상진의 기세가 아까와 딴판임을 감지했다.

아까는 조금이라도 느슨했다면, 지금은 아주 날카롭고 뾰족한 송곳을 보는 듯했다.

투수와의 수 싸움은 언제나 쉽지 않았지만 지금은 더욱 어려울 것 같다는 예감이 들었다.

'눈빛이 더 사나워졌어. 조심해야겠네.'

첫 공은 바깥쪽으로 빠지는 커브였다.

유려한 곡선을 그리며 스트라이크존에 들어올 듯 말듯 타자를 현혹하는 솜씨에 연수도 하마터면 배트가 나갈 뻔했다.

"스트라이크!"

"음?"

연수는 고개를 갸웃거리며 심판을 돌아봤다.

분명 자신은 바깥으로 빠졌다고 생각했는데 스트라이크로 콜이 나온 것이었다.

"왜 그러지?"

"아니요. 약간 나간 거 같아서요. 잘못 봤나 보죠."

심판에게 밉보여서 좋을 건 없었다.

연수는 마음속에 그려 놓은 스트라이크존의 외곽을 조금 늘리면서 배트를 고쳐 쥐었다.

처음 스트라이크를 잡으면 다음 공도 스트라이크를 던졌다.

매우 공격적인 투구를 하면서 동시에 타자의 심리를 요리조리 건드리는 투구.

뚝 떨어지는 공에 연수는 반응하지 않았다.

"역시 쉬운 상대는 아니야."

어째서 선구안과 콘택트 능력이 국내 최고 수준인지 다시 한번 체험해 볼 수 있었다.

예전에 기량이 떨어졌을 때라면 정말 어렵게 승부를 가져갔었다.

하지만 지금은 상대할 수 있는 무기가 자신의 손안에 있었다.

상진은 다시 그립을 쥐면서 고민했다.

물론 그 고민은 그리 길지 않았다.

원 스트라이크 원 볼에서 상진이 선택한 공은 몸 쪽 낮은 곳을 찌르는 투심이었다.

존에 들어오다가 미세하게 휘어지는 공에 연수는 배트를 내려다가 움찔거리며 멈췄다.

아까는 바깥쪽이었고, 지금은 몸 쪽이었다.

'머릿속이 복잡하지? 이번 공을 그냥 보내서 투 스트라이크 원 볼이 됐는데 다음 공이 뭐가 올지 궁금해 미칠 거다.'

아직 완벽하지 않아서 몇 번 보여 주지 않는 투심 패스트볼을 보여 준 이유는 바로 머릿속을 복잡하게 만들기 위해서다.

구종이 패스트볼과 변화구 하나만 있는 투피치인 투수라면 두 가지 구종에만 대처하면 된다.

하지만 상진이 던질 수 있는 구종은 패스트볼을 제외해도 3가지였다.

여기에 투심을 추가한다면 연수의 머릿속을 더욱 복잡해질 터.

'또 던질 거냐?'

'아니오.'

재환에게서 날아온 사인에 상진은 고개를 가로저었다.

보여 주는 건 한 번이면 족했다.

'그럼 다음 공은 높은 곳. 패스트볼로.'

재환의 사인에 상진의 입꼬리가 슬쩍 올라갔다.

늘 그렇듯 재환은 자신의 마음을 정말 잘 알아주는 최고의 포수였다.

연수는 배트를 고쳐 쥐어 낮은 공이 또 오면 퍼 올리려는 자세로 바꿨다.

그런데 재환은 타자의 상태를 살펴서 자세를 바꾸자 그 미묘한 차이를 알아채고 사인을 보내왔다.

툭!

높은 공을 던지자 낮은 공을 대비하고 있던 연수는 당황하면서도 그걸 용케 커트해 냈다.

하지만 상진은 담담하게 다음 공을 준비했다.

다음으로 주문한 공은 커브.

김연수가 가끔씩 과하게 반응하는 구종이었다.

그리고 상진은 비장의 수를 꺼내 들었다.

[먹을 때는 개도 안 건드린다, 스킬을 사용합니다.]

공은 유려한 곡선을 그리며 휘어 들어갔고.

"스트라이크! 아웃!"

[삼진으로 타자를 아웃시켰습니다.]

[113포인트가 지급됩니다.]

김연수는 배트를 휘두른 채로 믿을 수 없다는 얼굴이 됐다.

그걸 보면서 상진은 희희낙락하면서 엄지손가락을 치켜세웠다.

이걸로 아까의 복수는 완벽하게 마무리 지었다.

*　　　　　*　　　　　*

경기는 그대로 진행됐다.

3번 타자 김연수를 틀어막은 상진은 그 여세를 몰아 4번과 5번까지 모조리 삼진으로 잡아냈다.

8회까지 무실점으로 막아 낸 상진에게 호응하듯 타선 역시 덩달아 점수를 내기 시작했다.

―호크스의 4번 타자 윌리엄이 투 런 홈런을 날립니다! 담장을 훌쩍 넘어가는 장외 홈런!

―뒤이어 이정열 선수도 초구를 받아쳐 홈런을 쳐 냅니다! 백투백 홈런! 호크스가 단숨에 전세를 뒤집고 경기를 리드하기 시작합니다!

이걸로 경기는 끝난 셈이나 마찬가지였다.

9회 말에 등판해 아웃카운트를 하나 더 잡은 상진은 마무리 정우한에게 마운드를 넘겨주었다.

더그아웃으로 돌아가는 상진을 향해 3루의 원정 응원단 쪽에서 박수가 쏟아졌다.

상진은 늘 그렇듯 관중을 향해 모자를 벗어 고개를 숙여 보이고는 안으로 들어갔다.

"캬! 네가 드디어 빛을 보는구나! 쥐구멍에도 볕들 날이 있다더니."

대주자와 교체돼서 스포츠 음료를 벌컥벌컥 들이켠 김대균이 와서 농담을 던졌다.

상진은 그가 던져 주는 음료수를 받아 들어 한 모금 마시고는 씩 웃었다.

"누가 쥐인 겁니까?"

"글쎄? 오늘 경기의 주역인 녀석이 알겠지?"

"쥐구멍에 볕들면 뭐 달라집니까? 쥐구멍 안에 있으니 좀 나와서 햇볕도 쬐어야죠."

그사이에 9회를 틀어막는 정우한의 구위는 위력적이었다.

구속은 그리 빠르지 않더라도 압도적인 구위로 남은 두 타자를 아웃으로 잡아냈다.

그것으로 경기는 끝.

충청 호크스의 9 대 6 승리였다.

그리고 오늘의 수훈 선수는 역시 상진이었다.

인터뷰를 마치니 후배들이 이미 장비를 정리해 둔 후였다.

오늘이 원정 3연전의 끝이었기에 충청 호크스 선수단은 구단 버스를 타고 대전으로 갈 예정이었다.

그런데 구단 버스 가장 앞쪽 좌석에 타서 기다려야 할 한현덕 감독이 상진을 따로 불러냈다.

"감독님? 왜 부르세요?"

"너한테 따로 얘기할 게 있다."

"예. 무슨 말씀이신데요?"

한현덕 감독은 입을 꾹 다물고 상진을 바라보기만 했다.

그러다가 담담하게, 아무것도 아니라는 듯 말했다.

"앞으로 5일 동안 너는 등판하지 않는다. 그동안에는 휴식을 해라. 루틴 관리는 알아서 맡기겠다."

상진은 그 말을 바로 알아듣지 못했다.

하지만 아무 말도 하지 않고 자신을 뚫어져라 바라보는 한현덕 감독의 얼굴을 보며 상진의 얼굴에도 서서히 미소가 피어올랐다.

그 말이 뜻하는 바는 명확했다.

그걸 확인시켜 주듯 한현덕 감독은 못을 박으며 말했다.

"4월 13일 토요일에 네가 선발로 올라간다."

『먹을수록 강해지는 폭식투수』 2권에 계속…